Primer libro de

Kariskov

Perdidos en el tiempo

Por: Alejandro Furió

Capítulo I
Niebla

El aterrizaje se llevó a cabo sin contratiempo alguno. La nave se posó suavemente sobre la blanda arena de aquella playa de suave pendiente. Hacia un lado, la costa se perdía en el horizonte entre brumas lejanas. Del otro lado se elevaba un montículo pedregoso con una explanada en la parte superior. Esa explanada era, sin duda, el lugar ideal para edificar el campamento número dos. El terraplén era lo suficientemente grande para construir todos los cuartos del campamento. Un montículo rocoso entre el océano y la terraza formaban una defensa contra los vientos provenientes del mar.

Una agradable temperatura matutina se sintió al abrirse las compuertas de la nave.

Los tres hombres llenaron sus pulmones de aire puro antes de salir de la nave.

Inmediatamente pusieron manos a la obra. Sacaron las herramientas y los materiales necesarios para empezar la construcción del edificio. Mientras Kevin preparaba el carro montacargas, Abdul y Pedro inspeccionaron el sitio y, haciendo uso de instrumentos de medición, determinaron y marcaron los lineamientos del terreno.

Tres horas más tarde tenían colocadas las paredes y el techo de la primera habitación. Para entonces, la temperatura se había elevado varios grados. La humedad del ambiente se encontraba saturada. El sopor de la media tarde se tornó bochornoso. Para mitigar el desgaste excesivo y los potentes rayos solares se cubrieron bajo la sombra de unos árboles frondosos en el límite de la selva, desde donde podían observar la suave pendiente de la playa y la inmensidad del mar azul.

Abdul no pudo resistir el llamado del agua. Se despojó de su vestimenta y, quedando en paños menores, corrió hacia el océano. En ese sitio se formaba una especie de estuario natural de poca profundidad y casi sin oleaje.

A lo lejos observaba la ruptura de las olas que formaban líneas de espuma blanca que se desvanecían en su avance hacía la orilla. El zumbido característico del sonido del mar era idéntico al del mar en su planeta natal.

Intentó correr, pero su carrera se volvió lenta debido a que las aguas del estuario le cubrían, en partes, hasta la cintura. Sin embargo, disfrutó su avance entre infinidad de peces de múltiples colores que lo rondaban.

Un golpe fuerte en el talón lo hizo detenerse. Volteó la mirada, pero sólo criaturas pequeñas se movían en el fondo. Temeroso de encontrarse con algún pez carnívoro de mayor tamaño que pudiera engullirlo de un solo bocado, apretó su paso.

Para su fortuna, el incidente no se repitió. Llegó a la zona de alto oleaje y saltó sobre las olas como un niño. Con gritos y aleteando las manos, invitó a sus compañeros a zambullirse con él. Pedro y Kevin no se hicieron esperar y corrieron hacia el mar.

Los tres se internaron hacia las olas de mayor tamaño. Por largo rato, saltaron y gozaron de unos momentos de diversión infantil.

Vapuleados por las marejadas regresaron a la sombra de los árboles para relajarse un rato antes de continuar con su trabajo.

Cerca del anochecer ya habían concluido la segunda habitación. La falta de luz natural les impidió seguir con la construcción. El clima fresco de la noche era idóneo para el trabajo, pero nada se podía hacer en la oscuridad casi total del lugar. Esa noche pernoctaron dentro de la nave.

Al romper el día se dieron a la tarea de construir la tercera habitación. Su meta era terminarla antes del intenso calor de la media tarde. Tras arduas horas de trabajo, completaron las paredes y afinaron detalles de las otras dos habitaciones. Por la tarde construirían la cuarta habitación y al siguiente día tenderían la instalación eléctrica.

Al medio día, como el calor arreciaba, volvieron a la sombra de los mismos árboles del día anterior. Después de pocos minutos de descanso, Abdul los invitó a refrescarse en las aguas turquesas. No le costó nada convencerlos y pronto los tres se divertían, una vez más, saltando sobre las grandes olas que les propinaban fuertes golpes. Eran tantos los azotes que ninguno de ellos se percató de un fuerte terremoto que estaba ocurriendo en esos momentos.

Cansados de los vapuleos de las olas, regresaron a la playa y se tumbaron bajo la fresca sombra de los árboles. Descansaban serenos con los ojos cerrados cuando un arrollador golpe de agua envolvió sus cuerpos, los levantó con fuerza arremolinada y los envió a destinos desconocidos. La enorme oleada los levantó como muñecos de papel jalados con violencia ciclónica por la potencia endemoniada de la gigantesca masa de agua.

Una reacción innata los impulso a nadar hacia la superficie para llenar sus pulmones del aire vital que los mantendría con vida. La corriente los arrastró con una fuerza incontrolable. No había forma de luchar contra aquella potencia descomunal de las aguas. Peleaban por incorporarse, pero la marejada diabólica los sacudía violentamente. Sus cuerpos revoloteaban en aquel infierno impulsivo de las aguas. No podían realizar maniobra alguna contra la fuerza titánica de la enorme masa acuífera.

Además de ellos, la corriente arrastraba una infinidad de escombros que se convertían en proyectiles que les acertaban duros golpes, sin piedad.

El agua los internó en la selva y fue ahí donde Pedro alcanzó a abrazarse del tronco de un árbol y, como un simio, saltó a las ramas superiores para ponerse a salvo de la poderosa barbarie.

No supo cómo lo hizo ni de dónde sacó la fuerza y agilidad, pero en instantes se encontraba trepado en la parte más alta del ente leñoso.

Desde lo alto, a un par de metros sobre la superficie del caudal, observaba la enorme masa de agua que se había apoderado de la llanura completa. Hojas, troncos y animales eran arrastrados como plumas por el inmenso poder de la riada. Con temor, observaba la ferocidad de la marea que arrancaba árboles con una facilidad descomunal.

Sintió sucumbir cuando su árbol empezó a temblar y crujir ante la embestida demoniaca de la potente crecida. Por varios minutos, que a Pedro le parecieron horas eternas, su árbol luchó vigorosamente contra la enfurecida corriente. Fue un combate titánico, una pelea encarnizada entre el ser leñoso y el poder colosal de las aguas.

Gracias a sus poderosas raíces que se afianzaron con un abrazo al terruño con el que había convivido toda su existencia, el árbol evitó, con enorme gallardía, ser separado de la madre tierra que lo había criado.

La corriente gradualmente amainó. Su fuerza demoniaca fue desvaneciéndose hasta detenerse por completo.

Por unos minutos todo permaneció en calma. Pedro dio un suspiro de alivio, pero no se atrevió a bajar de su púlpito. El terreno se hallaba anegado hasta donde podían ver sus ojos. Sería un suicidio tratar de bajar sin saber la profundidad de las aguas. También tomó en cuenta de que en cualquier momento la corriente emprendería su retorno a su sitio original.

No tardó mucho en cumplirse su profecía. El agua inició lentamente su retorno hacia el mar. Al arreciar la velocidad, Pedro volvió a llenarse de terror. La corriente ganaba potencia y arrancaba árboles enteros sin el menor esfuerzo. Su árbol comenzó a balancearse peligrosamente por segunda ocasión. Pedro sabía que su vida estaba en manos de la fortaleza de las raíces de su amigo vegetal. El tronco y las ramas tronaban gritando de dolor. Era una lucha encarnizada contra el embate del caudal. La corriente empujaba con fuerza intentando cortar de tajo los lazos del árbol con su madre tierra, pero éste se oponía a ser separado de su progenitora a quien se afianzaba con toda su fuerza.

Tras una ardua batalla y terriblemente debilitado, el árbol parecía estar perdiendo la lucha ante la bestial potencia de la corriente. Pedro se resignó a un destino fatal.

Tras minutos eternos de angustia, la corriente comenzó a perder fuerza. Pedro vio con agrado el descenso del nivel del agua. El árbol cesó sus lamentos y Pedro sintió un renacer en su vida.

En los siguientes minutos el nivel del agua continuó su lento descenso alejándose en dirección de la playa. Muchas lagunas de agua salada quedaron atrapadas en depresiones del terreno esparcidas por doquier.

Su árbol paró de temblar. Había obtenido un triunfo en aquella mortal batalla contra el potente embate del poderoso fenómeno natural.

En la lejanía, pudo ver que el mar había regresado a su sitio original. Quiso bajar de las ramas del árbol, pero el temor a una segunda oleada lo hizo desistir. Esperó trepado en los troncos de su salvador hasta entrada la noche.

Se llenó de fuerza para bajar de su amigo salvador, pero antes lo abrazó y besó sus ramas dándole las gracias por haberlo mantenido con vida.

Estaba a punto de descender cuando recordó a sus amigos. Aún trepado en lo más alto del árbol, los llamó a voces. Un silencio fantasmal fue la única respuesta. Sólo el murmullo lejano del mar y el sonido intermitente del viento interrumpían el mutismo aterrador de la noche. No había sonido de insectos, ni de ningún animal nocturno —"tal vez el mar se los ha tragado a todos" —pensó.

Bajo la oscuridad del cielo completamente nublado y, aunque agotado por el cansancio, se llenó de fuerzas para bajar a tierra. Al tocar el suelo un fuerte suspiro salió del fondo de su pecho y dio gracias a sus divinidades.

Antes de partir se despidió con tristeza de su salvador. Le agradeció en el alma el haberle ayudado a conservar la vida. A paso lento comenzó su caminata. Como la noche era oscura, se guio por el lejano eco de las olas del mar.

Bordeando multitud de charcos se encaminó hacia la playa. No le fue fácil alcanzar la orilla del mar. La enorme cantidad de ramas y árboles derrumbados hicieron que su travesía se convirtiera en una verdadera odisea. Después de sortear todo tipo de obstáculos llegó a la orilla del mar. Intuitivamente dobló a la derecha y se encaminó hacia el campamento.

La playa también se encontraba repleta de escombros acarreados por la corriente durante la resaca.

El lento andar y el no alcanzar su meta lo hizo dudar de llevar la dirección correcta. "Quizás el campamento está hacia atrás," se decía. A veces se detenía a cavilar si debía retroceder, pero su intuición lo animó a seguir el mismo rumbo que había escogido al principio. Por falta de luz le era imposible ver más allá de un par de metros.

Para colmo de sus males, una densa niebla comenzó a descender sobre su cabeza, envolviendo el sitio entero en una oscuridad total. Su único punto de referencia era el tacto con el agua de la orilla del mar. Por suerte, no transcurrió mucho tiempo para llegar a las rocas que lo llevarían al campamento.

El saberse cerca de su destino lo revitalizó. Su meta estaba a unos cuantos pasos.

El ascenso fue lento. En tramos tuvo que ponerse de rodillas y continuar a gatas, guiándose solamente por su sentido de orientación.

La oscuridad no le permitía ver más allá de su brazo extendido. Después de varios resbalones, golpes y tropiezos, se topó con una pared del campamento. A tientas encontró la entrada de una de las habitaciones. Dentro del cuarto reinaba la más profunda oscuridad. No había forma de encender las luces pues no habían alcanzado a tender la red eléctrica.

Al entrar tropezó con herramientas y escombros esparcidos por el suelo. Las pateó hacia un lado para crear un claro en donde echarse a descansar. El cansancio era tan extenuante que casi no podía permanecer de pie. Sin nada con que cubrir su cuerpo casi desnudo, se acurrucó él solo para darse calor. Estaba molido, trastornado y angustiado por la odisea a la cual se había enfrentado.

Un pensamiento repentino lo trajo de nuevo a la vida. "El radio transmisor." Se levantó de inmediato y comenzó a buscarlo por toda la habitación. Tocaba un objeto, tocaba otro, pero, nada se sentía como el transmisor. Rodeó a ciegas cada milímetro del cuarto palpando todo lo que encontraba a su paso, sin embargo, el radio no hizo acto de presencia. La angustia empezó a apoderarse de él. Injuriaba mil palabras por su impotencia de encontrar lo que buscaba en la negrura de la noche. Estaba a punto de un ataque de nervios cuando le vino a su mente el último lugar donde había usado el aparato. "Está afuera." gritó con un tono esperanzador.

En la parte exterior el panorama era tan negro como adentro del cuarto. Sin poder ver más allá de sus narices, se guio tocando la pared del edificio, hasta llegar a la parte trasera. Atrevidamente se encaminó hacia el centro de la explanada que habían preparado para construir una habitación más.

Paso a paso fue recorriendo el lugar en busca de una roca grande que no habían tenido tiempo de remover. Recordaba haber puesto el radiotransmisor sobre esa roca justo antes de irse a la playa. Para evitar golpearse con la roca se movió lentamente. El roce con diversos objetos en el suelo lo animaban momentáneamente, pero su ilusión se desvanecía cuando los tocaba y se daba cuenta de que no eran lo que él buscaba.

Siguió gateando y topándose con infinidad de escombros, pero nada se sentía como el radiotransmisor. Confió en su intuición para llegar al centro de la explanada y de pronto su cabeza chocó con un objeto duro, "¡La roca!" Estiró la mano para tocarla y se dio cuenta de que había regresado a la pared del campamento.

Desconsolado abandonó la búsqueda. Usando la pared como guía llegó a la puerta de uno de los cuartos. Antes de entrar, llenó sus pulmones de aire y dejó escapar una potente llamada a sus compañeros. Esperando una respuesta que lo reanimara se quedó un rato bajo el umbral de la puerta. Sólo el murmullo de las olas del mar respondió a su llamado. Deprimido, cerró la puerta con una aldaba y se acurrucó en un rincón.

—La gran ola se los ha llevado y yo voy a morir aquí, sin más compañía que la de estas cuatro paredes y el murmullo del mar. Nadie me va a venir a rescatar. Este maldito planeta está más alejado de la mano de Dios que el lugar más recóndito de la Tierra.

Sabía que el resto de sus compañeros se encontraba a más de 500 kilómetros de distancia.

La baja temperatura y la oscuridad total lo aterraban. Trató de dormir, pero cada vez que empezaba a conciliar el sueño, una pesadilla repentina lo despertaba. Por momentos creía oír llamados de sus amigos. Un par de veces escuchó golpes en la puerta y deprisa se levantó a abrirla, pero pronto se daba cuenta que todo era obra de su imaginación. Deseaba con ansia la llegada de la claridad del día para treparse en la nave y regresar al campamento base por ayuda.

El sonido del viento creaba imágenes fantasmagóricas. Su mente giraba en torno a sus amigos, a la ola gigante, a la nave. Por momentos, la soledad trastornaba sus sentidos, se llenaba de desesperación y maldecía todo. Después de un tiempo se tranquilizaba, analizaba la situación y se daba cuenta de que en un solo instante habían ocurrido múltiples desgracias y, tal vez, su única opción sería esperar la muerte.

—Ojalá que hubiera muerto como mis amigos —se repetía una y otra vez, aumentando así su sufrimiento.

En ese momento una ráfaga de viento estremeció la cabina.

—¡Un helicóptero! —pensó esperanzado. El ruido se prolongó por varios segundos. —No. No puede ser posible. En este planeta no hay helicópteros— lloró desconsoladamente.

La falta de compañía aumentaba su desesperación.

—Nadie vendrá por mí esta noche, ni mañana, y quizás nunca.

Después de horas de angustia cerró los ojos y se quedó tranquilamente dormido. El inmenso cansancio hizo que su sueño se prolongara hasta la claridad del día. Se despertó lentamente. Se talló los ojos y miró alrededor del cuarto. Había una tenue luz que entraba por las rendijas aledañas a la puerta. Se sentía descansado y con fuerza. Se levantó, salió del cuarto. La niebla había desaparecido. La claridad del día se extendía hasta el infinito. Respiró profundamente el limpio aire observando el inmenso mar. Su pesadilla se había esfumado. Al voltear la mirada hacia la playa percibió, en la lejanía, a dos personas caminando por la orilla.

—¡Kevin! ¡Abdul! —les gritó con una gran sonrisa.

Por un momento dudó que fueran ellos. A la distancia era difícil distinguir sus caras, aunque, después de analizar la situación, supo que no podía tratarse de otras personas. No había más humanos en esa zona del planeta aparte de ellos tres. Tomó los binoculares que colgaban de un perchero en la puerta y los enfocó.

—¡Sí son ellos! ¡Qué bueno que se salvaron del tsunami! "¡Amigos!" —les gritó aleteando los brazos.

No pasó mucho tiempo para que Kevin y Abdul llegaran al campamento.

—Buenos días, Pedro.

—¿Cómo se salvaron del tsunami?

—¿Qué?

—El tsunami. ¿Cómo escaparon?

Kevin y Abdul se miraron el uno al otros con sorpresa.

—¿Cuál tsunami?

—La ola gigante. Ayer. Cuando estábamos nadando allá abajo.

—¿La ola gigante? —Kevin y Abdul lo miraron como se mira a un hombre cuando se encuentra fuera de sus facultades mentales.

—Miren. Yo estoy todo herid… —Pedro se miró el cuerpo para mostrarles sus heridas, pero, para su sorpresa, su cuerpo se encontraba en perfecto estado.

—Qué raro. Yo tenía muchas heridas aquí.

—Pues no tienes nada y no sé de que ola hablas.

—juraría que todos nosotros estuvimos en medio de un tsunami.

—¿Un tsunami aquí? —Pedro y Abdul se carcajearon.

—Los tsunamis son fenómenos que ocurren en nuestro planeta. No sabemos si aquí exista eso.

—Seguramente lo soñaste.

Pedro reflexionó unos momentos, —Tal vez eso fue… simplemente un sueño… Pero, parecía tan real—. Hizo una pausa y añadió —Lo de la niebla de anoche…. Eso sí fue real, ¿verdad?

—¿De qué niebla hablas? —preguntó Kevin.

—Olvídate de eso y vamos a la nave por comida que me estoy muriendo de hambre —señaló Abdul y se encaminó hacia la playa siguiendo a Kevin que ya se había adelantado.

—¡Qué bueno que sólo fue un sueño! Sí, un mal sueño —dijo, Pedro para sí.

Al tratar de levantarse, un fuerte mareo le impidió hacerlo. El mareo fue tan potente que tuvo que sentarse inmediatamente para no perder el equilibrio. Esperó a que el mareo cediera, pero éste se intensificó.

Sus compañeros regresaron de la nave con comida para los tres.

—¿Qué pasa, Pedro? ¿Por qué no bajaste a la nave con nosotros?

Pedro sólo los miró sin externar palabra.

—No importa. Trajimos comida para los tres.

—Gracias, Abdul. Algo raro me pasa. Siento un mareo muy fuerte. No sé qué me está sucediendo. El sueño que tuve anoche parecía tan real y ahora me he quedado con esta extraña sensación.

—Come algo. La comida te va a ayudar —dijo Abdul acercándole el plato.

Pedro hizo un gesto de asco. Sintió repugnancia sólo de oler los alimentos.

—Creo que sí estás mal. Ésta es tu comida favorita.

Haciendo un esfuerzo tremendo, Pedro tomó un pedazo de carne y se lo llevó a la boca. Con dificultad lo empezó a masticar y después de varios minutos lo engulló.

—Qué tal ¿Te sientes mejor, ahora?

—No me supo a nada. Me siento muy raro y no tengo apetito. El mareo todavía sigue muy fuerte. Espero que no haya contraído alguna enfermedad rara de este planeta.

—¡Ojalá que no! No tenemos medicina para curar nada que no sea de tipo terrestre. Descansa aquí mientras Kevin y yo vamos a la nave por más materiales. Hay que seguir la construcción—dijo Abdul. —Hoy será tu día libre.

Kevin y Abdul bajaron la colina, pero no se detuvieron en la nave. Siguieron caminando hasta la playa. Se quitaron la ropa quedando en paños menores y se metieron al mar.

Pedro cerró los ojos un rato intentando librarse del mareo.

Después de unos minutos abrió los ojos nuevamente y dirigió su mirada hacia la playa. A primera vista pareció ver tres figuras humanas en el agua. Se talló los ojos y volvió a observar la escena.

—¿Quién es esa persona que está con ellos? —se preguntó.

Las tres siluetas se encaminaron hacia la orilla y se dirigieron a la sombra de los árboles que se encontraban a un costado de la playa. Pedro trató de alcanzar los binoculares para cerciorarse de la identidad de la tercera persona.

Los binoculares habían desaparecido. A falta de ayuda óptica, frunció los ojos para mejorar su visión. Como la distancia era grande le fue imposible identificar a la tercera persona, aunque sus facciones le parecían familiares. "¿Quién es ese hombre?"

Las tres personas se acostaron bajo un árbol.

Algo de reojo atrajo la atención de Pedro y volteó su mirada hacia el mar. Observó con horror una ola gigante dirigiéndose a gran velocidad hacia la playa.

Regresó la vista a los hombres que seguían inmóviles bajo la sombra del frondoso árbol.

Mirando que la ola se acercaba rápidamente trató de alertar a sus compañeros, pero de su boca salieron sólo sonidos guturales imperceptibles y débiles.

—¡Mu...cha...chos! ¡un...a o...la. Le...ván...ten...se...co...rran...!
Entre más trataba de alzar la voz, más se debilitaba.

—

¡Coooooo...r...rr...an......vannn.......tsu...uu...n....a.................miiiii..............
.....nooooo!

La ola se acercaba peligrosamente a la costa. Pedro, como un lingote de plomo, se encontraba aprisionado a la piedra donde estaba sentado. Un tsunami de sudor inundó su cuerpo. Veía, con impotencia, la ola llegando a la orilla de la playa. Parecía una copia exacta de su pesadilla.

—¡Po…ts…co…dd…vrt…djj…ert…! —intentó gritar al ver la ola tragándose a sus compañeros de un solo bocado. Justo en ese momento pudo exhalar un grito aterrador que lo hizo abrir los ojos para darse cuenta de que seguía ahí, semidesnudo, echado en un rincón de la habitación. En la misma oscuridad total que antes. "Una pesadilla más" se dijo, respirando abruptamente y con el corazón tratando de escapar de su pecho.

Al recobrar la calma, salió del cuarto para comprobar si la niebla se había disipado. La escena era la misma: oscuridad total. Desde la puerta volvió a llamar a sus compañeros. La respuesta fue la misma de siempre: sólo el murmullo del suave vaivén de las olas del mar.

Regresó a su rincón desilusionado.

Acurrucándose, empezó a llorar como llora un niño. Sollozó tristemente por largo rato hasta que el cansancio empezó a apoderarse de él. La fatiga y los malos ratos lo hicieron caer en un sueño profundo que fue interrumpido por fuertes golpes en la puerta.

—Creo que estoy soñando otra vez —se dijo al despertar.

Los golpes siguieron.

—¿Hay alguien adentro? —se oyó la voz de Abdul.

—No hay duda de que me estoy volviendo loco. Ahora hasta oigo voces. ¡Váyanse fantasmas, váyanse!

—¡Pedro! ¡Soy yo! ¡Qué bueno que estás ahí! Ábreme. Soy Abdul.

—¿A qué hora me voy a despertar de esto? ¡Maldito sea! —gritó Pedro— ¡Alguien despiérteme de esta maldita pesadilla!

—¡Ábreme, por favor, Pedro! Necesito entrar. Estoy herido.

—Y ahora, ¿en qué va a terminar este miserable sueño?

—Por favor, ábreme —gritó Abdul golpeando la puerta con más fuerza.

Pedro, con calma, se levantó y se dirigió tranquilamente hacia la entrada. Deslizó la aldaba y abrió la puerta.

—Pásale fantasma.

—¿Qué?

—Entra para cerrar la puerta.

Antes de cerrar, se asomó hacia afuera. La noche seguía igual de oscura y la niebla continuaba tan espesa como antes.

—¿Qué te pasa, Pedro? ¿Por qué actúas así?

—En realidad ¿eres tú, Abdul?

—¿Acaso no me ves? ¿Por qué me lo preguntas?

—No. No te puedo ver, pero tu voz se parece a la de Abdul.

—Pues sí soy Abdul.

—Te puedo escuchar ahora y te puedo tocar, pero he visto tu espectro varias veces toda la noche. Ya no sé si eres parte de mi sueño o eres el verdadero Abdul.

—Pues sí soy yo. Tócame.

—Creo que me estoy volviendo loco. No puedo distinguir entre lo real y lo irreal.

—Te comprendo. Lo que pasó ha sido una pesadilla para mí, también.

—Tengo la sensación de que sí eres tú, pero hace un rato también te vi muy real.

—Pues el Abdul de hace rato obviamente no era yo porque yo acabo de llegar.

—¿Estás seguro de que eres el verdadero Abdul?

—Soy el verdadero Abdul. Yo espero que tú seas el verdadero Pedro.

—¿Acaso no me estás viendo?

—En esta oscuridad, claro que no te puedo ver, pero sí oigo tu voz y puedo sentir tu brazo.

—Estoy casi seguro de que esta vez sí eres real. Me siento mejor ahora. Déjame darte un abrazo.

—¿Estás sangrando? ¿Estás bien?

—No muy bien, pero estoy vivo y eso es lo que cuenta.

—¿Cómo pudiste llegar hasta aquí en estas condiciones infernales?

—La naturaleza te da fuerzas para seguir adelante y un instinto de dirección me trajo hasta aquí. La orilla del mar me sirvió como guía.

—A mí me ocurrió lo mismo. ¿Cómo fue que te salvaste del tsunami?

Abdul narró su historia. Él también fue detenido por un árbol en algún lugar de la selva, pero debió luchar con más fuerza que Pedro porque no tuvo la oportunidad de trepar a las ramas superiores. Afianzado al tronco del árbol, combatió el embate de la corriente.

—Escuché que me llamabas, pero no podía responderte. Cuando el tsunami se acabó, traté de bajar del árbol, pero tropecé entre unas ramas y caí al suelo. Me golpeé la cabeza y quedé inconsciente por... no sé cuánto tiempo. Cuando recobré la memoria todo estaba oscuro y envuelto en... esta niebla tenebrosa, pero me pude orientar por el sonido de las olas. Después me guie por la orilla del mar, y aquí estoy con mi gran amigo, Pedro.

Pedro le dio otro abrazo.

—Ojalá que no esté soñando. Deseo con toda mi alma que este encuentro sea real y que no sea otra pesadilla más.

—Para mí todo parece real. Yo también espero que no sea un sueño —comentó Abdul. —¿Tenemos un botiquín de primeros auxilios aquí?

—No. Está en la nave, allá abajo. Hace un rato bajé, pero no pude encontrarla. Con esta oscuridad es imposible.

Abdul abrió la puerta y se asomó afuera. La niebla seguía tan espesa como cuando llegó. —¿Qué sabes de Kevin?

—Nada. Ojalá que esté vivo y regrese pronto.

—Ojalá que sí.

—Hay que rezar por que vuelva sano y salvo.

—Si no regresa esta noche, mañana al amanecer nos subimos en la nave para traer ayuda del campamento. Por ahora no hay nada que podamos hacer. Acuéstate en ese rincón.

Los dos trataron de dormir, pero ninguno pudo conciliar el sueño. Sus mentes se encontraban demasiado alteradas. Ambos trataron de no hacer ruido por suponer que el otro se encontraba dormido. Aunque no pudieron dormir por el resto de la noche, el descanso con los ojos cerrados los revitalizó.

Con la primera luz del día, Pedro se levantó con suavidad tratando de no hacer ruido.

—¿Por qué caminas de puntitas? —preguntó Abdul.

—¡Ah!, ¿ya estás despierto?

Pedro abrió la puerta y vio que la niebla seguía cubriéndolo todo. Todavía era muy espesa, pero la claridad del día le permitía ver a un par de metros de distancia.

La visibilidad limitada los hizo desistir de buscar la nave en ese momento.

Sin nada que hacer, nada qué comer, nada que beber, las horas matutinas se convirtieron en siglos eternos de sufrimiento. Hacia el mediodía, la niebla empezó a ceder. Salieron de la cabina y vieron como la nube se elevaba lenta y gradualmente. La distancia de visualización aumentó. No pasó mucho tiempo para que la claridad se adueñara del sitio entero. Pudieron admirar una vez más la majestuosa extensión del mar azul. Sus gestos de dolor se transformaron en enormes sonrisas que iluminaban sus rostros. Se sentían liberados de la carcelaria nube. Disfrutaban mirando todo a su alrededor, pero, su sonrisa desapareció de tajo al llegar su mirada al sitio donde se encontraba la nave.

Una corriente de sangre helada recorrió sus cuerpos de pies a cabeza.

—¿Dónde está la nave? —preguntó Abdul con voz trémula.

—¡Estaba allí!

Corrieron deprisa hacia el lado opuesto de la cabina.

—No está aquí, tampoco.

—¿Se la llevó el tsunami?

—Eso creo, pero ¿hacia dónde?

Buscaron con la mirada en las aguas azules del océano.

—¿Dónde está esa maldita nave?

—No sé, pero sin ella estamos perdidos —dijo Pedro.

—¡Espera! Hay otra nave en el campamento Uno, ¿verdad?

—Sí, es verdad.

—Hay que llamarlos para pedir ayuda. ¿Dónde está el radio transmisor?

—Creo que está allá atrás. Recuerdo que la última vez que lo usé lo puse en la roca del centro.

Corriendo como gacelas se dirigieron a la parte trasera.

—Lo dejé aquí.

—No hay nada.

—¿Seguro que lo dejaste aquí?

Buscaron minuciosamente por todo el patio.

—Quizás está en algún cuarto. ¡Vamos!

En las habitaciones sólo encontraron escombros.

Al salir de la última habitación, Abdul recordó,

—Está en la nave. Yo lo recogí de la roca y lo llevé a la nave. Lo puse en el asiento del copiloto.

Los dos cayeron en un estado de depresión que los mantuvo estáticos por varios minutos.

Pasados los momentos de mayor desconsuelo, Pedro comentó.

—No hay por qué angustiarnos, Abdul. Alguien vendrá a buscarnos cuando vean que no regresamos.

—Tienes razón— la cara de Abdul se iluminó nuevamente. —Si no nos comunicamos con ellos, sabrán que hay problemas y vendrán a buscarnos.

—Ya verás que mañana mismo vienen— dijo Pedro con voz esperanzadora. —Mientras tanto hay que buscar a Kevin.

—Vamos. Tal vez encontremos la nave por ahí, también.

Bajaron hacia el árbol donde fueron sorprendidos por el tsunami. Tratando de hacer memoria, estudiaron la dirección hacia donde los llevó la corriente.

—El árbol que me salvó la vida está por allá —dijo, Pedro.

—El mío está por acá —señaló, Abdul.

Caminaron siguiendo una línea media entre los dos árboles. Hubo la necesidad de sortear infinidad de obstáculos: árboles derribados, cadáveres de animales tanto terrestres como marinos. Se podía respirar la fetidez de los cascajos.

—¡Kevin! ¡Kevin! — gritaban hacia un lado y hacia el otro, pero sólo el silencio y el murmullo del mar respondían a su llamado.

Bajo los ardientes rayos del sol, la sed hizo su aparición. El sitio se encontraba anegado, sin embargo, toda el agua era salobre. La búsqueda por el preciado líquido sustituyó la búsqueda de Kevin y de la nave. Pasaron el resto de la tarde tratando de encontrar agua potable. No hubo suerte. Regresaron al campamento antes de la oscuridad. Pasaron una noche seca. Hubo un desierto en su paladar.

Al amanecer partieron tierra adentro. No había una gota de agua potable entre la abundante cantidad de lagunas que los rodeaban.

—Aquí no vamos a encontrar nada. Toda esta agua está salada. Hay que subir a buscarla en los cerros—dijo, Pedro. —El agua que encontremos allá arriba va a ser agua dulce.

Después de sortear una buena cantidad de charcos, llegaron a la base de las colinas. La pendiente del primer cerro era suave, de fácil escalada. En poco tiempo dejaron abajo las pequeñas lagunas que formaban un mosaico de diversos tonos azules y verdes, creando una escena idílica.

Pasada la media tarde, se escuchó un sonido agradable que les pareció una melodía divina.

—¿Oyes eso?

—Parece agua.

Prestaron oídos.

—Viene de aquel rumbo. ¡Vamos!

Apresuraron el paso, pero a medida que avanzaban el sonido empezó a perder intensidad.

—¡Espera! Ya casi no lo oigo. Parece que el sonido viene de allá — señalando a su derecha.

La tupida aglomeración de arbustos y árboles formaba ecos confusos. Era difícil adivinar la dirección del sonido.

Tras varios intentos fallidos, pudieron adivinar la ruta correcta. El sonido aumentaba a cada paso que daban. Detrás de unos arbustos de denso follaje, apareció la escena esperada. Corrieron desesperados y se aventaron en la poza saciando su sed con grandes bocanadas que los trajeron de vuelta a la vida.

Arroyo abajo se formaba una poza de mayor tamaño. Bajaron a ella para darse un buen chapuzón y refrescarse del intenso calor de la media tarde. El paraje era acogedor. Las siguientes horas disfrutaron del agua como niños y, sin darse cuenta, la noche se les vino encima. Les fue imposible regresar al campamento. Pernoctaron bajo una protuberancia en una pared rocosa. La pequeña cueva era lo suficientemente grande para albergar a los dos hombres cómodamente.

Por la mañana, después de haber rellenado sus cuerpos con el abundante líquido vital, regresaron a la playa para continuar su búsqueda.

Llamaban a gritos a su compañero. El silencio era siempre su única respuesta. Después de la media tarde regresaron al paraje acuífero para revitalizarse.

El agua los mantuvo hidratados, pero sus cuerpos también necesitaban alimentos sólidos. No podían ocultar su debilidad. Cada día les costaba más trabajo recorrer la zona. Ya habían perdido la esperanza, tanto de encontrar a Kevin como de que alguien viniera a rescatarlos.

—¿Por qué no habrán venido a buscarnos?

—No lo sé, Abdul, pero no podemos quedarnos más tiempo aquí y esperar a que la muerte se apiade de nosotros. Hay que buscar comida y tratar de regresar al campamento base.

—¿Regresar al campamento base? Eso está lejísimos y no sabemos el camino.

Si vamos en esa dirección, estoy seguro de que lo vamos a encontrar.

—¿Quieres, en realidad, caminar más de 500 kilómetros cuesta arriba?

—Si nos quedamos aquí lo único que podemos esperar es la muerte. No hay nada que comer. Yo me voy a arriesgar. Tú decides si vienes conmigo.

—Todavía tengo la esperanza de que venga a rescatarnos.

—Ya han pasado muchos días y nadie ha venido. Si no encontramos comida vamos a morir. Tengo la corazonada de que si seguimos esa ruta vamos a encontrar algo.

—Yo todavía tengo la ilusión de que vendrán a rescatarnos. ¿Por qué no esperamos hasta mañana?

—Entiende, Abdul. Necesitamos comer. Debemos partir ahora mismo. ¿De qué sirve que nos encuentren muertos? Además, tengo el presentimiento de que nadie va a venir por nosotros.

—Tal vez tengas razón, Pedro. Vamos. Te sigo.

Capítulo II
Desaparecidos

Hicieron una parada en el arroyo para abastecerse del líquido vital. Bien hidratados comenzaron su camino con rumbo norte o hacia adonde su corazonada los llevara.

No habían caminado una hora cuando encontraron otro arroyo que atravesaba su camino. Lo vieron con agrado y se abastecieron de agua. De ahí en adelante encontraron corrientes de agua a intervalos no muy largos. En ocasiones los riachuelos seguían la misma dirección que ellos.

—Hemos corrido con suerte, Abdul. Con agua por todos lados no vamos a morir de sed.

—Espero que así sea todo el camino hasta llegar al campamento.

Una mañana, después de pernoctar bajo una arboleda, Abdul se despertó antes que Pedro y se acercó al riachuelo para saciar su sed.

Ya hidratado se sentó en la orilla y se puso a mirar los árboles que rodeaban el lugar. De uno de ellos colgaban unos bultos rojos brillantes. Se levantó y se acercó al árbol para examinarlos. Parecían frutas. Despedían un olor agradable y se sentían suaves al tacto. El hambre atroz de varios días lo hizo arrancar con desesperación una de las vainas y, sin pensarlo dos veces, rompió la envoltura y la engulló. Le pareció el manjar más delicioso que jamás había probado en su vida.

—¡Pedro! ¡Ven a probar esto!

Pedro oyó el llamado de su compañero y se acercó para probar aquel delicioso manjar. Entre los dos alcanzaron a degustar más de diez bolas escarlatas.

Improvisaron unas alforjas con hojas anchas que crecían al lado del arroyo. En ellas metieron suficientes frutas para alimentarse en el camino.

A media tarde, cuando el calor más los agobiaba, llegaron a un paraje acogedor. Un remanso de un río cubierto por frondosos árboles. Se sentaron a descansar sobre unos troncos viejos ya deteriorados por el tiempo.

Como el calor agobiaba, Abdul no quiso desaprovechar la ocasión de darse un chapuzón.

Se aventó al agua y nadó hacia el centro de la poza. A medio camino, un miedo innato lo hizo detenerse. Imaginó cocodrilos hambrientos que lo pudieran engullir de un solo bocado. Regresó de prisa a una zona más cercana a la orilla. En aguas someras, se relajó nadando de espaldas admirando la penetración de los rayos del sol a través del follaje de los árboles. Disfrutaba ese momento relajante cuando un objeto chocó con su cabeza. Reaccionó de golpe, asustado por la idea de toparse con algún animal dispuesto a devorarlo. Al ver el objeto que lo había golpeado dio un grito aterrador.

—¿Qué pasa, Abdul? —preguntó Pedro desde la orilla.

—¡Mira esto!

A la distancia Pedro no alcanzó a distinguir lo que Abdul levantaba en el aire.

—¡Es un brazo! Parece un brazo humano. —gritó, Abdul acercándose a la orilla.

—¿Será el brazo de Kevin? —preguntó Pedro.

—¿De quién más puede ser?

El brazo estaba irreconocible. Había sido completamente mordisqueado por peces y animales salvajes.

Abdul lo observó minuciosamente y encontró algo peculiar.

—¡Mira! ¡Tiene un anillo!

Con dificultad lo extrajo.

—Sí. Es el brazo de Kevin. Éste es su anillo de matrimonio. Lo puedo reconocer.

Se levantaron y miraron alrededor de la poza buscando más partes del cuerpo.

—Hay que separarnos. Tú busca de aquel lado. Yo busco por acá —dijo Abdul.

Caminaron por el contorno del estanque, regresando al punto inicial después de rodearlo completamente.

—No hay nada.

—Quizás el resto de su cuerpo fue devorado por bestias salvajes.

Cerca del anochecer encontraron un hueco natural donde pusieron el brazo. Colocaron piedras encima y las cubrieron con hojas secas.

Se alejaron a una distancia considerable para pernoctar.

Al amanecer se despidieron del brazo de Kevin con un rezo, cada cual de acuerdo con sus creencias religiosas. Siguieron su camino arroyo arriba. Los siguientes tres días fueron buenos. Encontraron árboles frutales en abundancia. Algunos de los frutos no eran del sabor de su agrado, pero siempre tuvieron algo que llevarse a la boca.

Una tarde llegaron a una zona rodeada de montículos de paredes rocosas. Como caía una lluvia ligera se resguardaron bajo la cornisa de una de las paredes. Aunque la cavidad no era muy profunda, los alcanzaba a proteger de la lluvia.

—Necesito hacer del baño—dijo, Pedro y se encaminó atrás de una roca grande a unos pasos de distancia.

Abdul permaneció bajo la cornisa mirando el paisaje arbóreo y rocoso del lugar, al cual la lluvia le daba un aspecto un tanto lúgubre.

Los graznidos de una parvada de aves de colores brillantes y llamativos que atravesaban la zona con su vuelo lo sacaron de su embeleso.

Pronto la lluvia cesó. Las nubes se disiparon y el sol iluminó el sitio con su refulgente luz. Abdul salió de su resguardo para disfrutar de aquel tranquilo paraje.

—Cuando termines ven a ver estos pájaros —gritó, Abdul. —Este lugar es muy bonito.

Como Pedro no respondió, Abdul lo volvió a llamar.

—¿Estás bien, Pedro?

Pedro siguió sin responder.

Abdul caminó hacia la roca repitiendo el nombre de Pedro para no incomodarlo.

—¿Estás bien, Pedro?

Pedro seguía sin responder.

—¿Qué pasa, Pedro?

Nervioso por no escuchar a su compañero, rodeó la roca para cerciorarse de que su compañero estaba bien.

—¡Pedro! ¿Dónde te metiste?

El lugar estaba vacío. Escaneó los alrededores con la mirada. Circundó la roca completamente.

—¡Pedro! —gritó temeroso. —¿Dónde estás? ¿Estás jugando al escondite? Me estás tratando de hacer una broma ¿verdad?

Pedro no respondía. No había ningún asomo de él. Abdul lo siguió llamando con voz trémula.

Regresó a la cornisa pensando que Pedro podría haber regresado a ella también.

La cavidad estaba vacía.

Llorando, seguía llamando el nombre de su compañero.

Regresó a la roca y la rodeó nuevamente, pero no había señales de Pedro por ningún lugar.

El tiempo siguió transcurriendo y Pedro no hacía acto de presencia.

Infinidad de pensamientos de terror invadieron la mente de Abdul.

—¿Se lo habrá comido algún animal? ¿Lo habrán atrapado los extraterrestres de este planeta? —pensaba.

El sol se ocultó en el horizonte y Pedro no aparecía. Buscó en el suelo residuos de orina o de defecación. No había nada.

Con los nervios hechos pedazos y sin saber qué hacer, Abdul regresó una vez más a la roca con la esperanza de encontrar a su amigo antes de que la noche cubriera el sitio con su manto negro.

Regresó a la cornisa con los nervios hechos trizas.

—¿Qué voy a hacer yo aquí solo, en este planeta que no conozco? —lloró su desconsuelo.

La oscuridad de la noche llegó. Sumido en su depresión se acurrucó bajo la cornisa que antes lo había protegido de la llovizna y ahora lo protegía de la intemperie. Se recostó, pero no pudo conciliar el sueño. Fue una noche larga y aterradora. Sólo pensamientos de desconsuelo acudían a su mente.

—Tal vez yo también voy a ser devorado por alguna bestia salvaje. ¿Qué tipo de animales habrá aquí que se comieron a Pedro entero sin dejar huella?

Temblores repentinos de frío y de miedo lo acompañaron toda la noche.

Después de siglos de infernal oscuridad, la claridad regresó a la zona.

Con la luz del día, Abdul continuó su búsqueda hasta media mañana. Se aseguró de no alejarse demasiado del lugar pues tenía la esperanza de que su amigo regresara.

En pocos minutos el cielo se volvió a cubrir de nubes y una ligera llovizna comenzó a caer. Abdul se acercó a la roca y se resguardó bajo la cornisa. Se sentó en el suelo a esperar que la lluvia cesara.

—Listo —se oyó la voz de Pedro.

Abdul alzó la mirada y, como resorte, se levantó de un salto y abrazó a su compañero: "¿Qué pasó? ¿Dónde te metiste?"

—¿Qué?

—¿Dónde estuviste todo este tiempo?

—¿Me tardé tanto?

—¿Qué te pasó? Creí que habías muerto o que algún animal te había comido.

—¿De qué hablas, Abdul? ¿Te has vuelto loco?

—¡Sí, loco de alegría de volverte a ver!

Pedro no comprendía el raro comportamiento de su compañero.

—¿Qué mosca te pico? Está actuando como si me hubiera ido por días.

—Un día entero ¿te parece poco? Dime, en realidad, ¿dónde estuviste todo el día?

—¿No sé por qué me preguntas eso? ¡Qué insecto te picó? Mira, ya se quitó la lluvia. Hay que seguir.

—Lo que haya pasado, ya pasó. Ahora estoy contento de que estés de regreso conmigo.

Pedro hizo un gesto de desaprobación y empezó a caminar con rumbo norte.

Después de un par de días y ya casi al anochecer llegaron al lado de unos montículos con paredes rocosas. En una de ellas se formaba una cueva con dos secciones de buen tamaño para albergarlos. Se sintieron con suerte pues ya llevaban varias noches de dormir a la intemperie.

—Yo duermo en este lado y tú en aquél —dijo, Abdul.

Cada uno se acurrucó en su sección. Cayeron como troncos y en poco tiempo, a dúo, daban un concierto de ronquidos que mantendría a las bestias más osadas alejadas del lugar.

Al amanecer, Pedro se levantó con la primera luz del alba. Abdul también ya estaba despierto, pero prefirió seguir acurrucado un rato más.

—Voy al arroyo a lavarme y a tomar agua.

—Te alcanzo en un minuto.

Después de saciar su sed. Encontró unas frutas moradas en un arbusto al otro lado del arroyo.

—Ven aquí, Abdul. Aquí está el desayuno.

Mientras comía, estuvo admirando el paisaje arbóreo y algunas montañas lejanas.

Al ver que su compañero no salía de la cueva, cortó varias piezas para realizar un acto de caridad. Al llegar a la cueva vio que Abdul no se encontraba ahí. Le pareció extraño, ya que no lo había visto salir. No se preocupó mucho. "Debe haber ido al baño" pensó. Se sentó en el suelo a esperar su regreso.

Después de varias horas de espera, le pareció raro que Abdul no apareciera. Se asomó otra vez a la cueva. Extrañado ojeó el lugar, pero no se percibía la presencia de su amigo por ningún lado.

—¡Abdul! —gritó. —¿Dónde estás? Aquí hay comida para ti.

Caminó hacia el arroyo pensando que Abdul pudiera estar bebiendo agua ahí.

—¿Dónde te escondiste, Abdul? No es hora de bromas. Sal ya de donde estés.

Después de varios llamados y sin recibir respuesta, la angustia se apoderó de él.

Hacia el mediodía seguía sin saber el paradero de su compañero. Daba paseos cortos para buscarlo y regresaba constantemente a la cueva.

Después del mediodía Pedro se había convertido en un manojo de nervios. La soledad del sitio lo alteraba aún más. Gritaba desesperadamente el nombre de Abdul, pero, por más que lo llamaba, la respuesta siempre era la misma—un silencio aterrador.

Se puso frenético. Caminaba hacia el arroyo. Regresaba a la cueva y repetía la acción como un animal enjaulado. Por su mente sólo pasaban pensamientos catastróficos, "Quizás fue devorado por alguna bestia salvaje." Se decía con lágrimas en los ojos.

Cerca del anochecer Pedro se encontraba hundido en un total estado de depresión. Ya sin esperanzas, se acurrucó en su sección de cueva para protegerse de la intemperie. Trató de conciliar el sueño, pero le fue imposible. Los pocos momentos que lograba adormitar se desvanecían con pesadillas repentinas que evitaban su descanso mental. Se encontraba él solo en ese lugar aterrador, en medio de la nada. Tenía miedo de todo. Aquel sitio le parecía un lugar lúgubre. Todos los objetos inanimados habían cobrado vida. Los árboles y plantas se transformaron en espíritus errantes. Les gritaba injurias para que se alejaran y lo dejaran en paz.

Pasada la media noche, el cansancio pudo más que los fantasmas y un profundo sueño lo envolvió.

—¡Pedro! Creí que habías ido al arroyo.

Pedro abrió los ojos y vio con asombro a su compañero.

—¡Abdul!

—Me dijiste que ibas al arroyo. ¡Vamos!

—¿Dónde estuviste todo el día de ayer?

—¿Ayer? Pues veníamos en camino. ¿Ya lo olvidaste?

—Veníamos en camino hace dos días, pero todo el día de ayer estuviste desaparecido ¿Dónde te metiste?

—Estás delirando, ¿verdad?

—No estoy delirando. Ayer estuviste desaparecido todo el día.

—Hace un par de días el loco era yo, y ahora, cambiaron los papeles. Creo que la loquera es contagiosa en este planeta.

—Sea lo que sea, me da mucho gusto que estemos juntos otra vez.

Capítulo III
Serpientes

El camino se llenó de altos pastizales que, en ocasiones, se elevaban por encima de sus cabezas. La única forma de ubicarse era mirando los altos despeñaderos a ambos lados del valle.

Por suerte, al avanzar en la caminata la hierba perdió altura. Aunque el pasto aún les llegaba al pecho, podían ver a mayor distancia.

Se detuvieron para descansar y admirar el bello paisaje que se presentaba ante ellos. Era una escena apacible: árboles floridos de tonos suaves que invitaban a la relajación. Detrás de la arboleda se elevaban varias paredes pétreas que contrastaban suavemente con los tonos pastel de la floresta. Disfrutaban de aquel lugar idílico cuando una fuerte ráfaga de viento se dejó venir de sus espaldas, sacudiendo el pastizal y formando olas que los transportaba imaginariamente al mar que habían dejado atrás. La refrescante brisa mitigó el agobiante calor del mediodía. Se hubieran quedado admirando aquella bella escena a no ser que les urgía llegar al campamento. Se pusieron en marcha en medio de aquel vendaval.

No habían avanzado unos pasos cuando un rugido pavoroso los detuvo de golpe. A sus espaldas, una escena aterradora los paralizó. Un enorme animal de forma de oso gigantesco con cuello largo se dirigía a toda velocidad hacia ellos. Al tratar de escapar, sus pies se enredaron entre la hierba quedando atrapados en la ruta del animal. Veían con horror la enorme bestia acercándose a todo galope. Jalaban las piernas con fuerza para despojarse de las ramas que los anclaban al suelo, pero los movimientos bruscos apretaban aún más las ligaduras. La enorme bestia seguía su camino a pasos agigantados. El terror se apoderó de ellos a medida que la bestia se acercaba sin clemencia. Cuando el animal estaba a punto de golpearlos, cerraron los ojos esperando el inevitable fin.

Inesperadamente, a sólo un par de metros, el animal dio un giro intempestivo hacia su derecha y siguió su carrera en otra dirección. Pedro y Abdul dieron un suspiro de vida, aunque su alegría duró menos que el mismo suspiro. No habían salido de su asombro cuando vieron aterrados, algo que doblaba el pasto con gran fuerza. Algo invisible venía directamente hacia ellos. "¡De ésta no nos salvamos!" gritó, Abdul. Con los pies todavía atrapados en el zacate, vieron aterrados por segunda vez, en el lapso de unos segundos, el final de su existencia. Al sentir el poder invisible cerca, cerraron los ojos con fuerza y esperaron el golpe mortal. Por azares del destino, la cosa invisible los libró por apenas un par de metros. Con los ojos cerrados pudieron sentir el golpe del viento pasando a su lado. Al abrir los ojos vieron que la cosa sin cuerpo continuaba su camino en dirección al oso que corría despavorido por el pastizal.

Al incorporarse, estiraron el cuello para intentar ver qué era la cosa que doblaba el pasto.

A lo lejos, el oso, que parecía ser perseguido por la cosa invisible, se detuvo atrozmente y cambió de dirección. Otra cosa invisible apareció por su izquierda y lo obligó a recular. Corrió, entonces hacia su derecha. No había avanzado mucho cuando una tercera cosa invisible le bloqueó el camino. El oso se encontraba rodeado por tres seres sin cuerpo que, parecían ser serpientes de gran tamaño. Las susodichas serpientes fueron acorralando al oso y dirigiéndolo hacia una arboleda junto a la pared rocosa.

El oso se perdió de vista tras los arbustos. Sus mugidos se detuvieron y ya no hubo más movimiento en el pastizal. El viento paró y todo quedó en calma.

Por varios minutos Pedro y Abdul permanecieron estáticos con la vista clavada en la arboleda. Emblanquecidos del rostro, se miraron el uno al otro con asombro. No se atrevieron a emitir palabra alguna ni a hacer el menor movimiento. Temían ser detectados por los seres invisibles.

Varios minutos permanecieron sin movimiento temiendo un ataque inesperado.

—Creo que ya no hay peligro —murmuró, Pedro, después de una larga espera.

Se despojaron con calma de las ataduras de los pies. Pedro se atrevió a dar el primer paso y lentamente se encaminó hacia la arboleda.

—¿Qué haces? ¿Adónde vas? —susurró, Abdul.

Con la mano, Pedro le indicó que lo siguiera.

—¿Te has vuelto loco?

—Voy a averiguar qué pasó con esos animales.

—¡Vámonos de aquí! No me gusta nada este lugar.

—Ya no hay nada que temer. Seguramente las bestias ya andan muy lejos de aquí.

—Pues yo no opino lo mismo. Todavía tengo miedo. Hay que seguir nuestro camino al campamento.

—Está bien. Tú espérame aquí. Yo voy a investigar. Si algo me pasa, sigue solo al campamento.

Por temor a quedarse solo, Abdul siguió a su compañero. Se movieron lentamente entre la hierba alta. A cada paso que daban, se detenían para observar cualquier asomo de peligro. Una tortuga habría hecho el mismo recorrido en menos tiempo.

Llegaron a la arboleda y un miedo innato los detuvo por tiempo prolongado antes de atreverse a cruzar los arbustos.

—¿Dónde está el oso? —preguntó, Abdul con sorpresa al ver lo que había detrás de los matorrales.

—¿Y las serpientes? —preguntó, Pedro.

—¿Adónde se fueron?

La arboleda formaba un recinto no muy grande delimitado por paredes de fuertes raíces, imposibles de cruzar. No había huella de ruptura de la poderosa maleza.

Del lado contrario se alzaba una pared casi vertical, imposible de ascender para cualquier ser vivo animado. No había rastros de sangre. Tampoco había evidencia de alguna lucha entre bestias.

—¿Adónde se fueron?

—La única forma de que el oso desapareciera es que las serpientes lo engulleran entero— dijo, Abdul.

—Pero ¿adónde se fueron las serpientes después de comerlo? ¿Las viste regresar al pastizal?

Observando el contorno del recinto, Pedro añadió: —Esto es muy extraño. No hay forma de salir de aquí aparte de esa entrada.

—o ¿subieron por ahí? —preguntó, Abdul, señalando las paredes casi verticales.

—Nadie puede subir por ahí.

—Tal vez son serpientes voladoras. ¡Mejor vámonos de aquí! Este lugar me asusta.

—Vámonos. A mí tampoco me gusta nada lo que ha sucedido.

Dieron la media vuelta y a paso lento regresaron al pastizal. Después de menos de un centenar de metros el pasto perdió tamaño. Ahí les fue más fácil apretar el paso.

No se habían alejado mucho cuando un ruido a sus espaldas llamó su atención. Al voltear, vieron que un grupo tupido de osos salió de la arboleda y corrió en dirección del bosque.

—¡Qué paso! ¿De dónde salió tanto animal? Esto no puede ser posible. Allí no había nada hace un momento —dijo, Abdul.

—¿Bajaron volando?

—No tienen alas.

Ya sin temor, corrieron de regreso al recinto que se formaba entre la arboleda y la pared. Inspeccionaron meticulosamente el sitio tratando de encontrar un lugar por donde los animales pudieron haber ingresado.

—¿De dónde salieron? —se preguntó, Pedro. —Aquí no había nada hace un rato, ¿o me estoy volviendo loco?

—Yo tampoco vi nada y ésa es la única entrada y salida.

Ninguno de los dos podía dar crédito a lo sucedido.

—Estás de acuerdo conmigo de que aquí no caben más de cuatro o cinco osos ¿verdad? —dijo, Pedro. —¿Dónde se esconden, entonces?

—¡Tengo miedo! Las cosas que pasan en este planeta me asustan.

—Hay que tener calma, Abdul. Tranquilízate. Debe haber una explicación lógica.

Recorrieron lentamente el contorno del recinto, inspeccionando cada milímetro a su alrededor.

—¡Mira! Las huellas empiezan aquí—observó, Abdul parado junto al peñasco. Mirando hacia el cielo añadió. —No hay forma de llegar aquí más que de allá arriba.

—Pues yo no he visto nada volando en el cielo.

Como la noche estaba a punto de caer, se retiraron de prisa para pernoctar lo más lejos posible de ese lugar. En el camino hicieron un recuento de los eventos extraños que les habían ocurrido en pocos días: Tanto Abdul como Pedro habían desaparecido por un día entero. Un oso había sido engullido por serpientes invisibles y una cantidad considerable de osos había salido de un lugar imposible de contenerlos a todos.

Antes del anochecer, encontraron cobijo bajo unos árboles frondosos al lado del arroyo. Pasaron la noche en vela. Tenían los nervios alterados por todo lo ocurrido ese día.
Muy temprano por la mañana se alejaron de aquel fantasmagórico lugar.
Los siguientes días, el camino fue benigno. Encontraron comida y agua.

Los árboles se hallaban cargados de fruta y el arroyo los siguió acompañando por la mayor parte del camino.

Capítulo IV
Reencuentro

Una mañana, al levantar la cara, después de remojársela con agua fresca, Abdul dio un grito de alegría que llamó la atención de Pedro.

—¿Qué pasa?

—¡Mira allá!

Una columna de humo se elevaba a la distancia.

—¿Serán los nuestros? —preguntó, Abdul.

—¿Quién más podría ser? Somos los únicos humanos en este planeta. ¡Vamos! —apresuró, Pedro.

Intentaron apretar el paso, pero el terreno era agreste. La enorme cantidad de maraña evitó que el avance fuera rápido. Al atardecer, aunque habían avanzado varios kilómetros, el humo parecía seguir a la misma distancia. La noche los sorprendió en medio de los matorrales. Se acurrucaron entre las ramas y durmieron a la intemperie.

Al día siguiente el humo había desaparecido. Sin embargo, su sentido de ubicación los guio en la dirección correcta. Después del mediodía la columna de humo se volvió a levantar en el horizonte. Emocionados trataron de apresurar el paso, pero la gran cantidad de hierba en el camino evitaba que se pudieran mover a mayor velocidad. Al anochecer perdieron de vista el humo.

A la mañana siguiente ya no hubo humo y no lo volvieron a ver por el resto del camino.

Al tercer día de sortear infinidad de matorrales llegaron a una zona boscosa. La vegetación tupida del suelo desapareció. Su caminar se hizo más liviano y sin tropiezos. A la media tarde, llegaron a un claro donde encontraron los restos de una fogata que delataba que había sido abandonada pocos días atrás. Abdul descubrió un pedazo de tela que los llenó de esperanza. Estaban seguros de que se trataba de un pedazo de prenda de vestir de uno de sus compañeros terrícolas. Animados, trataron de adivinar la dirección que la gente había tomado al abandonar la fogata, pero, debido a su inexperiencia en campismo, les fue imposible descifrar el enigma.

—Hagamos una fogata. Cuando ellos vean el humo vendrán a buscarnos —sugirió, Abdul. —Hay que aprovechar esa leña que dejaron ahí.

—¿Y cómo vamos a encenderla? No tenemos fósforos.

—Quizás encontremos unos por ahí—dijo, Abdul y comenzó a buscarlos. —¡Ahí! —gritó, señalando unas lianas colgadas de un árbol. Se acercó a ellas y jaloneándolas desprendió un par de ellas.

—Así se hace el fuego sin fósforos —dijo, frotando una de las lianas contra un tronco delgado que encontró en el suelo. —Verás que muy rápido tendremos una fogata enorme.

El fuego prometido por Abdul no apareció ni en poco tiempo ni en el resto de la tarde. Pedro lo relevó obteniendo el mismo resultado. La inexperiencia de ambos los llevó de un fracaso a otro. Cerca del anochecer desistieron.

Una lluvia ligera, pero tupida, empezó a caer. Encontraron refugio bajo una cornisa en una pared rocosa. El lugar era ideal para protegerse de la lluvia, pero ya habían sufrido malas experiencias las dos veces que se resguardaron en sitios como ése. Como la lluvia no amainaba, tenían sólo dos opciones, arriesgarse a morir de una pulmonía o exponerse a desaparecer bajo la cornisa. Eligieron la segunda.

Pasaron la noche en vela hablando de cualquier tontería que se les venía a la mente. No querían arriesgarse a desaparecer durante su sueño.

Esa noche no hubo complicaciones.

A media mañana, mientras buscaban algo para mitigar el hambre, oyeron voces.

Temiendo encontrar a algún extraterrestre, se escondieron detrás de unos matorrales.

Las voces aumentaron de intensidad, pero no alcanzaban a distinguir si eran voces humanas o algún ser de ese planeta.

—¿Puedes ver algo, Abdul? —susurró, Pedro.

—No.

—Las voces vienen de allá, pero no veo a nadie.

—¡Agáchate! ¡Allá hay algo que se está moviendo!

—¿Será un humano?

—Está muy lejos. No lo puedo distinguir.

—Mira atrás viene otro.

—No hagas ruido. Pueden ser extraterrestres.

—Tienen la cabellera larga y mucho pelo en la cara.

—Son extraterrestres, entonces.

—Vienen hacia acá. ¡Agáchate!

A través del follaje podían entrever dos siluetas parecidas a las humanas. Los individuos venían con la cabeza agachada. Parecían buscar algo en el suelo.

Se acercaron tanto que, Abdul, por el nerviosismo al dar un paso hacia atrás, perdió el equilibrio y ocasionó un sonido estruendoso.

Los seres de pelo largo reaccionaron enseguida.

—¿Quiénes son ustedes?

—Hablan como nosotros. ¿Son ustedes personas de la Tierra? —preguntó Pedro.

—Sí somos de la Tierra, pero ¿quiénes son ustedes?

—Yo soy Pedro.

—Yo, Abdul.

—¡Pedro! ¡Abdul! ¡Qué alegría de verlos! Están ustedes irreconocibles.

—Yo soy Roberto.

—Yo soy Sergey.

Los cuatro se abrazaron y saltaron de júbilo.

—¿Qué pasó con ustedes? ¿Dónde estaban? ¿Por qué no habían regresado? Los creímos muertos. ¡Gracias a Dios que están de regreso! —exclamó, Sergey.

—Nosotros también creímos que nuca los íbamos a volver a ver.

Pedro y Abdul relataron brevemente su experiencia en el tsunami y la pérdida de la nave.

—Estuvimos esperando a que nos fueran a rescatar, pero nunca llegaron. ¿Por qué no fueron por nosotros?

Sergey les informó que la segunda nave también estaba desaparecida.

—...salió dos días después de ustedes. Voló hacia allá y no la hemos vuelto a ver desde entonces. Tampoco hemos podido comunicarnos con ella y desconocemos su paradero —dijo Roberto.

—¿Son ustedes los únicos aquí? —preguntó, Abdul.

—No. John y François están en el campamento. Vamos con ellos. Les va a dar mucha alegría verlos de nuevo.

Una gran algarabía estalló a su llegada al campamento.

Después de comer unas frutas recogidas el día anterior, hablaron de la situación en que se encontraban.

—Si ninguna de las naves transportadoras aparece, estamos perdidos —dijo, Pedro. —No hay forma de llegar a la Nave Madre —volteando a ver el cielo, —y ella es la única que nos puede llevar de regreso a la Tierra.

—Espero que los otros regresen pronto —dijo, Pedro.

—No quiero sonar negativo, —dijo, Sergey. —pero, me temo que algo fatídico le ocurrió a la nave dos. —De no ser así, ya se habrían comunicado con nosotros o ya habrían regresado.

—¿Han intentado llamarlos?

—Cientos de veces. A ustedes también los llamamos, pero nunca contestaron. Los creímos muertos.

—Nuestro radio estaba en la nave, y la nave se perdió.

—Lo bueno es que están vivos y regresaron. Me siento muy contento de tenerlos de nuevo con nosotros.

—Esperemos que los otros tengan la misma idea y regresen caminando en caso de que algo le haya sucedido a su nave.

—Eso es imposible, Abdul. Ustedes pudieron llegar hasta aquí por que estamos en el mismo continente. La otra nave voló a otro continente. Hay un enorme océano que los separa de nosotros. Sin la nave es imposible que regresen —explicó, Sergey. —No quiero sonar negativo, pero, creo que los hemos perdido para siempre. Ahora sólo ruego que estén vivos y en buen estado de salud.

—¿Dónde está Kevin? Iba con ustedes, ¿o no? —preguntó, François.

—Kevin murió en el tsunami y fue devorado por animales. Encontramos su brazo en un río en el camino.

—¿Cómo saben que era el brazo de Kevin?

—Llevaba su anillo de matrimonio en el dedo. Mira, aquí está. Lo guardamos para Sarah.

—Lo que son las cosas. Ahora Sarah también está desaparecida y no sabemos si la volveremos a ver o no. De todas formas, hay que guardarlo en caso de que regrese. Pobre Kevin.

—¿Por qué andan en paños menores?

—El tsunami se llevó todo.

En la cabina hay algo de ropa. Úsenla.

Después de vestirse se sentaron alrededor de una fogata para continuar con sus relatos.

—Éste es un planeta muy raro. Ocurren cosas muy extrañas —dijo, Sergey. —Hace como diez días Mustafá desapareció sin dejar rastro. Él y yo fuimos a recoger leña por aquella peña. Después de que él entró en una cueva pequeña, ya nunca lo volví a ver. No sé qué pasó. La cueva no era muy profunda y no había ningún animal por ahí que se lo hubiera comido. Por favor, Nadie vaya por ese lugar. No quiero perder a más personas.

—A Abdul y a mí también nos sucedieron cosas muy raras en el camino. Esa peña se parece a los sitios donde nosotros también tuvimos problemas —dijo, Pedro.

—¿Qué pasó?

—Una vez yo desaparecí por un día completo, según Abdul. Aunque yo recuerdo solamente haber ido al baño. Unos días después, junto a otro sitio similar, él desapareció por todo un día. Sin embargo, él no lo notó.

...

Las aventuras que Abdul y Pedro narraron dejaron fascinados a sus compañeros.

Había tanto que contar que la charla continuó hasta bien entrada la noche.

A la mañana siguiente, el sol los encontró sumidos en profundo sueño. Abdul fue el primero en despertar.

—Levántense. Ya es de día. Tengo hambre. ¿Qué hay para el desayuno?

—Busca ahí en la mesa.

—Aquí no hay nada.

—Busca en el refrigerador.

—No hay nada. Está vacío.

—Pues eso es todo lo que hay de comer —dijo, Roberto.

—Se nos acabó la carne que había y no hemos podido cazar nada últimamente. —dijo, Sergey.

—Parece que los animales grandes se han ido. Sólo hay ratones pequeños. Se mueven demasiado rápido y son difíciles de cazar. Además de que no tienen casi nada de carne —dijo Roberto. —Si te vas por ahí, como a diez minutos, hay unos árboles que todavía tiene frutas. Son sabrosas y calman el apetito.

—Entonces, ¿no hay nada de carne por aquí?

—Nada. Ya tiene días que no comemos más que fruta. Daría mi vida por comer un buen bistec.

—Nosotros sabemos donde hay unos osos de buen tamaño que bien nos podría alimentar por varias semanas. —dijo, Pedro.

—El único problema es que, con un solo zarpazo nos podrían matar a todos— dijo, Abdul.

—Tenemos ahí guardadas dos pistolas láser. Un solo disparo es suficiente para matar un elefante —dijo, Sergey.

Capítulo V
El misterio de los osos

Salieron cuando el día estaba clareando. Iban con los estómagos vacíos, pero con la esperanza de hacerse de una buena caza. Ya se veían llevando de regreso uno de los osos prometidos por Abdul y Pedro.

Cuando el sol se encontraba en el cenit, un árbol frutal milagroso se les atravesó en el camino. Como el calor era agobiante, tomaron un descanso muy merecido bajo su sombra. Abdul, el más inquieto de todos, trepó una peña rocosa para observar la ruta a seguir. Ágilmente llegó a la cima desde donde tuvo una buena visión del área. Con el rabillo del ojo percibió en su lado izquierdo un objeto en movimiento. Al voltear la mirada advirtió que se trataba de un grupo de animales que se acercaba a todo galope.

—¡Prepara la pistola láser, Sergey! Unos osos vienen hacia acá...

Sergey se levantó rápidamente.

—Olvídalo se desviaron hacia el otro lado.

Abdul bajó del risco y les pidió a todos que lo siguieran.

—Por esos árboles se fueron hacia allá—dijo, Abdul, señalando hacia la izquierda.

Del otro lado de los árboles se encontraba un pastizal alto. En ese momento sopló una ráfaga de viento proveniente del bosque. Enseguida se escuchó el galope lejano de un animal. No pasó mucho tiempo para aparecer a la distancia. El animal corría a todo galope hacia ellos. Sergey, con gran maestría, preparó el arma láser, la apuntó al animal y al tenerlo en la mira, el animal dio un vuelco inesperado.

Sergey hizo un gesto de desaprobación.

Al cambiar de dirección, todos miraron estupefactos el pastizal doblándose al paso de un ente invisible. Daba la apariencia de ser una larga serpiente en persecución del oso solitario.

Los seis hombres quedaron petrificados en el sitio. Nadie se atrevió a hacer el menor movimiento. Sus rostros emblanquecieron.

A lo lejos, el animal desapareció detrás de una arboleda.

Fue entonces que el viento se detuvo, y hubo una calma fantasmal. El pequeño valle se había convertido en un lugar apacible de extraña tranquilidad. Parecía no haber ocurrido nada. Sólo el pasto doblado delataba que algo misterioso había sucedido allí.

Después de varios minutos de incertidumbre, Sergey dio una orden, "¡Vámonos de aquí!"

—No. Esperen. Ya no hay peligro —dijo, Pedro. —Abdul y yo vivimos esta misma experiencia antes. Fue una situación casi idéntica. Las serpientes sólo iban detrás de los osos. Creo que estamos seguros ahora. Síganme. Vamos a la arboleda.

—¿Estás loco?

—Sé que no hay peligro. Síganme.

Sin esperar a los demás Pedro se dirigió con cautela hacia la arboleda. Abdul lo secundó haciendo señas a los otros para seguirlos. Con cierto temor, todos se pusieron en marcha.

—Es el mismo sitio, Pedro —dijo Abdul. —Creí que este sitio estaba más lejos del campamento.

—¿Qué pasó con el oso y la serpiente? —preguntó Sergey.

—Ese es el misterio que debemos resolver. No sabemos dónde se meten. No hay forma de salir de este lugar más que… volando.

—Aquí hay unas huellas, pero…no van hacia ningún lugar. Es como si desapareciera aquí mismo.

—No veo nada que parezca huella de serpiente.

—El oso pudo haber subido por este camino—dijo, Abdul. —Voy a revisar.

Abdul trepó el camino rocoso con dificultad y se perdió de vista tras un precipicio.

—Suban. De aquí se ve todo muy bien.

Sorteando las salientes pétreas con dificultad, treparon hasta donde los esperaba Abdul.

—Que bonito lugar —dijo, Roberto.

—Desde aquí podremos ver cómo son las serpientes.

—Pero no podemos ver la arboleda ni la pared. Esta roca nos tapa la vista.

—Ahora sólo hay que esperar el regreso de los osos.

—¿Cuánto tiempo?

—Lo que sea necesario.

El resto de la mañana y buena parte de la tarde no hubo movimiento en la pradera. Se entretuvieron aventando piedras al vacío y recordando, con nostalgia, historias de su juventud en su planeta natal.

Pasada la media tarde. Un grupo tupido de osos salió de entre la arboleda y corrió en dirección del bosque. Sergey apuntó su láser a uno de ellos que venía rezagado. Le disparó y el animal cayó enseguida. El impacto de la caída intensificó la estampida del resto de la manada.

Cuando los osos se habían perdido de vista, descendieron del montículo.

Con temor y lentamente se acercaron al cadáver y lo observaron.

—No respira —dijo, Roberto.

John se acercó y con su lanza lo picó en varias partes. Al no haber reacción, el ambiente se llenó de gritos de triunfo. Se abalanzaron todos al cadáver y, con unas navajas de bolsillo que aún mantenían en buen estado, comenzaron a destazarlo.

Partieron el animal en seis secciones. Cada uno se echó una pieza al hombro y, con enormes sonrisas, emprendieron su camino de regreso al campamento.

Llegaron con la puesta del sol. Dividieron cada trozo en porciones pequeñas y las acomodaron en el refrigerador. La carne que no cupo la asaron esa misma noche.

Los siguientes días fueron de reposo y de comida abundante.

Un día Pedro tuvo la inquietud de regresar a la cueva. Se había puesto como meta descifrar el misterio de la desaparición de los osos. Le intrigaba el enigma que se escondía detrás de la arboleda. La idea les agradó a todos.

Empacaron comida y salieron rumbo a la arboleda. A eso del mediodía ya se encontraban explorando el recinto. Después de la inspección treparon los riscos y esperaron la llegada de los animales. A media tarde se sintió una corriente de viento. Casi enseguida se oyeron las pisadas de un animal a galope.

—¡Allá viene! —señaló, François.

El oso era perseguido por la serpiente. Se veía el pasto doblarse tras él.

Todos quedaron sin aliento al ser testigos de que, las serpientes eran animales sin cuerpo.

—¡Son invisibles!

Vieron con asombro como esos seres sin cuerpo aparecían de la nada y perseguían al oso dirigiéndolo hacia la arboleda. El oso zigzagueaba de un lado a otro tratando de escapar, pero los seres invisibles no le daban la oportunidad de hacerlo. Parecía que le marcaban el camino a seguir.

El oso fue dirigido al recinto de la arboleda, el cual no se alcanzaba a ver desde ese sitio.

—Necesito bajar a investigar —dijo, Pedro.

—Espera. Puede haber peligro ahora —lo detuvo Sergey.

—No lo creo. Ya todo ha regresado a la calma.

Pedro descendió bordeando los riscos con precaución y se encaminó hacia la arboleda. Un ruido de pisadas a sus espaldas lo pusieron en alerta.

—Son ustedes. Casi me matan de un infarto.

Se introdujeron en el recinto. Inspeccionando todo de manera minuciosa, buscaron alguna ruta de escape.

—Me asusta este lugar —dijo, Abdul. —Las huellas de los animales terminan justo aquí. ¿Acaso vuelan?

—Nadie ha visto a una de esas criaturas volando ¿o sí? —preguntó, Pedro.

—Quizás son succionados por alguna nave espacial —comentó, Abdul, mirando hacia el cielo.

Pedro caminó siguiendo el contorno de los arbustos que rodeaban el área.

—Vengan a ver lo que descubrí. Desde aquí se alcanza a ver bastante bien el recinto. Si esperamos aquí, podremos descubrir qué pasa con los osos.

El descubrimiento de Pedro les iba a ser útil para revelar el misterio. Sólo había que esperar su llegada.

El escondite era incómodo pues había que permanecer retorcidos entre la maraña.

No soportaron mucho tiempo la molestia y salieron a cielo abierto para estirarse y descansar. El resto de la tarde transcurrió en calma total. Ningún cuadrúpedo se acercó. Pasada la media tarde regresaron al campamento sin haber resuelto el enigma.

Al día siguiente, desde muy temprano, ya se encontraban escondidos entre la maraña. La espera fue larga y tediosa. Cuando el sol había alcanzado lo más alto de la bóveda celeste, se oyeron ecos lejanos de galope. La manada no tardó mucho en llegar. Sergey había salido al descubierto para estirar su cuerpo. Los animales lo sorprendieron en medio del pastizal. Por temor a ser arrollado, disparó el arma láser contra la manada. Un animal cayó muerto al instante. El ruido del arma asustó al resto de los osos que, despavoridos, se esparcieron por todos lados. Sus compañeros salieron del escondite para socorrer a Sergey. Enseguida un viento fuerte sopló de distintas direcciones y las fuerzas invisibles dirigieron a los animales hacia el recinto misterioso. Tal y como había sucedido antes, la manada desapareció dentro del recinto sin dejar huella alguna. Una vez más, perdieron la oportunidad de ver lo que sucedía tras la arboleda.

Como había un animal muerto que debían aprovechar, el misterio de la desaparición de los osos se pospuso para un día futuro.

El animal muerto era más grande que el anterior. Tuvieron que hacer un mayor esfuerzo para transportar las enormes piezas de carne.

Se habían alejado apenas unos cincuenta pasos cuando un fuerte viento empezó a soplar. El rugido de un oso atrajo su atención. Las serpientes invisibles lo dirigieron hacia la arboleda y después ya no se supo nada ni del oso ni de las serpientes. Para entonces a nadie le extrañó lo ocurrido. Empezaban a ver ese acontecimiento como un evento natural.

Sin preocuparse más por lo acaecido, siguieron su camino con tranquilidad.

Apenas habían avanzado una corta distancia cuando otro sonido estruendoso a sus espaldas los detuvo. Un grupo tupido de osos salió de la arboleda, se dirigió al bosque y se perdió entre los matorrales.

Nadie hizo comentarios y prosiguieron su camino rumbo al campamento. El viaje de regreso fue lento debido al enorme peso que cada uno llevaba al hombro.

La carne que no cupo en el refrigerador fue deshidratada. Los potentes rayos del sol y las láminas metálicas del campamento se encargaron de acelerar el proceso.

Por unos días no volvieron a la arboleda. El consumo excesivo de carne les causaba un cansancio agotador.

Capítulo VI
Tiempos desiguales

Un día, Pedro y Roberto volvieron al sitio de la arboleda. Estaban obsesionados en resolver el enigma que se escondía detrás de ella. Salieron temprano por la mañana. Al llegar se mantuvieron cerca del escondite. Pasaron varias horas esperando. Para eso de la media tarde y ya cansados de la incomodidad, emprendieron su retorno. Igual que la vez anterior, habiéndose alejado menos de cien pasos, un ruido de pisadas provenientes de la arboleda los detuvo. Una manada de unos veinte osos salió a todo galope y se perdió en el bosque.

Se sintieron traicionados por su suerte. De haber esperado un minuto más habrían descubierto el enigma. Regresaron cabizbajos al campamento.

Muy temprano a la mañana siguiente, el grupo completo se encaminó hacia la pradera. Unos doscientos metros antes de llegar, una manada salió de la arboleda. Una vez más maldijeron su suerte y querían regresar al campamento, pero Abdul los animó a seguir. Él había notado que en varias ocasiones un oso solitario aparecía separado de la manada. Se metieron entre la maraña y se dispersaron para tener diferentes puntos de vista. El oso solitario no apareció y nada ocurrió por las siguientes cinco horas. Una vez más, volvieron al campamento alicaídos.

Unos días después, Pedro y Roberto rondaban la zona buscando fruta que ya escaseaba. Estando cerca de la arboleda, Pedro se excusó para hacer sus necesidades. Se metió en el recinto para tener privacidad. Al encontrarse en cuclillas oyó un crujido en la pared rocosa y vio con asombro que se empezó a formar una grieta. En segundos la grieta se convirtió en un boquete gigantesco. Casi al instante se oyeron pisadas de galope provenientes del interior. En un segundo salió, a toda velocidad, una manada de osos. Como resorte, Pedro se incorporó y se arrimó a la pared para evitar ser arrollado. La manada de animales corría despavorida hacia la pradera. Al salir el último animal, la abertura se cerró nuevamente quedando la pared como si nada hubiera sucedido. Pedro quedó impactado por aquel evento mágico. Se acercó a la pared y la tocó, pero era roca sólida. No podía creer lo que acababa de presenciar. Llamó a Roberto para describirle su hallazgo. Entre los dos palparon las rocas con las manos tratando de encontrar algún mecanismo que creara la apertura. No hubo forma de reabrirla. Regresaron al campamento para narrarles su descubrimiento al resto del grupo.

Al día siguiente, desde temprano, seis hombres ocupaban lugares estratégicos tras la maraña en espera de la llegada de las bestias. La primera señal se presentó pronto—una ráfaga de viento se sintió a sus espaldas. Enseguida un oso solitario salió del bosque perseguido por la extraña fuerza invisible. Al llegar a la pared, vieron con asombro su apertura. El animal entró y de inmediato la pared regresó a su estado original.

—¡Increíble!

—¡Fantástico!

Todos quedaron asombrados de presenciar aquel mágico evento. Al despertar de su asombro, salieron del escondite y entraron en el recinto para examinar la pared. Miraban y tocaban con fascinación la enorme piedra que, sin aviso alguno, se abrió nuevamente dándole paso a una manada de animales que salió a todo galope. Los osos embistieron con sus enormes cuerpos a los hombres que no tuvieron tiempo de esquivar los golpes. Cuando el último oso salió, la pared se cerró.

La escena era devastadora: seis cuerpos yacían inertes en el suelo del recinto. Poco a poco y uno por uno, se fueron levantando, emitiendo quejidos por los golpes recibidos. John fue el único que no se levantó. Pedro se acercó a él para brindarle ayuda, pero nunca respondió. Sergey lo examinó.

—Está muerto.

Sintieron con pena su deceso. A falta de instrumentos para cavar una tumba, llevaron su cadáver al campamento para incinerarlo.

La muerte de John y las heridas causadas por los animales los hizo olvidar el misterio de la cueva por un tiempo.

Después de varias semanas de recuperación y duelo, Pedro, Roberto y Sergey, regresaron a la pared. Se escondieron detrás de la maraña.

—¿Qué habrá ahí adentro? —preguntó, Roberto.

—Voy a entrar cuando la pared se abra —dijo, Pedro.

Roberto y Sergey se admiraron de idea de Pedro.

—¿Alguien quiere ir conmigo?

—¿Estás loco? —preguntó, Roberto.

—Si no quieren ir, no importa. Yo voy a entrar solo.

—¿Estás seguro de que quieres entrar ahí? —preguntó, Sergey.

Un soplo de viento proveniente del bosque les avisó que los animales se acercaban.

—Esperen aquí. Si muero ahí adentro, quiero decirles ahora que fue muy bueno hacer este viaje con ustedes. Adiós.

—Yo te acompaño —dijo Sergey con voz firme.

Al escuchar el galope de la manada, Pedro y Sergey tomaron posiciones junto a la pared. Unos segundos después se formó la grieta.

De un salto, se introdujeron en la cueva. En seguida los animales llegaron y sin reducir la velocidad, continuaron su galope hacia el interior. Después de la entrada del último animal, la pared se cerró.

Detrás de los arbustos, Roberto observó el acto. Cuando la cueva se cerró, salió de su escondite y buscó un lugar cómodo para esperar el regreso de sus compañeros. No había transcurrido un minuto, cuando otra ráfaga de viento sopló desde el bosque. Enseguida se escuchó el galope de un animal solitario. Para evitar ser golpeado por la enorme bestia, regresó a la maraña. Desde ahí pudo ver al oso entrando en el recinto. La pared se abrió y en ese mismo momento, Pedro y Sergey dieron un salto hacia afuera haciéndose a un lado con agilidad para evitar ser embestidos por el enorme animal que entraba en la cueva. Después de todo el ajetreo la pared se cerró nuevamente.

—¿Qué pasó? ¿Por qué salieron ya? ¿Qué hay ahí adentro?

—No mucho —respondió Pedro. —Pero, perdimos la comunicación. Los chips traductores no funcionan dentro de la cueva. Tuvimos que comunicarnos a señas y no fue nada fácil.

—¿Por eso salieron tan pronto?

—¿Pronto?

—Pues sí. Acababan de entrar y ya están de regreso.

—Estuvimos ahí adentro mucho tiempo.

—Es increíble todo lo que hay en ese lugar.

—¿Qué hay?

—Después de entrar hay un túnel bastante largo de un kilómetro aproximadamente.

—Quizás más —dijo, Sergey.

—Al final del túnel, llegamos a una especie de ventanas grandes. Al parecer, estábamos en lo alto de una montaña de paredes casi verticales. Imposibles de descender sin equipo de escalada.

—En el fondo se alcanzaban a ver formaciones rocosas de formas extrañas.

—Pero no pudimos ver mucho porque una nube espesa llegó enseguida y lo cubrió todo.

—Esperamos a que la nube se fuera, pero después de casi una hora decidimos regresar pues la nube no se movía.

—Están bromeando ¿verdad?

—¿Por qué dice eso?

—No es posible hacer todo lo que me están diciendo en cuatro minutos. Es todo lo que estuvieron ahí adentro. Díganme la verdad, ¿qué hay ahí?

Sergey y Pedro se miraron una vez más extrañados haciendo señas de que Roberto había enloquecido.

—No, no estoy loco. Díganme la verdad.

—Tal vez te quedaste dormido. Cuando uno se duerme profundamente, el tiempo pasa muy rápido.

—No me dormí. Estoy bien seguro de eso. Unos tres minutos después de que ustedes entraron llegó un oso y al abrirse la cueva ustedes salieron. Eso es todo lo que sucedió.

—Pues en eso del oso sí hay lógica. Al regresar a la entrada la pared se abrió y el oso del que hablas entró, pero, en cuanto al tiempo, creo que estás completamente equivocado.

—Les aseguro que no pasaron más de cinco minutos desde el momento en que ustedes entraron hasta que salieron.

—Pues no comprendo qué pasó. Lo que sí sé es que alguno de nosotros está equivocado. Sergey y yo somos dos y los dos tuvimos la misma experiencia.

—Yo también estoy seguro de lo que sucedió aquí.

En el camino de regreso al campamento, a Pedro le vinieron a la mente los eventos extraños que tuvo con Abdul en su travesía desde el mar.

—Quizás los dos tenemos razón en cuanto a lo que ocurrió hace un rato. ¿Recuerdan lo que nos pasó a Abdul y a mí? Lo que para uno fue todo un día para el otro fueron unos instantes. Analizándolo bien, pienso que el tiempo transcurre en forma diferente adentro y afuera de la cueva. No hay otra explicación.

—Todo esto es muy raro.

—Este planeta está lleno de cosas extrañas.

Llegaron al campamento con una incógnita más que resolver.

A la mañana siguiente, volvieron a la pared rocosa. Esta vez Roberto decidió entrar con Pedro. Su idioma natal era el mismo y no necesitaban de chips traductores para comunicarse.

Después de una ráfaga de viento, tomaron posición frente a la roca. Sergey los esperó escondido tras los árboles. Esta vez le tocó el turno a un animal solitario. Al abrirse las paredes, los dos hombres se introdujeron de un salto, adelantándose a la entrada del oso. Después del cierre de las paredes permanecieron un rato inmóviles para adaptar su vista a la tenue luz de la cueva.

Empezaban a caminar cuando se oyó el galope de una manada que venía del interior. Alcanzaron a distinguir un grupo tupido de animales corriendo hacia ellos. Al percibir el peligro se echaron hacia atrás. Para su suerte, las paredes de la cueva se abrieron y, antes de ser embestidos, saltaron hacia el exterior haciéndose a un lado para evitar ser arrollados por la manada. Al salir el último oso, las paredes se cerraron. Después del ajetreo de la estampida, Pedro y Roberto miraron con asombro todo a su alrededor.

—¿Qué ha pasado aquí? —preguntó, Roberto.

El cielo nocturno se hallaba cubierto de millones de parpadeantes luceros.

—¡Esto no puede ser posible! Hace apenas un par de minutos era de mañana.

Al salir de la arboleda sus compañeros estaban reunidos alrededor de una fogata.

—¡Amigos! —Gritó Pedro —¡Aquí estamos!

—¡Qué bueno que están de regreso! —corrió Sergey para abrazarlos. —Estaba preocupado por ustedes. ¿Por qué tardaron tanto?

—Sí. Todos estábamos preocupados —dijo, Abdul. —¡Qué bueno que están de regreso! Han sido tres días de angustia.

—¿Tres días? —preguntó, Pedro sorprendido.

—¿Qué tanto hicieron?

—Nada. Sólo entramos y salimos.

—No bromees. ¿Descubrieron algo nuevo?

—Me imagino que recorrieron todos los túneles ¿verdad?

—Ya habrá tiempo de que nos narren toda su aventura. ¡Qué bueno que están con nosotros nuevamente!

—No comprendo cómo pueden haber transcurrido tres días en un abrir y cerrar de ojos —dijo, Roberto.

—Nunca en mi vida había experimentado cosa igual —añadió, Pedro.

—¿De qué están hablando? —preguntó, Sergey.

—Sólo entramos y salimos inmediatamente. Los osos nos obligaron a salir casi al instante.

—A mí me parece muy ilógico todo eso —dijo, Sergey. —pero si es verdad lo que cuentan, estamos ante un evento inimaginable.

—Todo esto me asusta —dijo Abdul. —Quisiera regresar a la Tierra para volver a la normalidad.

—Todos queremos regresar, Abdul —dijo, Roberto.

—No me gusta nada como ocurren las cosas en este planeta.

—Lo mejor será mantenernos alejados de estos sitios— recomendó, Sergey. —No quiero perder a nadie más. Ya sólo hay cinco de nosotros. Debemos cuidarnos si queremos subsistir.

Partieron de regreso al campamento en la madrugada. Antes de llegar, Sergey se metió tras unos matorrales para aliviar sus necesidades fisiológicas.

Cuando dio la vuelta para regresar, una voz familiar lo llamó.

—¿Mustafá?

—No encontré nada. ¿Encontraste algo, tú?

Sergey le dio un abrazo.

—¡Qué bueno que estás vivo!

—¿A qué se debe esto? Parece que me dejaste de ver por años.

—¿Dónde has estado todo este tiempo?

—¿Cuál tiempo? ¿Te parece mucho un par de minutos?

—No han sido un par de minutos. Han sido varias semanas.

—¿Estás loco?

—Ven. Vamos con los demás. Están ahí atrás.

—¡Mustafá!

—¡Estás vivo!

—¡Qué bueno que estás de regreso!

Hubo un festejo.

—¿A qué se debe todo este alboroto? —preguntó, Mustafá. —¿Quiénes son ellos?

—Pedro y Abdul.

—¿Pedro y Abdul? Los creíamos muertos.

—Pues, seguimos vivos.

—¡Qué bueno que están aquí! Ahora podremos regresar a la Tierra.

—¿Cómo?

—En la nave.

—¿Cuál nave?

—La que traen ustedes.

—No tenemos ninguna nave.

—Y ¿Cómo llegaron aquí?

—Caminando.

—¿Qué pasó con la nave?

—Se perdió. Se la llevó un tsunami. —respondió, Pedro.

—Y tú, ¿dónde has estado todo este tiempo? —preguntó, Abdul.

—Pues aquí. Sobreviviendo esta vida prehistórica. Sergey y yo salimos a buscar fruta hace un rato, pero no hay nada.

—No fue hace un rato. Salimos hace mucho tiempo. —dijo, Sergey.

—¿Una hora se te hace mucho tiempo?

—No fue hace una hora. Has estado perdido por casi dos meses.

—¿Estás loco? ¿Es hoy día de Los Inocentes?

—Créenos. Has estado perdido desde que salimos a buscar comida.

—Eso fue hace un rato.

—No, Mustafá. No fue hace un rato —dijo, Pedro. Nosotros regresamos hace más de cinco semanas y tú ya estabas desaparecido.

Mustafá miró a todos con desatino.

—¿De qué se trata este juego?

—No es ningún juego. En este planeta ocurren cosas muy extrañas. Roberto y yo acabamos de tener una experiencia similar.

—No los comprendo. Creo que se están volviendo locos todos ustedes. Vámonos al campamento. John me encargó estas hojas para hacerse un té.

—John ya no está con nosotros.

—Es lo que veo. No estoy ciego.

—No. Lo que quiero decir es que John murió hace unas semanas. Unos osos lo mataron.

—¿Cómo puede morir hace unas semanas si hace un rato me encargó esto? Dejen de decir tonterías.

—No es ninguna tontería. Aquí pasan cosas muy extrañas. Nosotros hemos tenido malas experiencias, especialmente en cuevas como ésa que está allá.

—Pues yo estaba por ahí y no noté nada extraño.

—¿Entraste en ella?

—Sí. Quería ver si había algo que nos pudiera servir de alimento.

—Ése es el problema, entonces.

—Ustedes me dan risa con sus invenciones infantiles. Vámonos.

Capítulo VII
Hombres-pájaro

Pedro, Abdul y Roberto salieron de cacería. Las provisiones de carne estaban a punto de agotarse y no había presas grandes en las cercanías.

Llevaban varias horas de camino sin que se les atravesara ningún animal. Los potentes rayos del sol atacaban con toda su fuerza.

En un golpe de suerte llegaron a un pequeño lago donde se refrescaron del intenso calor del mediodía. Flotando boca arriba, Abdul vio un objeto moviéndose velozmente en el cielo.

—¿Qué fue eso? —señaló.

Pedro y Roberto voltearon la mirada, pero, el objeto ya se había perdido de vista.

—¿Qué era, Abdul?

—No lo sé. Parecía como una nave.

—¡Una nave! —gritó emocionado, Pedro. —¡Han venido a rescatarnos!

Los rostros de Roberto y Abdul se iluminaron.

—¡Estamos salvados!

—¿Hacia adónde iba? Hay que seguirla. Seguramente está buscando un sitio para aterrizar.

—Iba hacia allá.

—¡Vamos!

Aunque el terreno era áspero y difícil de transitar, corrieron velozmente, sorteando ramas, arbustos y troncos tirados en el suelo.

Fatigados del esfuerzo, disminuyeron la velocidad y caminaron a paso normal.

—No sé qué era, en realidad—dijo, Abdul, acongojado.

—No te aflijas, Abdul. Si vinieron por nosotros, tarde o temprano nos van a encontrar.

—Hay que hacer una señal para que nos identifiquen.

—¿Qué tipo de señal?

—Hagamos una cruz grande con troncos y ramas.

—Una señal de humo sería mejor —dijo, Pedro.

La idea les pareció excelente y se pusieron a recoger troncos secos para hacer la fogata. Usaron la pistola láser como encendedor. El fuego apareció al instante. La fogata ardió, pero no producía humo. La madera estaba demasiado seca.

—Necesitamos humedad —dijo, Abdul.

No había agua en las cercanías, pero, las hojas muertas que yacían en el suelo guardaban humedad del sereno de la noche. Juntaron montones y las apilaron sobre la lumbre. En poco tiempo una columna oscura se humo se elevó en el cielo.

—Cuando vean el humo, van a saber que estamos aquí y bajarán a rescatarnos —aseguró, Abdul.

Alimentaron el fuego constantemente para mantener la columna de humo visible.

La mantuvieron de esa forma hasta el anochecer, pero ninguna nave llegó a rescatarlos.

Esa noche la pasaron bajo el cobijo de un árbol. Antes de acostarse cercaron el área con ramas espinosas para protegerse de posibles animales nocturnos.

A la mañana siguiente, al estar recogiendo leña, Abdul observó nuevamente el objeto volador atravesando el cielo. Gritó y aleteó los brazos, tratando de llamar la atención.

—¡Estamos aquí! Bajen por nosotros —el objeto volador redujo su velocidad y empezó a descender.

Pedro y Roberto, que habían escuchado los gritos de Abdul, observaron el descenso con ilusión.

—¡Nos han visto! ¡Están bajando! ¡Por fin han venido a rescatarnos! —gritó excitado, Abdul.

—No deben estar muy lejos. ¡Vamos!

Después de una exhausta carrera entre arbustos y maraña, llegaron a un claro en la floresta.

—¡Allá están! —dijo Roberto señalando hacia el lado contrario del claro del bosque.

—No parecen humanos —dijo, Pedro.

—Vienen hacia acá. ¡Escóndanse y no hagan ruido!

—No son terrícolas — murmuró, Abdul. —Tienen aspectos raros.

Pedro, poniéndose un dedo en la boca, le pidió guardar silencio.

Los humanoides se detuvieron a unos metros de distancia. Miraban y señalaban las copas de los árboles.

De pronto, uno de ellos levantó los brazos y, se desplegaron dos grandes alas. El hombre dio un salto y voló hacia las ramas superiores de un árbol grueso.

Abdul casi exhala un grito de sorpresa, pero lo pudo contener cubriéndose la boca.

Enseguida, otro humanoide también desplegó sus alas y voló a lo alto de la floresta. Así, uno a uno, fueron elevándose a diferentes árboles.

Los tres hombres se mantuvieron vigilantes de las copas de los árboles. Evitaron realizar movimientos para no ser detectados por los seres voladores.

Después de algunos minutos, los hombres-pájaro regresaron al suelo. Se abrazaron en un grupo compacto y, desplegando las alas, se elevaron al cielo, perdiéndose en poco tiempo en el horizonte.

—¡Son ángeles! —exclamó, Abdul.

Salieron de su escondite y corrieron al sitio del despegue.

—No era una nave lo que vi —dijo, Abdul.

—No te preocupes, Abdul. En grupo sí parecen una nave —añadió, Pedro.

Una vez más habían sido engañados por la naturaleza. Con gestos demostraban la decepción que les causaba el darse cuenta de que la nave no provenía de la Tierra.

—Regresemos al campamento.

Apenas se habían alejado un par de pasos cuando un trozo de madera rebotó en el suelo y le golpeó la pierna a Roberto.

—¿Qué fue eso?

—Cayó esta rama y me golpeó.

Unos segundos después otra rama se estrelló en la espalda de Pedro.

—No cayó de un árbol. ¡Vino de allá! Alguien la aventó. —señaló, Abdul.

Enseguida otro palo, proveniente del lado contrario, se estrelló en la cabeza a Abdul.

—¡Corran! ¡Hay que alejarnos de aquí! —ordenó, Pedro. —¡Nos están atacando!

En la carrera varios proyectiles pasaron rozando sus cuerpos.

Pedro trató de comunicarse con ellos —Somos amigos. Venimos en paz.

En ese momento, otro palo que venía directo a él quedó atrapado entre las ramas de un arbusto.

Roberto, disparó su láser al aire, detonando un sonido estruendoso.

El ataque de los palos se detuvo.

—¡Vámonos de aquí! —dijo, Pedro.

Serpentearon entre los árboles sin voltear la mirada.

Cuando se encontraban a una distancia considerable Roberto disparó el láser una vez más como señal de advertencia para sus atacantes.

Zigzagueando, entre la maleza se escabulleron hasta llegar al campamento.

Sus compañeros ahí escucharon la fantástica narración con interés.

—Es raro que pase un día sin que algo sorprendente ocurra —dijo, Sergey.

Ese lugar quedó vetado para todos.

Capítulo VIII
La cueva walosi

Pedro y Roberto salieron de cacería un día. Pasaron toda la mañana sin encontrar nada que valiera la pena. Para aumentar su campo visual treparon a un árbol.

Desde lo alto tenían una mejor visión. La falta de animales hizo la espera larga y tediosa. Nada se movió hasta llegada la tarde. A la distancia Pedro divisó un bulto dirigiéndose hacia ellos.

—Parece un cerdo salvaje —Susurró.

El animal continuó acercándose sin percatarse del peligro que le esperaba. Pedro preparó el arma y la apuntó hacia la presa. Estaba a punto de disparar cuando el chirrido de un pájaro hizo reaccionar al animal y en un segundo salió disparado como bólido, perdiéndose rápidamente entre la maleza. Un instante le fue suficiente para escapar de una muerte segura.

De un salto, los dos hombres bajaron del árbol y corrieron tras el animal. El cerdo se movía ágilmente entre la hierba. Aunque no era un animal de gran velocidad, su zigzagueo lo hacía difícil de atrapar. Pedro y Roberto se separaron para acorralarlo. El pasto creció y el animal se perdió entre la hierba. Aunque no podían verlo, el movimiento del zacate delataba su ubicación. Más adelante, el pastizal creció aún más y les fue imposible detectar su posición. Abortaron la persecución. Pedro subió a otro árbol y alcanzó a percibir el movimiento del pasto a la distancia.

—¡Allá va!

Saltó desde lo alto de la rama y los dos, moviéndose ágilmente entre la hierba se acercaron a su presa que, al verse casi acorralada, dio un cambio brusco de dirección. Roberto, al hacer el giro pisó una piedra que le acertó un golpe en el tobillo. El golpe fue tan fuerte que le impidió seguir corriendo. Pedro continuó la persecución sin darse cuenta del accidente de su compañero. El animal se topó contra una pared de piedra. Al ver a su perseguidor acercándose, se escabulló hacia un costado. Pedro lo detuvo con un disparo fallido. El animal frenó bruscamente y cambió de dirección. Encontró una grieta en la pared y se escurrió dentro de ella. Como la grieta era grande, Pedro pudo introducirse, también. El pequeño túnel llegó a un lugar sin salida. El animal se encontraba entre la pistola y la pared. Pedro levantó el arma para ejecutarlo. Justo en ese momento, el cerdo encontró una ruta de escape a un costado. Se introdujo por una grieta lo suficientemente grande para el animal, pero no para su perseguidor, quien tristemente dio la media vuelta para regresar.

—¿Dónde está la salida?

La grieta por donde llegó había desaparecido.

Una vez más, Pedro se encontraba atrapado dentro de una cueva.

Hacia el interior se vislumbraba una luz más intensa al fondo de un túnel que no parecía de gran profundidad.

—Creí que había entrado por aquí, pero la salida está allá. ¡Qué confusión!

Se dirigió rápidamente al lugar de donde provenía la luz. Quería salir de ese lugar antes de cerrarse la grieta.

La luz que creyó proveniente del exterior era una luz que emanaba de un túnel largo que cruzaba el túnel pequeño.

Al darse cuenta de que había errado su camino, dio la media vuelta para regresar, pero el túnel por el que había llegado ya no estaba ahí.

—¿Me estoy volviendo loco acaso? ¿Qué es este lugar?

No tenía otra opción que seguir por el túnel largo.

Después de cavilarlo un largo rato, optó por permanecer en el sitio en espera de la reapertura de la cavidad por la cual había llegado.

Las experiencias pasadas le recordaron que, tarde o temprano, las grietas se reabrían. Era cuestión de esperar para poder salir por el mismo sitio por el que había entrado.

Se acomodó en el suelo y cayó en un profundo sueño.

Horas más tarde un ruido estruendoso lo despertó. Al abrir los ojos vio una manada tupida de osos corriendo por el túnel largo. Se levantó para seguirlos, pero la velocidad de los cuadrúpedos lo aventajaba lo aventajaba enormemente. En pocos segundos los perdió de vista en el fondo de la cueva. Se lamentó de no haber despertado antes.

Como la grieta no se abría, decidió seguir la misma dirección de los animales. Después de la primera curva en el camino, alcanzó a ver una luz brillante a lo lejos.

—¡Allá está la salida!

Una enorme sonrisa se dibujó en su rostro y corrió hacia la luz.

Al llegar a ella vio con decepción que, una vez más, la naturaleza de ese lugar lo había engañado. El hueco era simplemente una ventana al vacío. Sin embargo, le llamaron la atención varias formaciones pétreas que daban la sensación de haber sido trazadas por manos humanas. Siguió su camino por el túnel después de asegurarse que era imposible salir por aquel boquete.

Más adelante encontró otro ventanal. Su cara se iluminó al ver que había descendido bastante con respecto a la ventana anterior. De reojo, tuvo la sensación de ver unos puntos azules moviéndose entre las formaciones pétreas.

—¿Qué tipo de animales serán esos?

Aunque este ventanal se encontraba a menor altura, aún era peligroso aventurarse al descenso desde ahí. El camino por el túnel era más seguro.

Después de un par de curvas más apareció otra luz.

Al llegar a ella vio con júbilo que se encontraba al nivel del suelo. No se trataba de un ventanal más. Parecía la puerta de entrada a la ciudad de piedra que había observado desde las alturas.

—¡Por fin llegué! —se regocijó.

Atravesó el umbral de la puerta en forma de arco, pero no vio ninguna ciudad allí. Sólo había un muro vertical de gran altura y finamente tallado.

Corrió de regreso al túnel temiendo que la entrada se pudiera cerrar y quedar atrapado en ese lugar.

Para su suerte la entrada no se cerró.

—¿Dónde demonios estoy? —se preguntaba.

Al ver que la entrada no se cerraba, regresó al muro. Desde ahí escuchó murmullos provenientes del lado opuesto.

—¡La ciudad está detrás! —Se dijo con excitación.

Busco alguna entrada que le permitiera atravesar al otro lado. El muro era piedra sólida en toda su extensión. No había forma de atravesarlo.

Recorrió la pared de un lado al otro, buscando alguna grieta que le permitiera el acceso.

—¿Hay alguien del otro lado? —gritó a toda voz, y esperó una respuesta que nunca regresó.

—¡Necesito ayuda! Si hay alguien del otro lado, responda.

Sus llamadas no tuvieron eco.

Cansado por la larga caminata de ese día, se recostó en una roca plana al lado de la entrada. Desde ahí volvió a inspeccionar la pared con la mirada. No existía pasadizo alguno que le permitiera atravesarla.

Regresó al túnel para seguir camino abajo en busca de la salida correcta.

Una pared sólida marcó el final del túnel después de un centenar de metros.

Regresó cabizbajo al recinto anterior y se recostó sobre la laja para recuperar fuerzas y emprender su retorno.

Se recostó sobre la piedra y el cansancio lo hizo caer en un sueño profundo.

Una estampida sonora lo despertó. Al abrir los ojos, un grupo de osos entraba a todo galope por la puerta de arco. Sin disminuir la velocidad se dirigieron hacia la pared del fondo. Justo unos pasos antes de llegar a ella, se abrió una grieta para darles paso. Pudo, en ese momento, entrever la ciudad pétrea detrás del muro. Se levantó de un salto y corrió a toda velocidad, pero, a pesar de su gran esfuerzo, la grieta se cerró antes de su llegada.

Con rabia pateó la pared y la maldijo. Se echó junto al muro y lloró su mala suerte.

Después de tranquilizarse, se levantó y se puso a emular el trote de los osos, sin embargo, nada sucedió.

Habiendo encontrado el lugar de la apertura, se sentó en el suelo a esperar el regreso de los animales. c

La espera fue larga y tediosa. El cansancio le causó sueño y empezó a dormitar recargado en la pared.

Un ruido de galope lo despertó y lo puso en alerta. De un salto se levantó y tomó posición para brincar al otro lado.

La pared se abrió, pero en el extremo opuesto del muro. La manada salió a todo galope.

Como bala salió disparado en esa dirección. En su carrera desesperada tropezó con unas piedras en el camino y, aunque se levantó casi al instante, los segundos perdidos evitaron que llegara a la grieta antes del cierre. Frustrado, maldijo su suerte y, con las rodillas ensangrentadas, se sentó a llorar su infortunio. Casi enseguida, se oyó el correr de un animal solitario que entró por la puerta de arco y se dirigió a la pared en el lado opuesto, justo donde se encontraba unos minutos antes. Pedro no podía creer la fortuna tan adversa que lo acompañaba ese día.

Después de lamentarse, se levantó y, tratando de ser escuchado, gritó una vez más implorando ayuda. Su petición nunca tuvo respuesta. A pesar del infortunio, repitió su llamado hasta el cansancio. La ciudad parecía tener oídos sordos.

Decepcionado y traicionado por la suerte, regresó a la laja. Necesitaba descansar y ése era el único sitio cómodo en todo el recinto. Al inclinar su cuerpo para recostarse, con el rabillo del ojo, alcanzó a ver algo que le llamó la atención. Cerca de la pared detectó la silueta de una persona. Al verla bien notó que no se trataba de una persona como él. Era un humanoide. Todo su cuerpo era de color azul. No se explicaba de dónde había llegado. La pared no se había abierto. Parecía haber venido de la nada.

Todo ocurrió tan de repente que Pedro dejó escapar un fuerte suspiro.

El ruido hizo que la silueta se desvaneciera.

Pedro se talló los ojos. —Creo que estoy viendo alucinaciones. Ya estoy desvariando.

Regresó la mirada al sitio donde se encontraba el espectro.

—Me están afectando la falta de alimento y un buen descanso. Ya veo fantasmas.

Se disponía a recostarse una vez más cuando el ser azul volvió a hacer acto de presencia.

—¿Qué me pasa? ¿Es eso real o es simplemente mi imaginación?

Como la visión seguía ahí, Pedro se levantó para saludarlo.

—Hola. Soy Pedro.

En ese momento el ser fantasmal se esfumó.

—¡Espera! ¡No te vayas! Necesito tu ayuda, aunque seas un fantasma.

Se acercó al lugar donde el espectro había aparecido.

—No hay duda de que me estoy volviendo loco

Se sentó en el suelo junto a la pared a esperar la reaparición del fantasma.

Como el espectro no reapareció, volvió a la laja y se recostó. Cerró los ojos quedando de espaldas al muro. No quería distraerse con visiones imaginarias.

La falta de fuerza de voluntad lo hizo voltear hacia la pared.

Una vez más el fantasma azul se encontraba allí. En el mismo sitio y con la mirada fija en él.

Se volvió a tallar los ojos tratando de borrar la visión, pero al regresar la mirada el espectro seguía ahí.

Recordó haber visto puntos azules desde un ventanal en su camino por el túnel.

—¿Será uno de los puntos azules que vi desde arriba?

Tratando de no hacer movimientos bruscos, se levantó lentamente hasta quedar sentado sobre la laja. Su último deseo era asustar al espectro.

Levantó la mano lentamente en señal de saludo.

El espectro frunció el ceño, dio la media vuelta y caminó hacia el muro.

—¡No te vayas! —gritó, Pedro.

Y el ser pareció atravesar el muro.

—¿Es esta otra pesadilla? No hay duda de que me está afectando el cansancio y la falta de comida.

Se preparaba para recostarse cuando tres fantasmas aparecieron junto a la pared: uno azul y dos amarillos. Los tres observaban a Pedro y hacían movimientos de cabeza. Esta vez Pedro trató de no moverse en absoluto.

Después un rato, dijo con voz suave:

—Estoy perdido. Tengo hambre. Necesito ayuda.

Los fantasmas se miraron entre sí. Los de color amarillo en un abrir y cerrar de ojos aparecieron a unos pasos de Pedro. Aunque eso lo alteró, pudo controlar su emoción.

Los seres emitieron sonidos irreconocibles para Pedro. Los sonidos no tenían ningún parecido a voces humanas.

Pedro repitió en voz suave: "Necesito ayuda. Tengo hambre." Los seres se acercaron unos pasos más. Uno de ellos soltó una piedra que llevaba en la mano. Después con la misma mano intentó tocarle la cabeza. El ser parecía atraído por su cabellera. Todos ellos tenían la cabeza desnuda de cabello.

El otro dirigió su mirada a la pistola láser que yacía sobre la laja, a un lado de Pedro. Al darse cuenta de ello y volteando la cabeza suavemente, advirtió que la pistola tenía puesto el seguro contra disparos accidentales. Con una seña le indicó al ser que podía tocarla. Con voz suave, le advirtió: "Es peligrosa. Hay que tener cuidado."

Uno de los entes amarillos emitió unos sonidos agudos y, al instante, el ser azul que aún se encontraba al lado de la pared, se desvaneció y apareció al lado de Pedro. Ese ser también dirigió su mano hacia la cabeza de Pedro para palparle la cabellera. Mientras lo tocaban parecían tener una conversación entre ellos.

Después dirigieron sus manos al pedazo de camisa rasgada que llevaba puesta. La palparon con curiosidad. También fueron atraídos por los pantalones que presentaban un estado deplorable. Ninguno de ellos llevaba ropa. De la cintura hasta la cabeza eran lampiños, pero de la cintura hacia los pies, estaban cubiertos de un denso pelaje del mismo color que sus cuerpos.

Uno de ellos se acercó a Pedro y emitió sonidos raros al mismo tiempo que señalaba la pared del fondo. Parecía tratar de comunicarle algo que Pedro no comprendió.

Pedro tuvo la sensación de estar siendo interrogado. Los tres seres mantenían su mirada fija en él como esperando una respuesta, pero él no sabía que hacer.

El ser azul volvió a emitir los sonidos y los ademanes.

Pedro se mantuvo en un mutismo hermético por temor a asustar a los humanoides que parecían estar interesados en él.

Al ver que Pedro no respondía, con señales, uno de ellos le indicó que se pusiera de pie. Pedro comprendió y se levanto lentamente. El ser azul lo tomó de la mano y lo jaló. Tras dar dos pasos los tres seres se desvanecieron.

—Sí son visiones. Despiérteme alguien de esta pesadilla.

Enseguida el ser azul reapareció y, dirigiéndose a Pedro, emitió varios sonidos. Le volvió a tomar la mano y lo jaló por segunda ocasión. Al dar el primer paso se desvaneció.

Pedro estaba confundido. No sabía si lo que veía era obra de su imaginación o esos seres tenían poderes mágicos.

El ser azul reapareció por tercera ocasión, le tomó la mano, lo jaló hacia la pared. Al llegar a ella, su cuerpo la traspasó, pero Pedro chocó con la roca dándose un fuerte golpe en el pecho y en la mejilla.

—¿Cuándo voy a despertar de este maldito sueño?

Se echó junto a la pared intentando despejar su mente. Después de más de una hora sin ver apariciones se sintió aliviado.

—Por fin se han ido los fantasmas. Sí eran visiones. Es mejor que salga de este lugar espectral si quiero seguir con vida.

Al dar la media vuelta para dirigirse a la salida, el ser azul reapareció detrás de él y le jaló la mano ocasionándole un enorme susto. Lo dirigió una vez más rumbo a la pared. Esta vez el humanoide no se desvaneció. Al llegar al muro, se abrió una grieta que les permitió atravesar al otro lado.

Pedro quedó pasmado al ver aquel increíble lugar lleno de nichos y grietas en las paredes de piedra.

—¿Estoy soñando?

El ser azul volteó a verlo. Emitió sonidos irreconocibles y señaló con la mano a cientos de espectros ahí reunidos.

Todos lo miraban. Pedro se apenó de ser el centro de atención de los humanoides. Por unos momentos se sintió como un bicho raro en medio de aquella multitud de seres extraños. Aunque sentía cierta incomodidad, le parecía fascinante ese quimérico lugar.

Todos los observadores parecían cuchichear entre sí. El ser azul que llevaba a Pedro de la mano, emitió unos sonidos hacia la multitud. Después de su discurso, unos seres pequeños, con cierto recelo, se acercaron lentamente. Pedro estiró la mano para saludarlos, pero, al instante, huyeron despavoridos a esconderse detrás de otros seres de mayor tamaño. El ser azul se dirigió a ellos nuevamente y le tocó las manos a Pedro indicándole con un movimiento que no las moviera. Una vez más, los pequeños se fueron acercando con cautela. Esta vez Pedro se mantuvo quieto. Le costó esfuerzo, pero logró permanecer inmóvil tanto como le fue posible para evitar ahuyentar a las criaturas que observaban con sorpresa los hilachos que llevaba por pantalones. Tenían curiosidad por saber cómo se sentía esa cosa extraña que cubría parte de sus piernas. El tacto con la tela provocó lo que parecían risas entre los pequeños seres.

A una orden del ser azul los pequeñines se alejaron corriendo. Enseguida un grupo de seres de mayor tamaño se acercó a Pedro, pero todos se detuvieron a una distancia considerable. El ser azul les comunicó algo y, con cautela, los espectros se acercaron más a Pedro. Con recelo unos estiraron los brazos para palpar su cabeza, y otros sus pantalones. Pedro intentó explicarles que la camisa y los pantalones eran sólo sus atuendos, que no eran parte de su cuerpo. Nadie pareció interesarse en los sonidos que Pedro emitía.

Una idea se le vino a la mente, pensó en quitarse la camisa para mostrársela a todos. Empezaba a desabrochar el primer botón cuando un sonido extraño se oyó desde el fondo de la cueva. Todo el mundo volteó la mirada hacia ese lugar e inmediatamente los seres de mayor tamaño dieron un par de pasos desvaneciéndose enseguida. Los seres pequeños también se alejaron corriendo hacia el fondo de la caverna. Sólo quedó un grupo de tres personas. Parecían discutir algo entre ellos. Hacían movimientos extraños con las manos. Uno de ellos tenía las manos extendidas horizontalmente. Otro, que se encontraba frente a él, parecía unir sus manos como formando un embudo a la vez que soplaba hacia las manos de su compañero. El tercero también soplaba y hacía movimientos zigzagueantes.

Parecían comunicarse entre ellos, pero Pedro sólo escuchaba ruidos extraños.

La discusión, los movimientos de manos y los soplidos continuaron por varios minutos. Los dos que movían las manos y soplaban se fueron acercando al tercero, quien despegó las manos. Al dar un último soplido, a muy corta distancia del que estaba enfrente, éste juntó las manos y dio un aplauso. Inmediatamente después los tres dieron un paso y se desvanecieron.

Sólo el ser azul quedó en compañía de Pedro. Todos los demás se habían esfumado. A señas, Pedro le pidió a su guardián que le explicara lo que pasaba. El ser pareció comprender y contestó algo en su lenguaje. Señaló un lugar a la distancia. La falta de comprensión hizo que Pedro desistiera de seguir su interrogatorio.

Capítulo IX
La cueva de la galaxia y el jardín

Con señas, Pedro le pidió algo de comer a su edecán. Había pasado ya varios días sin ingerir alimentos. Su compañero azul pareció comprender el ademán. Lo tomó de la mano y lo condujo hacia una pared de piedra. Junto a ella pasaba un canal que llevaba agua cristalina. El humanoide señaló el agua y emitió unos sonidos. Pedro sólo miró a su acompañante sin saber qué hacer.

Juntando las manos, el ser azul, recogió una poca de agua y se la llevó a la boca. Después, haciendo un ademán, le pidió a Pedro hacer lo mismo. Pedro se agachó y, formando un cuenco con las manos, se sirvió del refrescante líquido.

Pedro agradeció el agua, pues también tenía algunos días sin beber, pero lamentó que no le hubieran ofrecido alimentos sólidos.

Después el ser azul lo llevó por una vereda de piedra al lado del canal. Su guía hablaba señalando el canal y el fondo de la cueva. Pedro sólo lo observaba lleno de confusión.

Después de varios minutos de caminar con el humanoide, Pedro notó que su hambre había desaparecido. Se sentía totalmente revitalizado. Su cansancio se había esfumado por completo. Se encontraba lleno de energía.

Su compañero azul lo tomó de la mano y lo jaló. Después de dar un par de pasos, se desvaneció, pero casi inmediatamente reapareció. Le volvió a tomar la mano y al tercer paso se desvaneció por segunda ocasión. A Pedro no le pareció extraño lo acontecido. Ya había pasado esa experiencia anteriormente. El ser reapareció una vez más mostrando cierta frustración en el rostro. Tomó la mano de Pedro por tercera ocasión y lo jaló por un camino sinuoso entre rocas. Esta vez lo hizo sin desvanecerse.

Al llegar a una roca grande que atravesaba el camino. Doblaron hacia la izquierda por un pasaje descendiente que rodeaba la roca. Al llegar a la parte más baja entraron por una grieta en la pared. Se trataba de un túnel corto. Al final del túnel se vislumbraba una luz blanca, brillante.

Al atravesar la salida del corredor, Pedro quedó paralizado al ver el espectáculo que se presentaba en ese lugar.

—¿Qué es esto? —preguntó.

El ser azul lo jaló y lo condujo entre nebulosas estelares, estrellas, galaxias y planetas que se movían en una sincronía perfecta.

—No hay duda de que este es el Paraíso. —dijo con emoción.

Estaba tan embelesado en ese lugar que le era imposible caminar al ritmo de su guía.

No daba crédito a todo lo que ahí veía. Parecía ser un universo en miniatura. Además de estrellas, galaxias y planetas había infinidad de nebulosas que parecían danzar un baile celestial.

Pequeños cometas deambulaban errantes y atravesaban frente a ellos en una sincronía celestial.

Lunas, cuerpos celestes inimaginables e infinidad de objetos maravillosos se movían al ritmo de una suave melodía paradisiaca. Todo fluía en una forma de solemne perfección.

Pedro volvió en sí al sentir que su compañero azul lo jaló de la mano. Sin embargo, al seguir su camino, sentía volar entre las nubes y gozaba de la majestuosidad de ese universo en miniatura. Parecía estar flotando en un mundo idílico. Todo aquello era, sin duda, la representación más fidedigna del universo que conocía sólo en libros y en películas de ciencia ficción.

Su guía lo llevó por caminos diversos, atravesando cientos de sistemas solares y, en cada uno de ellos, Pedro creía ver su planeta natal, Tierra.

Iba tan absorto en las galaxias que no se dio cuenta que un grupo de pequeños se les había unido. Con curiosidad le tocaban los pedazos de tela que cubrían parte de sus piernas. Dos de ellos lo tomaron de la mano mostrándole una enorme sonrisa. Pedro les respondió con una sonrisa similar.

Cada vez que Pedro se detenía para observar algún objeto interesante, su amigo azul lo jalaba para seguir su camino. Había puentes de nubes que atravesaban a menudo. Después de cada puente, el ser azul se detenía para observar los objetos celestes de la región. Parecía andar buscando algo perdido en aquella miniatura de universo, pero de grandes proporciones. Se detenían aquí, miraba los objetos celestes. Hacía un gesto de descontento y continuaba su camino. Se detenía allá y más allá y repetía el mismo acto una y otra vez. Aunque Pedro desconocía el propósito de su guía, era un placer deambular en medio de aquella maravilla de fascinante paz celestial.

Después de atravesar un puente, su compañero se detuvo abruptamente. Observó la zona con cuidado y señaló un punto. A la vista, parecía el sistema solar. Se puso de rodillas. Introdujo la mano en la espesura de la masa nebular. Le jaló la mano a Pedro para que hiciera lo mismo. Emitió sonidos y observó la expresión de él. Después de unos segundos, hizo un gesto de desaprobación, se puso de pie y jaló a su compañero hacia otra zona.

A pesar de la falta de comunicación, a Pedro no le incomodaba recorrer aquella maravilla sideral. Al cruzar otro puente nuboso, se volvieron a detener. El ser azul se agacho frente a la masa estelar de ese lugar. Repitió el mismo procedimiento observando atentamente la cara de Pedro. Después de unos segundos, el ser volvió a hacer una cara desaprobadora. Se levantó y siguió su camino.

Por horas repitieron el mismo procedimiento una y otra vez. Pedro pensó que se trataba de algún ritual religioso. Para entonces ya habían perdido la compañía de los pequeños.

Su compañero azul lo condujo finalmente a la salida del recinto. Abandonaron la cueva y se acercaron a un canal con agua. El ser azul se agachó para beber. Al levantarse invitó a Pedro a hacer lo mismo. Después de haber calmado su sed, lo tomó de la mano y lo condujo por un camino que serpenteaba siguiendo el contorno de una pared alta con nichos en la parte superior. Un poco antes del final de la vereda se detuvieron frente a una grieta. Su compañero señaló hacia arriba y emitió sonidos extraños. Pedro sólo sonreía, aparentando comprender lo incomprensible.

Entraron por la grieta y ascendieron por unos escalones pétreos. Al llegar a la parte superior, había una enorme cámara que albergaba una gran cantidad de osos siendo ordeñados por seres azules y amarillos.

Su amigo azul señalaba a diferentes lugares del recinto y emitía sonidos indescifrables. Pedro sólo lo miraba fingiendo una sonrisa para no parecer rudo.

Cuando el ser azul detuvo su explicación, Pedro vio muy consternado lo que hacían los ordeñadores. No podía creer lo que ocurría ahí. Se acercó a uno de ellos para comprobarlo. Miró a los demás y se dio cuenta de que todos hacían lo mismo.

Dirigiéndose a su compañero azul le preguntó.

—¿Por qué tiran la leche en el suelo? ¿Para qué sirve ordeñar a esos animales si la leche se pierde en la porosidad de la tierra?

El ser azul sólo miraba fijamente a Pedro.

—¡Qué desperdicio de leche!

Al notar que sus preguntas no podían ser comprendidas, trató de explicarle a señas sobre la aberración que estaban cometiendo sus compañeros al desperdiciar la leche de esa manera.

El humanoide pareció responder haciendo ademanes, aunque Pedro no comprendió una sola de las señales.

Después de una larga explicación que dejó a Pedro en el mismo estado de tinieblas, el ser azul lo tomó de la mano y lo llevó nuevamente al nivel inferior. Ahí tomaron un camino contiguo a la pared con nichos.

Llegaron a una grieta y se introdujeron por ella. El pasadizo era estrecho y sinuoso. Después de un par de curvas Pedro alcanzó a ver una luz en el fondo.

—¡La salida de la cueva! —exclamó Pedro para sí.

Al llegar, Pedro notó que ése no era el lugar donde se había separado de Roberto.

A pesar del desencanto, Pedro quedó fascinado por el bello aspecto del sitio. Habían salido a un bosque que parecía surgido de un cuento de hadas. Tuvo la sensación de encontrarse en un lugar idílico, matizado de colores suaves y sonidos exquisitos. Creyó estar inmerso en un libro de fantasía. Cientos de insectos y aves voladoras de distintos tamaños y colores planeaban apaciblemente por los aires.

—No hay duda de que ahora sí estoy muerto. —se decía. —Éste es sin duda el jardín del Edén.

Los trinos de las aves llenaban el ambiente con música celestial.

A la distancia se vislumbraban montes boscosos con cumbres nevadas.

Riachuelos de aguas claras serpenteaban y formaban cascadas cristalinas que originaban melodías paradisíacas al chocar sus aguas contra las rocas depositadas en el fondo de su cauce.

Esparcidos en el jardín, árboles frutales de deliciosos colores invitaban a degustar sus obsequios jugosos.

Cerca de una poza de agua clara, a mitad de una pequeña pradera, un grupo de niños correteaba y jugueteaba alegremente.

—¿Dónde estamos? —preguntó, Pedro. —Este lugar es maravilloso.

Su compañero sólo lo miró haciendo un gesto de incomprensión.

Aunque la falta de comunicación era frustrante, Pedro se concentró en el deleite de tranquilidad de aquel jardín de belleza desproporcionada.

La temperatura ambiental era perfecta. Sentía en su piel un ligero y agradable calor solar. Sin embargo, el cielo se encontraba completamente nublado. El sol no se veía por ningún lado.

Despertándolo de su embeleso, su compañero lo jaló de la mano y lo condujo por un camino sinuoso entre plantas exóticas. Al final de la senda llegaron a un paraje rodeado de hojas gigantes. El humanoide arrimó su espalda a una de ellas. Al hacer contacto, la hoja se reclinó gradualmente hasta llegar a una posición horizontal.

Acostado desde su lecho, su compañero, a señas, le pidió a Pedro acercarse a la hoja que tenía más cercana.

Pedro comprendió el mensaje. Un tanto temeroso, se acercó de espaldas a la hoja. Al primer contacto, ésta se empezó a inclinar suavemente. A pesar del temor que imponía el acto, el soporte de la hoja le dio confianza para dejarse caer. Sintió un apoyo seguro y cómodo que lo llevó a una posición horizontal. La enorme hoja se había transformado en una cama de excelsa comodidad. Bastaron unos segundos para que el sueño lo envolviera por completo.

Después de varias horas de descanso reconfortante. Pedro abrió los ojos sintiéndose totalmente revitalizado. Las hojas pusieron de pie a los durmientes. Su compañero lo jaló para regresar a la cueva. Ahí bebieron agua del canal.

Pedro no había ingerido alimento sólido por varios días, sin embargo, se sentía satisfecho sólo por beber el agua del canal.

Capítulo X
Comunicación

Su compañero lo jaló de la mano y lo llevó nuevamente a la cueva de las galaxias. Se dirigieron directamente al último lugar donde habían estado la vez anterior. Su amigo se dedicó a hacer los mismos rituales que había repetido innumerables veces anteriormente. —se ponía de rodillas, introducía las manos en las masas viscosas. Se frotaba la frente con una mano y frotaba la frente de Pedro con la otra.

Aunque era un acto monótono y aburrido, Pedro siguió a su compañero sin quejarse. Pensó que se trataba de un rito religioso importante para ellos. Cada cuatro o cinco pasos repetía el mismo procedimiento. Era una ceremonia extraña, pero no le sorprendía del todo pues había visto ritos similares en ciertas ceremonias religiosas en su planeta natal.

Ese día terminó con el aburrimiento extremo de Pedro y la cara de frustración de su compañero.

Los siguientes días recorrieron diferentes partes del salón galáctico repitiendo la misma rutina una y otra vez. Pedro se notaba cansado y aburrido de presenciar el mismo acto durante horas enteras. No comprendía la razón de ese rito monótono.

Le habría gustado realizar actividades diferentes, conocer nuevos lugares de la ciudad, platicar con otras personas, aunque sabía que la comunicación no iba a ser posible ya que sus lenguas eran totalmente diferentes.

Sin poder decir o hacer nada, se resignó y optó por observar la enorme devoción de su compañero desde un punto de vista cultural y religioso.

Aunque Pedro no profesaba religión alguna, recordaba a su madre repitiendo el rosario día tras día, todas las tardes en la sala de su casa. Era ya una costumbre que, a las cinco en punto, sin falta, la veía hincarse frente a unas imágenes de santos y vírgenes colocadas sobre una mesa dedicada a la oración.

Aunque la rutina de su guía era aburrida, Pedro se entretenía observando los distintos cuerpos flotantes que no dejaban de sorprenderlo.

Un día, después de varias visitas a la cueva, Pedro descubrió el propósito de los ritos al escuchar a su compañero decir, "¿Puedes comprenderme?"

Pedro quedó mudo por la sorpresa.

Su amigo hizo un gesto de disgusto y se levantó.

—¡Espera! ¿Puedes hablar como yo? ¿Por qué no me lo habías dicho?

—¡Por fin! —dijo su compañero azul —Hemos encontrado el lugar exacto. Ése de ahí es tu planeta. De ahora en adelante podremos comunicarnos.

—¿Por qué no me habías hablado en mi idioma antes?

—Qué raro eres. Yo no podía comprenderte hasta ahora.

—¿Cómo es que pudiste hacerlo ahora?

—En esta nube se guarda todo el conocimiento que tenemos de tu planeta, incluyendo los idiomas. Al tocarla y frotarla en nuestras cabezas es posible comprendernos.

—¿En serio? ¡No puedo creerlo! ¿Sólo con tocar esa nube podemos entendernos?

—Así es. Fue una larga tarea, pero lo logramos.

—Todo este tiempo creí que estabas realizando alguna ceremonia religiosa.

—No comprendo lo que dices.

—¡Oh, no! ¿Perdimos la comunicación otra vez?

—No. No comprendo eso de "ceremonia religiosa"

—¡Qué bueno que sólo es eso!

—¿Qué significa "ceremonia religiosa?"

—No importa —Pedro observó maravillado el contorno de la cueva y, por fin, pudo preguntar. —¿Qué es este lugar tan maravilloso?

—El universo.

—¿El universo?

—Sí. No comprendo tu excitación.

—Es que... ¡es fantástico! ¡es increíble!

—¿El universo en tu planeta no es así?

—No tenemos un Universo así en mi planeta.

—¡Qué! ¿No tienen un universo?

—No. Sería extraordinario si lo tuviéramos.

—¡Qué raro que no tienen uno!

—Entonces ésta es la zona que representa el Sistema Solar, ¿verdad?

—¿El qué?

—El Sistema Solar.

—No sé qué significa "Sistema Solar."

—Yo vengo de una estrella que se llama Sol, que junto con todos los planetas que giran alrededor de él forman el Sistema Solar. Sabes que el Sol es la estrella más cercana a Próxima Centauri.

—¿A qué?

—A Próxima Centauri.

—¿Qué es eso?

—Próxima Centauri es el nombre del sol de aquí.

—¿Del sol?

—¿Cómo llaman ustedes a la estrella más brillante en el cielo?

—Nosotros no les damos nombres a las estrellas. Son simplemente estrellas.

—¿Cómo supiste que ésa de ahí era nuestra estrella, entonces?

—Porque al tocar su nebulosa, pudimos comunicarnos.

—No sabes cuánta emoción siento que podamos platicar normalmente.

Pedro miró la majestuosidad del universo inmerso en la cueva y preguntó.

—¿Cómo crearon todo esto?

—Todo se empezó a formar hace mucho, mucho tiempo gracias a la acumulación de los conocimientos de nuestros antepasados. Desde entonces, cada vez que alguien muere, su cuerpo es traído aquí.

—Entonces, ¿este lugar es algo así como un cementerio?

—De cierta manera, sí. Cuando la persona muere, su cuerpo es traído aquí y sus conocimientos se unen a los conocimientos de todos los que murieron antes que él. Aquí yacen todos nuestros antepasados desde el principio de los tiempos.

—¿Cuándo fue el principio de los tiempos?

—No sé. Parece que hace mucho, mucho tiempo.

—¿De qué cantidad de años estamos hablando?

—No comprendo tu pregunta.

—¿Cuántos años?

—Sigo sin comprender.

—No me hagas caso. Estoy pensando como terrícola. No sé cómo cuenten el tiempo ustedes, pero nosotros lo contamos por años, siglos y otras formas diferentes.

—Es muy raro lo que dices.

—¿Cómo es que allí se encuentra el conocimiento de todas las lenguas que se hablan en la Tierra?

—Por las personas que han muerto y han ido a tu planeta.

—¿Sucede igual con las lenguas de toda la galaxia?

—Sí. Aquí se encuentran todos los idiomas de los planetas a los que nuestros antepasados han viajado. Al morir y ser sepultados aquí, su cuerpo se desvanece, pero el conocimiento que adquirieron en vida se queda para beneficio de los que siguen viviendo.

—¡Increíble!

—¿Cómo son las cuevas de la Galaxia en tu planeta? ¿Son como ésta?

—En mi planeta no tenemos cueva de la Galaxia.

—¡Qué! ¿Cómo guardan el conocimiento, entonces?

—No guardamos el conocimiento… ¡Espera! Pensándolo bien, sí guardamos el conocimiento. Lo guardamos en libros. Tenemos una inmensa cantidad de libros. También tenemos computadoras e Internet y todos pueden obtener el conocimiento.

Su compañero lo miraba frunciendo el ceño.

—No comprendo nada de lo que estás diciendo.

—Quiero decir que sí tenemos algo parecido a la cueva de las Galaxias, pero no podemos aprender la información tan fácilmente como ustedes. Nuestra cueva de la Galaxia es del tamaño de todo nuestro planeta.

—¿Entonces es muy grande?

—Demasiado grande.

—Ustedes deben tener el conocimiento de todas las galaxias y todos los universos. ¡Qué fantástico!

—No. No es así. Los humanos no hemos viajado a otros universos. Este planeta es el lugar más lejano al cual hemos llegado.

—¿En serio? Eso es imposible de creer. Dime la verdad, ¿a qué otras galaxias han viajado?

—Estoy diciendo la verdad. Este planeta es el único al que hemos viajado.

—¿Para qué quieren una cueva de las galaxias tan grande si no han viajado a otros mundos?

—Para otras cosas, pero dime ¿cuál es el lugar más lejano al que han llegado ustedes?

—A todos los lugares que ves aquí.

—Pero este lugar es inmenso y puedo ver infinidad de galaxias.
—Todos los lugares que ves aquí son lugares explorados por nuestra gente.

Capítulo XI
Universos

—¿Qué tipo de naves usan para llegar tan lejos?

—¿Naves? ¿Qué es eso?

—¿Cómo llegan a las otras galaxias?

—Como todo mundo lo hace.

—pero ¿cómo lo hacen?

—Estás bromeando, ¿verdad?

—Si lo hacen en naves, entonces sí estoy bromeando.

—No sé el significado de "naves."

—Entonces no estoy bromeando. Dime cómo viajan ustedes a otros planetas.

—Pareces un niño recién nacido. Déjame explicarte con todo detalle: primero nos elevamos al siguiente nivel galáctico y, desde ahí, escogemos el punto a donde deseamos viajar en este nivel y nos dirigimos a él.

—¿Al siguiente nivel galáctico? ¿Cuál es ese nivel?

Su compañero lo miró con desconcierto. —¿No aprendiste eso cuando eras pequeño?

—No.

—¡Qué raro! Es algo que todo el mundo sabe. Hasta los niños saben eso. ¿De qué planeta tan raro vienes? ¿Estás seguro de que no lo aprendiste?

—Sí. Estoy seguro. Nadie en mi planeta sabe nada sobre los niveles galácticos, pero me gustaría saberlo.

—Voy a tratar de explicártelo como se lo explico a un niño pequeño. Nosotros vivimos en este nivel, pero más allá de este universo, existe otro universo de un tamaño inmensamente mayor. Nuestro universo es como un punto diminuto para el siguiente universo. A la vez, ese universo es un punto ínfimo para su inmediato superior y así sucesivamente hasta siempre. También hay universos inferiores al nuestro. Ellos son puntos muy pequeños que a la vez son universos enormes para otros más pequeños y también esos continúan para siempre.

—Entonces ¿nosotros somos como una molécula del universo siguiente?

—¿Qué es una molécula?

—Es como un puntito muy pequeño.

—Sí, eso es lo que somos, un puntito muy pequeño.

—¡Increíble! Y ¿cómo logran llegar al siguiente universo?

—Como todos lo hacen.

—¿Cómo es eso?

—Parece que nunca lo has hecho.

—No, nosotros los terrícolas no podemos salir de nuestro universo.

—Metió la mano a la nebulosa y cerró los ojos por unos segundos.
—Comprendo. Ustedes están en una etapa arcaica del control de su cuerpo.

—¿En una etapa arcaica?

—Sí. No pueden controlar su cuerpo. Por eso ustedes no pueden viajar entre los distintos universos.

—¿Cómo logran ustedes controlar su cuerpo y viajar entre los universos?

—Deseándolo.

—Deseándolo y ¿qué más?

—Es todo.

—¡Increíble! ¿A cuántos universos has viajado tú?

—Hasta ahora sólo he viajado a aquella galaxia azul que se ve allá, al fondo, pero lo hice con un maestro. No podré viajar sin maestro hasta que haya madurado lo suficiente en desintegración. Puedo desintegrarme aquí en la cueva, pero si lo hago en el cosmos, podría perderme para siempre.

—¿Qué tan lejos está aquella galaxia en la realidad?

—Pues así de lejos. Hasta allá.

—Aquí en la cueva no está lejos, pero en el universo real eso llevaría millones de años viajando a la velocidad de la luz.

—No comprendo lo que dices.

—Perdóname. Estoy pensando como terrícola. Mejor dime ¿cómo lograste llegar hasta allá?

—Mi maestro y yo nos desintegramos, Hicimos crecer nuestros cuerpos hasta el siguiente nivel y después regresamos a este nivel en aquel lugar.

—¿Cuánto tiempo tardaron en hacer todo eso?

—Cerramos los ojos, llegamos al siguiente nivel y regresamos y fue todo.

—Pero ¿Cuánto tiempo es eso?

Su amigo cerró los ojos. Los mantuvo cerrados por unos segundos y los abrió. Eso fue lo que tardamos.

—¿Es todo?

—Sí.

—¡Sorprendente! Daría mi vida por poder viajar así de rápido. Me iría ahora mismo a la Tierra. A propósito, ¿te gustaría ir a la Tierra?

—Sí, pero no puedo hacerlo ahora.

—¿Por qué no? Si has viajado más lejos, a la Tierra podrías ir mucho más rápido pues está aquí al lado.

—No importa la distancia. Al estar en el nivel superior, todos los lugares de este universo están a la misma distancia. Tardaría lo mismo en ir a tu planeta que en ir a los lugares más lejanos como aquellos de hasta allá.

—No puedo ni siquiera imaginarlo. Es difícil de creer todo eso que dices. Aunque viajar a la Tierra sea lo mismo que viajar al lugar más lejano, espero que un día puedas visitar mi planeta.

—¿Cómo es tu planeta?

—Es un planeta como éste, pero hay mucha más gente que aquí.

Su compañero se agachó y metió la mano en la nebulosa.

—¡Oh! —suspiró y sacó la mano inmediatamente. ¿Por qué esos animales se comen a la gente?

—¿De qué animales hablas? ¿Qué es lo que viste?

—Un animal muy grande se estaba comiendo a muchas personas como tú.

—¿Estás seguro de que viste el planeta Tierra? ¿Es ésta la nebulosa de la Tierra?

—Sí es la Tierra. No me equivoqué. Vi un animal grande comiéndose a varias personas como tú.

—¿Sería un elefante lo que viste?, pero los elefantes no comen personas.

—El que vi, sí estaba comiéndose a varias personas. Tiene patas así —su amigo dibujó un círculo en el aire.

—¿Estás diciendo que tienen patas redondas?

—¿Qué significa "redondas?"

—Como así —Pedro dibujó un círculo en el aire, también.

—Sí. Así son sus patas. Nunca he visto un animal con patas redondas.

—Pero, en la Tierra no hay ningún animal con patas redondas.

—Sí. Acabo de verlos. Hay muchos y comen personas.

—Quizás metiste la mano en la nebulosa incorrecta.

—No. Éste es el sitio de la Tierra. Puedo sentirlo cuando meto la mano en la nube.

—Míralos —El ser azul tocó la nebulosa y luego le puso la mano en la frente a Pedro.

—Esos no son animales, son autobuses. Ellos no comen personas. Los autobuses son máquinas que usamos para ir más rápido de un lugar a otro.

—Pero yo puedo ver que abren sus bocas y se comen a las personas.

—No es así.

—¡Míralos bien! ¿Ves? Se comen a la gente.

—No se la comen. La gente se mete en el autobús por su propia voluntad. Después se transporta a otro lugar y, al llegar a su destino, sale del vehículo.

—¿Es verdad lo que dices?

—Sí. Ésa es la realidad.

—Entonces ¿no se comen a las personas?

—No, no se la comen.

—¡Qué bueno! Pensé que sería muy peligroso ir a tu planeta.

—No, no es peligroso.

—¿Por qué esos animales les ayudan a transportarse?

—Porque nosotros no podemos viajar desintegrándonos. Necesitamos máquinas que nos lleven de un lugar a otro de forma más rápida.

—Entonces ustedes sí pueden viajar rápido, también.

—Sí y no. Las máquinas nos llevan más rápido que si anduviéramos a pie, pero no podemos viajar a las velocidades que viajan ustedes. Nuestra rapidez tiene límites. Sería maravilloso si los terrícolas pudiéramos desintegrarnos como lo hacen ustedes. El viaje de ocho años que hicimos desde la Tierra hasta aquí habría sido de sólo unos segundos —Pedro miró hacia arriba pensando en la nave madre que flotaba en el cielo y añadió. —Y ahora, aunque tenemos una nave flotando allá arriba, nunca podremos regresar a nuestro planeta.

—¿Por qué no?

—No hay forma de llegar a ella.

—¿Por qué la dejaron allá arriba?

—Teníamos que bajar a explorar este planeta.

—¿Por qué no suben otra vez?

—No podemos. Hemos perdido las naves que nos trajeron aquí.

—Acabas de decir que tu nave está allá arriba.

—Usamos otras naves más pequeñas para bajar desde la nave que está arriba. La que está arriba no puede descender hasta aquí. Las naves pequeñas sí lo pueden hacer.

—¿Por qué no las usan para regresar?

—Las perdimos. No sabemos dónde están.

—¿Por qué no suben como nosotros?

—¿Desintegrándonos?

—Sí.

—Sería maravilloso, pero no podemos hacerlo. Ustedes tienen un cuerpo especial que les permite desintegrarse y regenerarse en otro lugar. Nuestro cuerpo no funciona así.

—¡Qué raro que no pueden hacerlo! Y es algo tan fácil. Ven conmigo. Vamos a intentarlo. Yo creo que sí puedes hacerlo.

Llegaron a una explanada cerca de la ordeña.

—¿Ves aquel nicho allá? —señaló, el ser azul. —Vamos a subir a él desintegrándonos. No me sueltes.

Su amigo lo tomó de la mano y se desintegró. Al instante se encontraba a varios metros de altura, en el nicho que habían convenido. Asomando la cabeza vio que Pedro no lo siguió. En instantes reapareció a su lado.

—¿Por qué me soltaste la mano? Sólo da un paso y piensa en el lugar al que deseas llegar. Vamos ahora a ese nicho que está más cerca.

—En verdad, no puedo hacerlo.

—¡Vamos! Inténtalo.

Lo volvió a tomar de la mano y al dar el primer paso apareció en el nicho acordado. Unos segundos después se reintegró a su lado.

—Esto no es para mí —dijo, Pedro. —Yo no tengo la capacidad que tú tienes.

—No puedo creer que seas incapaz de hacer algo tan fácil.

—Sé que es fácil para ti, pero para mí es imposible.

—¿No te enseñaron a hacerlo cuando eras pequeño?

—En mi planeta nadie puede hacerlo.

—¡Nadie!

—Es nuestra realidad. Nadie puede hacerlo.

—¿Qué hacen cuando quieren ir a un lugar muy lejano?

—Usamos coches, aviones, helicópteros, naves espaciales.

—¿Qué es todo eso?

—Los animales con patas redondas que viste son los coches. Los otros son objetos voladores. Regresemos a la cueva de la galaxia para que los puedas ver.

En la cueva. El amigo azul tocó la nebulosa y cerró los ojos. Al reabrirlos volteó hacia Pedro y dijo:

—Comprendo ahora lo que es un avión, un helicóptero y una nave espacial. También aprendí muchas cosas más de tu planeta.

—¡Extraordinario! ¿Qué más aprendiste?

—Tu planeta está sobrepoblado. Hay tantas personas que les es difícil obtener alimentos para todos. Están exterminando las plantas y los animales que ahí habitan. No viven en armonía. Están separados en regiones. Hablan distintas lenguas. Usan papeles y círculos de metal que cambian por comida, vivienda y ropa. También usan unas cosas peligrosas llamadas armas, ...

—¡No sigas! ¿Sabías todo eso antes?

—No. Es la primera vez que vengo a esta zona de la galaxia.

—Es sorprendente todo el conocimiento que puedes obtener con sólo tocar esa nube.

Capítulo XII
Prisionero

—Sería maravilloso tener una cueva de la galaxia como ésta en la Tierra.

—¿Quieres robarnos la cueva de la galaxia para llevarla a tu planeta?

—No. Sólo pienso que esta galaxia es algo fantástico.

—Entonces ¿para qué has venido aquí?

—Como éste es el planeta habitable más cercano a la Tierra, fuimos enviados para explorarlo.

—¿Viniste para llevarte el agua de la vida?

—No. No vinimos a eso. Ni siquiera sabíamos que existía esa agua.

—Por eso quieres robarla, ¿verdad?

—No, no. No he venido aquí para robar nada. Ni mis compañeros ni yo hemos venido a robar nada de este planeta. Todos nosotros creíamos que el planeta estaba deshabitado. Vinimos sólo para hacer un viaje de exploración. Tenemos instrucciones precisas de no alterar nada de lo existente aquí. Es verdad, créemelo.

—¿Hay más personas de tu planeta afuera de la cueva?

—Sí. Somos seis. Por cierto, ¿me puedes llevar a la salida para reunirme con ellos? Deben estar preocupados por mí. Llevo ya mucho tiempo aquí adentro.

—¿Dónde están tus amigos? ¿Por qué estás tú en nuestra ciudad? ¿Cómo entraste?

—Fue un accidente. Recuerdo andar persiguiendo un animal y, de repente, me encontré dentro de la cueva y no hubo forma de salir. ¿Me puedes llevar a la salida?

—Lo siento. No puedes salir. Tendrás que permanecer aquí para siempre.

—¡Para siempre! ¿por qué?

—No debes revelar a nadie la localización del agua de la vida.

—Pero, … yo no sabía nada del agua. Entré en la cueva por accidente.

—Entraste para robárnosla.

—No. Eso no es verdad.

El ser azul jaló a Pedro de la mano hacia afuera de la cueva galáctica, caminaron junto a la pared rocosa. Y entraron en una cámara pequeña. —Espera aquí —le dijo y salió del recinto. La entrada se selló tras su partida. Una tenue luz iluminaba la habitación. Pedro se acercó a la entrada. Intentó abrirla, pero era roca sólida.

—¿Por qué me encerró aquí?

Un suave sonido de agua corriendo llamó su atención. Junto a la pared del fondo pasaba un pequeño arroyo. Se agachó para olerla. No tenía olor. Extrajo una poca con su mano para probarla. Sabía a agua normal. "¿Será agua de vida?" se preguntó.

El cuarto era pequeño. En un rincón corría el agua, en el extremo opuesto había una planta de hojas largas parecidas a las hojas-camas en el jardín. Se acercó de espaldas a una de ellas. Enseguida se inclinó suavemente hasta convertirse en un cómodo colchón. Cayó dormido al instante.

Al despertar de un sueño revitalizante vio una grieta nueva. Una tenue luz emanaba de ella. Se levantó para observarla de cerca. La grieta empezó a aumentar de tamaño. La luz se hizo más intensa.

—¿Será la salida de la cueva? Gracias, amigo por mostrarme la salida. Por fin voy a regresar con mis compañeros.

Al llegar al final vio con desilusión que se encontraba en el jardín interior y no donde se encontraban sus amigos de la Tierra.

No se divisaba a nadie en ese momento. Sólo insectos y aves surcaban los aires. Al dar la media vuelta para regresar al cuarto, la grieta había desaparecido. No tuvo más remedio que internarse en el bosque. Se perdió entre árboles, arroyos y jardines sin encontrar a nadie. Después de vagar sin un rumbo definido llegó a una poza de aguas cristalinas. Despojándose de sus hilachos se metió a refrescarse y a nadar un rato. Tuvo la sensación de ser observado, pero el sitio parecía estar completamente vacío.

Sintiéndose refrescado salió de la poza y tomó el camino de regreso. Al salir a un claro del bosque se percató que había equivocado su ruta. Al dar la media vuelta para regresar, la vereda por la que caminaba ya no se encontraba ahí. Todo se había cubierto de una maleza espesa. No le quedó más remedio que seguir hacia adelante sin tener un rumbo definido.

A lo lejos percibió un estanque rodeado de árboles de colores brillantes. En una orilla se alcanzaba a distinguir un grupo de personas. Su cara se iluminó y se apresuró hacia ellos. A medida que se acercaba, pudo constatar que se trataba de una familia. Los padres, sentados en unas hojas colchón, observaban a dos jóvenes que se correteaban entre sí con risas alegres. La presencia de la familia en el jardín le regresó la tranquilidad.

Se detuvo a una distancia para observarlos antes de entablar conversación. Temía incomodarlos. Vigiló sus movimientos por un rato. Entre juego y juego los niños se fueron acercando a él sin notar su presencia.

Uno de ellos, por ir corriendo y volteando hacia atrás, chocó con el terrícola. Al verlo se llenó de terror y, sin decir nada, corrió de regreso hacia sus padres. El otro niño lo siguió temeroso. Los adultos levantaron la cabeza para averiguar la razón del comportamiento de los menores. Pedro les sonrió y les hizo una señal de saludo con la mano.

Tratando de no disturbar a la familia, se encaminó al lado opuesto del estanque. Metió los pies en el agua y se inclinó para beber. Uno de los adultos se levantó, y al instante apareció al lado de Pedro y, con violencia, le aventó las manos fuera del agua.

—¿Qué pasa? —A Pedro no le agradó el rudo proceder de aquel ser de color amarillo.

—Estas aguas son peligrosas. Hay sionos— dijo.

—¿Sionos? ¿Qué es eso?

El humanoide estiró su brazo acercándolo al agua y, en un instante, una especie de navaja saltó y le rebanó el brazo. Pedro dio un grito de terror, quedando atónito. —"¡Noooo! ¿Qué ha hecho?"

El humanoide azul apareció al instante junto a su compañero y le empezó a lamer el extremo cortado. Ante la mirada estupefacta de Pedro, la herida se curó casi al instante y en cuestión de segundos un brazo nuevo empezó a crecer en el lugar del amputado. No pasó mucho tiempo para regresar a su estado natural.

—¿Cómo pudo hacer eso? — preguntó Pedro impresionado.

La pareja se miró con extrañeza ante tal pregunta.

—Él no es de este mundo —dijo el ser amarillo. —Défane dice que las personas de su mundo no pueden regenerar sus cuerpos. —y dirigiéndose a Pedro preguntó, —¿es verdad que no pueden regenerar sus cuerpos?

—Sí, es verdad. No lo podemos hacer.

—Défane dice que sólo pueden regenerar el pelo y las uñas.

—¿Quién es Défane?

—Défane es la muchacha que te ha acompañado todo el tiempo desde que llegaste a la cueva.

—No sabía que se llamaba Défane.

—Sí, se llama Défane. Es muy linda ¿verdad? Sabemos que te ha llevado a la gruta de las galaxias y te ha mostrado nuestra ciudad.

—Entonces, Défane es una mujer.

—¿No lo habías notado?

—Es que… son muy parecidos. Lo único que veo diferente entre ustedes es el color.

—Entonces debes saber que ella es mujer. Todas las mujeres son del mismo color. Mira a mi esposa. Ella es del mismo color que Défane.

—Comprendo ahora la razón de los colores. ¿Los seres azules son mujeres y los amarillos son hombres?

—Así es. Mi esposa es mujer porque es azul y yo soy hombre por mi color amarillo.

—No puedo creer que no sepas algo tan obvio—dijo la esposa.

—En mi planeta no hay diferencia de color entre hombres y mujeres.

—¡Qué! ¿Cómo pueden distinguirse, entonces?

—Por nuestros órganos sexuales que son diferentes y también por nuestro tono de voz. Usualmente la voz de las mujeres es más aguda que la voz de los hombres. También las mujeres en la Tierra tienen pechos protuberantes.

—¿Protuberantes? ¿Qué es eso?

—Protuberantes quiere decir que tienen pechos grandes.

—¿Para qué?

—Para alimentar a los bebés. Los bebés se forman dentro de las mujeres y cuando nacen, ellas los alimentan con la leche que sale de sus pechos.

—¡Qué cosa tan rara!

—¿Cómo alimentan ustedes a sus bebés?

—Con el agua del canal.

—¿Le dan de esa agua a los bebés?

—Sí. Es el mejor alimento para los bebés.

—y para los mayores —añadió su esposo.

—La he bebido y, en verdad, es maravillosa.

—Así es y por eso la tenemos bien protegida aquí, dentro de la cueva.

—Entonces, ¿no hay de esa agua afuera de esta cueva?

—No, solamente en aquí. Ven. Sígueme. Te voy a mostrar cómo se hace.

Capítulo XIII
El misterio de la ordeña

La pareja tomó de la mano a Pedro y después del primer paso se desvaneció.

Unos segundos después los esposos reaparecieron.

—No te quedes ahí. Síguenos.

Lo tomaron de la mano y volvieron a desvanecerse. A Pedro no le sorprendió lo que estaba sucediendo. Ya se había acostumbrado a ello.

Pocos segundos después la pareja se hicieron presente por segunda ocasión. Los dos se notaban un tanto contrariados.

—¿Por qué no nos sigues? ¿No quieres ver cómo se hace el agua de la vida?

—Sí. Sí quiero, pero yo no puedo desaparecer como ustedes.

—¡Qué!

—Es verdad. No puedo desvanecerme.

La pareja lo miró como la cosa más extraña jamás vista.

—¿Estás hablando en serio?

—Es verdad lo que les digo. Nadie en mi planeta puede hacerlo. Si me llevan sin desvanecerse, los podré seguir.

El ser amarillo le tomó la mano y caminando lo llevó a la cueva. Su esposa dio un paso y se desvaneció.

Los dos hombres entraron a la cueva por una grieta angosta y subieron por las rocas escalonadas. Llegaron al segundo nivel donde una decena de humanoides realizaban la tarea de ordeñar los osos.

—Quería que vieras esto.

—Défane me trajo aquí antes, pero, en esa ocasión no comprendí nada.

—Aquí empieza todo. Aquí se ordeñan los osos.

—¿Para qué los ordeñas si tiran la leche?

Su compañero lo volteó a ver con extrañeza.

—¿Por qué no usan la leche para beberla? No comprendo la razón de ordeñar a esos animales si no aprovechan su leche.

El ser amarillo caviló por un momento las cuestiones de Pedro.

—Creo que comprendo tu turbación. Tú crees que estamos desaprovechando la leche al dejarla que se pierda en la arena, ¿verdad?

—Sí. ¿Por qué lo hacen así?

—No es un desperdicio. Esa leche que cae en la arena es la que se convierte en el agua que tomamos. La leche se filtra en el suelo y se mezcla con la arena. En esa arena hay algo maravilloso que, cuando la leche pasa por ahí, se convierte en el agua de la vida. Acércate acá. ¿Ves el agua que está brotando de esa pared?

—Sí.

—Observa bien y verás que escurre hasta el canal que está allá abajo.

—Nunca pensé que el agua proviniera de la leche de los osos. ¿Cómo es que el agua de allá abajo no es blanca como la leche?

—Nadie lo sabe. Sólo sabemos que la leche de los osos se convierte en el agua que nos alimenta.

—¿Hacia donde va ese canal?

—Da la vuelta por toda la ciudad. Así todos tenemos acceso al agua en cualquier lugar en que nos encontremos.

—¡Asombroso! Es una infraestructura sencilla, pero eficaz.

—La corriente está en constante movimiento. Cuando baja el nivel, traemos a los osos para obtener más leche.

—Ahora comprendo por qué los osos no tienen un horario fijo de entrada a la cueva.

—¿Cómo es que tú pudiste entrar en nuestra cueva? —preguntó la mujer.

—Por accidente. Venía persiguiendo un animal para cazarlo y terminé aquí adentro.

—Nunca he estado afuera. ¿Hay ciudades como ésta allá?

—No lo sé. En donde yo he estado no he visto nada igual. Yo no soy de este planeta. Yo vengo de un planeta llamado Tierra. Está en algún lugar en el cielo y es el planeta habitado más cercano a éste.

—He escuchado hablar de la Tierra, pero no sé nada de ella. ¿Por qué viniste aquí?

—Vine en un viaje de exploración. Creímos que no había vida inteligente en este planeta, pero, nos equivocamos.

—¿Qué quieren explorar aquí?

—En la Tierra hay un enorme problema de sobrepoblación y hemos estado buscando opciones de vivienda. Como este planeta es el más cercano, decidimos venir a examinarlo.

—¿Cuándo vas a regresar a tu planeta?

—No lo sé. Tal vez nunca. Nuestras naves están perdidas. Hay una nave allá arriba, flotando en algún lugar del cielo, pero no podemos llegar a ella mientras no encontremos las otras naves.

—¿Qué es una "nave?"

—Es verdad. Ustedes no usan naves. Trataré de explicarles… una nave es… —Pedro titubeó. —Es como una cueva pequeña que puede volar como un pájaro y te lleva a lugares lejanos.

La pareja lo miró con extrañeza.

—Entonces, ustedes tienen una cueva como esta que está allá arriba.

—Sí, pero es de un tamaño muy pequeño.

—¿Es del tamaño de la cueva de la Galaxia?

—Es mucho más pequeña.

—Ahora es de noche. Vamos afuera para que nos muestres tu nave.

—Está en el cielo, muy lejos de aquí. No se puede ver a simple vista.

—Es muy interesante todo lo que dices. Quiero saber más de tu mundo. Ven. Vamos a la cueva de la galaxia.

Al llegar a la zona del sistema solar, la pareja sumergió las manos en la masa viscosa y volteando su mirada hacia Pedro, empezaron a mencionar todo lo que se les iba revelando.

—¿Qué es el petróleo?

—Es un líquido de mucho valor que da energía.

—¿Es el agua de vida de ustedes?

—En cierta forma, sí es como el agua de vida porque nos da fuerza para mover muchas máquinas. El petróleo es un alimento para las máquinas.

—¿Quiénes son las máquinas?

—Las máquinas no son personas.

—¿Son animales como los osos?

—Tampoco son animales. Las máquinas no son seres vivos.

—¿Qué son, entonces?

—Son… No sé cómo explicarlo. Hay muchas máquinas diferentes y el petróleo sirve para que esas máquinas funcionen, ¿comprenden?

—No.

—Una máquina es la nave que está arriba en el cielo.

—Ahora comprendo. Es una cueva pequeña.

—No, no, no. Si ustedes necesitan subir el agua de vida al nivel de la ordeña, una máquina hace que suba. Eso es una máquina.

—¿Y para qué quieren agua arriba, si el agua baja sola?

—Nosotros los terrícolas somos diferentes. Somos raros, ¿verdad?

—¿Qué es el oro? ¿Qué es la plata?

—Son metales preciosos. Al oro, especialmente, le damos mucho valor.

—¿A qué sabe?

—El oro no se come.

—Entonces, ¿para qué lo quieren?

—Para tener riqueza.

—¿Qué es eso?

—Es muy difícil explicar todo esto a personas que tienen una mentalidad totalmente diferente a la nuestra. En realidad, yo no sé por qué le damos tanto valor a cosas materiales.

—Veo que ustedes usan casas que los llevan de un lugar a otro.

—No son casas, son automóviles. Los usamos para transportarnos rápidamente.

—Pero dijiste que sus coches son muy lentos, que tardan mucho tiempo en ir de una estrella a otra.

—Esas son las naves espaciales, como la que está arriba.

Dando un suspiro de miedo la mujer dijo:

—Veo que ustedes han creado cosas para matar rápidamente y pueden matar a muchas personas a la vez.

—Eso es cierto. Los humanos hemos creado armas. Es como les llamamos a esas cosas que matan. Son tan poderosas que bien podrían acabar con mundos enteros. Eso es muy triste, ¿verdad? Hemos creado la forma de destruir a gran escala en vez de aprender a controlar nuestro propio cuerpo.

—Entonces, ¿ustedes podrían destruir nuestra cueva?

—Sí, pero, para suerte de todos, no tenemos armas poderosas aquí. No deben preocuparse de eso. Las armas se encuentran demasiado lejos de aquí. No pueden hacerle daño a este planeta desde tal distancia.

La pareja retiró las manos de la masa nebular.

—No quiero saber más —dijo la mujer aturdida. — Vámonos de aquí.

Salieron de la cueva y se encaminaron a la zona de ordeña. A medio camino, el hombre se detuvo.

—¡Espera! Puedo sentir que los hombres-pájaro andan cerca.

—¿Hay hombres-pájaro aquí en la cueva?

—No. Ellos viven afuera, pero andan cerca de la cueva. Tus amigos están afuera, ¿verdad?

—Sí. ¿Por qué?

—Están en riesgo. Deben protegerse de los hombres-pájaro. Pueden ser peligrosos.

Es preciso que se escondan en una cueva para estar a salvo. Los hombres-pájaro no pueden entrar en las cuevas.

—Por favor llévame afuera para avisarles del peligro.

—No. Es de día y yo no puedo exponerme a la luz del sol.

En ese momento Défane se hizo presente.

—Los he estado buscando por todos lados.

—Le estaba mostrado a Pedro el proceso de hacer el agua de vida.

—¿Qué te pareció? —preguntó ella.

—Increíble. Es un método sencillo, pero muy eficaz.

—Fue un placer conocerte, Pedro —El hombre y su esposa se despidieron y se desvanecieron después de dar el primer paso.

Capítulo XIV
El agua de la vida

—Défane. Ése es tu nombre ¿verdad? Es muy bonito.

—Gracias. Tu nombre es muy bonito, también, "Pedro." Suena como "piedra." De piedra está hecha nuestra ciudad.

—Ése es el significado de Pedro, piedra. Tu nombre ¿tiene algún significado?

—Sí. Mi nombre quiere decir "flor de la mañana." Todos nuestros nombres están relacionados con la naturaleza. ¿Es igual con todos los nombres de tu planeta?

—Muchos sí, pero no todos. Hay nombres que están relacionados con las religiones.

—¿Religiones? ¿Qué es eso?

—Las religiones son creencias sobre el origen de la humanidad por medio de seres divinos.

—¿Seres divinos?

—Verás. Los seres divinos son dioses... Eso es, son dioses.

—¿Qué es eso?

—Los dioses son seres superiores que crearon todo el universo y a todos los humanos.

—Nunca he oído hablar de esos dioses. ¿Cómo son?

—En la Tierra existen muchos dioses. Todos parecen humanos, pero se visten como lo hacen los creyentes en su cultura.

—¿También viven en cuevas?

—No. Viven en el cielo.

—¿Vuelan?

—No. Son espíritus. No los podemos ver. Sólo sentimos su presencia en nuestras mentes.

—No comprendo.

—Nuestros dioses son como la cueva de la Galaxia. Los dioses lo saben todo.

—Entonces, ¿ustedes también tienen una cueva de la Galaxia?

—De cierta manera, sí.

—Ven, vamos a la cueva. Te voy a mostrar más cosas de ella.

Tomándolo de la mano y sin teletransportarse, Défane jaló a Pedro por caminos pétreos hasta la entrada de la cueva.

Por el camino hablaron de edades y modos de contar el tiempo. Para Défane todo eso era incomprensible.

Al llegar a la cueva de la galaxia, fueron directamente a la zona del Sistema solar.

—Estoy emocionada. Quiero saber más de tu mundo. Ahí podré aprender todos esos términos que tú usas.

Se arrodillaron. Ella introdujo las manos en la masa viscosa. Meditó por unos momentos con los ojos cerrados. Al sacarlas tocó la cabeza de Pedro, volvió a cerrar los ojos y meditó unos minutos más.

—Comprendo ahora lo que es un año —dijo.

Sacó las manos del sistema solar, las movió unos centímetros y las introdujo en la zona de su estrella. Cerró los ojos y meditó. Al sacar las manos dijo:

—Tengo la respuesta a la pregunta de cuánto tiempo vivimos nosotros.

—¿Cuánto?

—Nuestra vida en cien veces más larga que la de ustedes.

—¡Cien veces! ¿Cómo puede ser posible?

Défane volvió a meter las manos en el líquido viscoso y al sacarlas añadió:

—El agua de vida.

—Si yo tomo el agua de la vida, ¿viviré tanto tiempo como ustedes?

—No lo sé. Nosotros la bebemos desde que nacemos. No sé si el agua tenga el mismo efecto si la empiezas a beber de adulto. Será cuestión de probar. Tú serás el primer extraterrestre que lo haga.

—Me gustaría vivir tanto tiempo como ustedes.

En ese momento un ser amarillo apareció junto a ellos:

—Hay un hombre afuera de la cueva llamando a Pedro. Parece estar herido.

—Necesitas salir para ayudarlo —dijo, Défane. —No podemos ir contigo porque es de día y la luz solar nos afecta. Si tu amigo estuviera aquí adentro, lo podríamos curar con el agua de vida.

—¿Puedo llevarle una poca de agua?

—Sí, Tómala del canal.

—¿Tienen algún recipiente para llevarla?

—¿Qué?

—Una botella o un frasco.

—¿Qué es eso?

Pedro observó a su alrededor buscando algo que le sirviera de recipiente.

—¡Esa piedra hueca de ahí! —gritó emocionado. —Ésa me va a servir. Ahí puedo llevar el agua.

Aunque la piedra era pesada, Pedro pudo levantarla. Llenó la concavidad con agua del canal. El ser amarillo le ayudó a cargarla durante el trayecto. Al salir vio a Roberto de rodillas a media pradera. Tenía un mal semblante.

—¿Qué te pasó? —preguntó, Pedro.

—Me lastimé. ¿No me oíste gritar?

—No.

—¿Alcanzaste el jabalí?

—¿Cuál jabalí?

—El que veníamos siguiendo.

Pedro se dio cuenta, una vez más, de la gran desproporción del tiempo dentro y fuera de la cueva.

—¿Cuánto tiempo ha pasado desde que empezamos a perseguir al jabalí?

—¿A qué viene esa pregunta?

—Juraría que estuve dentro de esa cueva por días o, quizás, semanas.

—¿En cuál cueva?

Pedro volteó y sólo vio una pared rocosa.

—Olvídalo. Mira. Aquí tengo esta agua que te ayudará a sanar pronto.

Se mojó los dedos con el líquido y le sobó la herida.

—Esta agua es especial. Tiene poderes curativos. ¿Sientes algún efecto?

—No.

—Hay que darle un poco de tiempo.

—¿Cuánto?

—No sé. Bebe un poco. También sirve para calmar la sed y el hambre.

Roberto se le quedó observando como se observa a alguien que ha perdido el juicio.

—¿Dónde la encontraste?

El sonido del galope de un animal interrumpió la conversación.

—¡Viene hacia acá!

—¡Hazte a un lado!

Roberto se levantó como un resorte y los dos treparon como simios a un árbol que se encontraba cerca. El animal siguió su carrera y se perdió en la maleza.

—¡Nos salvamos por un pelo! —suspiró, Pedro.

—¡Tu agua!

—¿Mi agua?

—¡Es maravillosa! —exclamó, Roberto. —¿Viste lo que pude hacer? Salté a este árbol y el dolor ha desparecido completamente. ¿De dónde la sacaste? ¡Hay que conseguir más!

Bajaron del árbol y se turnaron para llevar la piedra al campamento.

Pedro les narró a todos su aventura en la cueva.

—Esa agua puede ser nuestra salvación. Vamos por más —dijo, Sergey.

—Quiero conocer esa ciudad. Parece muy interesante. Tal vez sus habitantes nos puedan ayudar a regresar a la Tierra.

—No, Abdul. No nos pueden regresar. No tienen naves. Ellos viajan de una forma diferente.

—Creo que lo más importante por ahora es conseguir más de esa agua—dijo, Sergey.

—Ésa no es suficiente para todos nosotros. ¿Por qué no trajiste más?

—Esa roca es todo lo que encontré. Ellos no tienen nada para transportar el agua.

—¿Cuántos recipientes tenemos? — preguntó, Roberto.

—No tenemos ningún recipiente —respondió, Abdul.

—¿Cómo diablos vamos a traer el agua, entonces?

Se dieron a la tarea de buscar algo que sirviera como recipiente, pero, a pesar de revisar cada rincón del campamento, no corrieron con suerte.

Al día siguiente fue necesario ir en busca de una caza. Las provisiones de carne se habían agotado. Abdul, Pedro y Roberto salieron de madrugada. Llevaban la pistola laser y unas lanzas maltrechas que habían confeccionado unos días antes. Pasaron toda la mañana sin suerte. Los únicos animales que se dejaban ver eran pequeños roedores difíciles de atrapar.

El calor vespertino arreció y tomaron un descanso bajo la sombra de un árbol frondoso. Comenzaban a adormitar cuando un golpe atronador los despertó.

—¿Qué fue eso?

—Mira. Cayó esa cosa ahí —dijo, Abdul.

Una especie de calabaza había causado el estruendo al estrellarse contra el suelo. Al voltear hacia arriba vieron que del árbol colgaba una multitud de frutos que podrían desprenderse en cualquier instante.

—Vámonos de aquí. Este lugar es peligroso.

Corrieron con precaución a otro árbol desprovisto de frutos.

—Aquí no hay peligro y da buena sombra, también —dijo, Pedro.

—Si una cosa de ésas nos cae en la cabeza, nos mata —comentó, Abdul.

La curiosidad de Abdul lo hizo acercarse a recoger una de las calabazas esparcidas en el suelo.

—Ten cuidado, Abdul.

Después de recoger una calabaza, regresó a zona segura.

—Huele bien.

—No huele mal —asintió, Roberto.

—Si no encontramos animales, al menos ya tenemos algo que comer.

—Hay que verle el lado positivo a todo.

La cáscara era dura, pero con una piedra Abdul la pudo rajar más para extraer la pulpa.

—Sabe bien. Prueben.

A los tres les agradó el sabor.

Aunque no pudieron conseguir una buena caza, regresaron contentos al campamento cada uno llevando dos calabazas de buen tamaño.

De regreso en el campamento Abdul partió una de las calabazas con un cuchillo a medio oxidar. Le sacó la pulpa y vio que el caparazón hacía un buen plato.

Se preparaba para partir la segunda calabaza, pero Pedro lo detuvo.

—Si solamente le hacemos un hoyo aquí, el caparazón nos puede servir como cantimplora para traer el agua de vida.

Todos aplaudieron la idea de Pedro.

Las calabazas restantes fueron suficientes para hacer cinco recipientes.

—Ahora sí vamos a poder traer mucha agua —dijo Abdul.

Todo se tornó en felicidad en el campamento.

Al día siguiente todos fueron por más calabazas. Después de sacarles la pulpa, las prepararon como garrafas.

Los potentes rayos solares les dieron la dureza necesaria.

—Vamos a la cueva a traer toda el agua que podamos —dijo, Abdul.

Capítulo XV
Contacto

Esa noche, como el calor dentro de las cabinas era sofocante, durmieron en unos catres improvisados en el exterior. Pedro permaneció un tiempo con los ojos abiertos observando las estrellas. Sabía que allá arriba, perdido entre millones de lucecitas parpadeantes, se encontraba el Sol y girando alrededor de él, su añorada Tierra. La escena del cosmos era inigualable. La Vía Láctea, que desde la tierra era imposible de ver, se vislumbraba de forma majestuosa. Estaba absorto en la quietud del firmamento cuando una parvada numerosa de pájaros irrumpió la tranquilidad nocturna, surcando los cielos.

—¿Viste eso, Abdul?

—Sí. ¿Qué era?

—No lo sé. Parecían águilas.

—No. Creo que eran los ángeles del otro día.

En ese momento un objeto enorme atravesó el cielo. Llevaba la misma dirección que las aves.

—¿Qué fue eso?

Enseguida, dos objetos de menor tamaño siguieron la misma trayectoria. Inmediatamente después un objeto, parecido a una nave, los seguía a corta distancia.

—¿Qué pasa aquí? —preguntó, Pedro.

—¿se van persiguiendo? —preguntó, Abdul, con voz temblorosa.

—Sí parece una persecución —dijo, Roberto.

Nerviosos, se pusieron de pie sin dejar de observar el cielo.

—¡Hay que encontrar refugio! —Alertó, Sergey.

Se escondieron bajo unos árboles. Sin embargo, ya nada se movió en el cielo.

El suceso les alteró tanto los nervios que nadie pudo conciliar el sueño hasta muy entrada la noche.

Por la mañana, después de la salida del sol, una parvada de hombres-pájaro atravesó el cielo en sentido contrario al de la noche anterior y se perdió en el horizonte. Nadie los vio pasar pues dormían plácidamente.

Después del desayuno partieron hacia la cueva. Cada hombre llevaba dos garrafas para transportar el agua milagrosa.

Apenas habían avanzado unos metros cuando una parvada de hombres-pájaro surcó los aires.

—¡Escóndanse! ¡Que no nos vean! —susurró, Sergey.

La espesura del bosque les ayudó a ponerse fuera de la vista de los seres alados.

—¡Regresemos al campamento! Es peligroso estar afuera —dijo, Sergey.

Por una de las ventanillas vieron el sobrevuelo de una nave surcando el cielo.

—¡Parece una nave de las nuestras! —gritó, Abdul.

La nave se detuvo a corta distancia y empezó a descender perdiéndose de vista tras el follaje de los árboles.

—¡Vamos! —gritó, Pedro. —¡Han venido por nosotros!

Salieron de la cabina y corrieron en dirección a la nave.

Al llegar a un claro en la floresta vieron la nave posada en medio de una explanada. Un temor a lo desconocido hizo que se detuvieran y, escondidos tras la maleza, esperaron la salida de los tripulantes. Deseaban con anhelo ver a personas de la Tierra saliendo de la nave, sin embargo, las puertas no se abrían, creando desesperación en los humanos.

Cansado de la espera, Pedro los animó a acercarse. Caminando sigilosamente y manteniéndose ocultos tras los matorrales, fueron aproximándose a la nave.

—No parece una nave terrestre — murmuró, Abdul.

Todavía se encontraban a más de cincuenta metros de distancia cuando una de las puertas se empezó a abrir.

Todos tenían la vista fija en ese lugar.

—¿Por qué no sale nadie? —preguntó, Sergey.

Tras una larga espera, un individuo asomó la cabeza, pero regresó al interior después de una breve ojeada.

No hubo suficiente tiempo para constatar si era humano o no.

Cada minuto de espera los ponía más nerviosos.

—¡Alguien sale!

Dos individuos altos y delgados con caras alargadas se colocaron a ambos lados de la puerta observando los alrededores.

—No son terrícolas— murmuró, Abdul.

Uno de ellos regresó al interior y enseguida un grupo de aproximadamente diez humanoides salió de la nave. Con movimientos similares a los simios se movieron ágilmente alrededor de ella. Se alcanzaban a oír ecos lejanos de sonidos irreconocibles.

Al ver que dos seres de la nave entraron en el bosque, Abdul dio un fuerte suspiro que atrajo su atención. Los dos humanoides voltearon y, a paso veloz, se acercaron a los humanos.

—¿Qué hacemos? ¡Vienen hacia acá! —preguntó, Abdul, con miedo.

—¡Silencio! —ordenó, Sergey. —¡Cúbranse bien y no se muevan!

El susurro de Sergey alertó más a los extraños. Los dos individuos apresuraron su paso, pero se detuvieron varios metros antes de llegar a los matorrales.

Los humanos temblaban aterrados.

Uno de los humanoides caminó directamente al arbusto donde se escondía Abdul. Llamó a su compañero y señaló el árbol.

Cuando estaban a punto de llegar. Sergey recogió y lanzó una piedra hacia el otro lado.

Al oír el ruido de la piedra al caer, los humanoides cambiaron su rumbo. Abdul pudo respirar con tranquilidad.

Un llamado desde la nave atrajo la atención de los simios y, a paso veloz, regresaron a ella.

Los suspiros de alivio de los terrícolas hicieron detener a los simios a medio camino. Haciendo una pequeña pausa, uno de ellos se arrancó unas trenzas de la cabeza y las aventó al suelo. El humanoide señaló los arbustos y regresó con su compañero a la nave.

—Estuvieron a punto de descubrirnos. ¡Vámonos antes de que vuelvan!

Abdul sintió un cosquilleo en una pierna y al tratar de rascarse vio que una serpiente se le había enroscado en ella. Agarró una vara para quitársela, pero la culebra no cedía.

Sergey se acercó para ayudarle. Cuando Abdul lo vio venir notó que Sergey también tenía una serpiente enredada en su pierna. Roberto, Mustafá y François vieron que ellos también tenían serpientes. Pedro, que estaba trepado en la rama de un árbol era el único que no tenía serpiente en su pierna.

—¡No bajes! —le ordenó, Sergey. Este sitio está plagado de culebras.

Ninguno de los cinco podía despojarse de aquellos animales que les apretaban las piernas. Intentaron de varias formas de deshacerse de ellas, pero las serpientes parecían lazos de acero indestructibles.

—¿Serán venenosas?

—¡Ojalá que no!

—No he sentido ninguna mordedura. Sólo siento el apretón.

—¡Vámonos de aquí! —ordenó, Sergey. —En el campamento nos desharemos de estas malditas culebras.

Dieron la media vuelta para regresar al campamento. Sin embargo, unos metros adelante, una fuerza poderosa los detuvo.

—¿Qué me pasa? No puedo caminar.

Ninguno de los cinco pudo dar un paso adelante.

El alboroto alertó a los humanoides. Uno de ellos emitió un sonido agudo.

Inmediatamente después los cinco hombres fueron atraídos hacia la nave. Ninguno de ellos podía controlar el movimiento de sus piernas.

—¿Qué pasa? ¿Por qué van hacia allá? —preguntó, Pedro desde el árbol.

—¡Algo nos está jalando!

Sin poder hacer nada, Pedro sólo observó como sus compañeros caminaban en contra de su voluntad hacia la nave.

Al llegar frente a ella, uno de los seres, haciéndoles señas, les pidió sentarse en el suelo.

El idioma de los hombres simio era irreconocible.

Uno de ellos entró en la nave.

—Tengo miedo —susurró, Abdul.

Su voz llamó la atención de un humanoide con trenzas largas. Éste se le acercó e intentó tocarle la boca con los dedos. Abdul volteó la cabeza para evitarlo.

Un sonido agudo del interior de la nave desvió la atención del humanoide.

Por la puerta apareció un ser cargando una caja rústica de color metálico. La colocó frente a la boca y empezó a emitir sonidos. Los sonidos variaban a medida que giraba una manivela en un costado de la caja.

—¿Qué está haciendo? —preguntó. Abdul.

—Ni idea —respondió, Roberto.

Después de un rato de hacer sonidos frente a la caja, uno de sus compañeros trajo otra caja y las intercambiaron.

Se la puso frente a la boca y empezó a emitir sonidos otra vez.

—¿Estarán tratando de vendernos esas cajas? —Preguntó, Abdul.

Tal vez nos están recibiendo con un espectáculo musical o algo así —dijo, Roberto, irónicamente.

Pasado un rato, otro simio salió con una tercera caja.

—¿Habrá que aplaudirles o preguntarles el precio? —preguntó. Abdul.

Siguieron trayendo una caja tras otra hasta que, después de una decena, los humanos escucharon sonidos familiares: voces parecidas a las humanas. Sonrieron e hicieron ademán de estar familiarizados con esos sonidos. Las voces humanas cambiaban de idioma hasta que, por fin, hubo una frase que comprendieron:

—¿Quiénes son ustedes y qué hacen aquí?

Sergey se adelantó a contestar.

—Somos del planeta Tierra.

—¿Qué hacen aquí?

—vinimos en una expedición de reconocimiento. Creímos que este planeta estaba deshabitado.

—No está deshabitado. Deben regresar a su planeta ahora mismo. Aquí no son bienvenidos.

—No hay nada que deseemos más que regresar, pero nos es imposible. La nave que nos puede llevar de regreso a la Tierra está flotando en algún lugar del cielo.

—Vayan a su nave y regresen a su planeta ahora mismo.

—No podemos hacerlo.

—Deben irse pronto si quieren seguir con vida.

—Compréndannos, por favor. Perdimos nuestras naves transportadoras y no tenemos la forma de regresar a la nave que está allá arriba. Quizás ustedes puedan llevarnos.

—Negativo— contestó, tajantemente el humanoide.

—¿Por qué escogieron este planeta? —preguntó otro humanoide.

—Queríamos comprobar si los terrícolas podían subsistir aquí. Nuestro planeta está sobrepoblado y necesitamos aliviar ese problema. Nuestra única opción es emigrar a otros mundos.

—No sabíamos que este planeta ya estaba habitado— añadió, Abdul.

—Créannos. No deseamos hacerle mal a nadie. Si pudiéramos, nos iríamos en seguida.

—Este mundo no les pertenece. Deben partir ahora mismo.

—¿Dónde encontraron esa agua? —preguntó otro humanoide señalando la calabaza que contenía las pocas gotas del agua de la vida.

Sergey, con la mirada, le indicó a Roberto no decir nada.

—¿Cuál agua? —preguntó, Roberto.

—La que llevan allí.

—Es agua de un río que pasamos en el camino, pero ya la bebimos toda. Ya sólo quedan unas gotas que no sirven para nada.

—Llévennos a ese río.

Nadie intentó levantarse. Todos se miraron sin saber qué hacer.

—¡Llévennos ahora mismo! —ordenó uno de los humanoides.

—No podemos —dijo, Sergey. Las serpientes no nos permiten movernos.

Uno de los humanoides emitió un sonido agudo y, en ese momento, una fuerza extraña los ayudó a levantarse y comenzaron a caminar. Roberto se acercó a Abdul y, susurrando, le preguntó:

—¿Conoces algún arroyo por aquí?

—Sí. Hay una poza por aquellos árboles.

Abdul se adelantó y guio al grupo. Los llevó hacia la poza cerca de la arboleda. Sus captores se movían entre la maleza con soltura. Sus cuerpos parecían estar diseñados para ese tipo de terrenos.

Al llegar al estanque, uno de los extraños dijo:

—Ésa no es la misma agua que tienen ahí.

—El agua que llevamos en este recipiente la tomamos de aquí —dijo, Roberto.

—¡No es verdad! El agua que llevan en el recipiente es diferente. ¡Vamos de regreso a la nave! Demandó el humanoide.

De pie frente a la nave, el jefe de los humanoides dijo, —Serán nuestros esclavos hasta que regresemos. Por ahora debemos partir. Ustedes no pueden acompañarnos a donde vamos.

Capítulo XVI
Cautivos

Los humanoides entraron en la nave y, después de cerrase las puertas, la nave se elevó lentamente hacia el cielo. Cuando se encontraba a una altura considerable, desapareció en un instante, dibujando en el cielo una estela luminosa.

Pedro bajó del árbol y se reunió con sus compañeros.

Escudriñaron la zona en busca de algún guardia, pero no había una sola alma a la vista.

No podían creer la tontería de los humanoides.

—Según ellos somos sus esclavos y no han dejado a nadie para vigilarnos. ¡Qué ridículos son estos extraterrestres!

—Vámonos antes de que regresen —dijo, Sergey.

Se echaron a correr. Pedro con gran agilidad se adelantó a todos demostrando su velocidad en carreras rápidas. El resto de ellos perdió velocidad al llegar a la poza de agua, y unos metros más adelante, una fuerza extraña les impidió seguir. Su carrera terminó allí.

—¿Qué pasa? ¿Por qué no puedo moverme? —preguntó Sergey.

Todos sintieron la misma imposibilidad. Ninguno de ellos podía dar un paso más para continuar su camino.

—¿Dónde está Pedro? —preguntó, Abdul.

—Debe estar llegando al campamento. Él corre muy rápido.

—¿Por qué ninguno de nosotros puede seguir caminando?

—Algo extraño sucede.

—¿Qué vamos a hacer ahora?

—Debimos haber corrido como Pedro.

—A ver, agárrense todos de las manos. —ordenó, Sergey. —Vamos a caminar juntos.

Al dar el tercer paso, nadie pudo avanzar más.

—Hemos encontrado una cosa extraña más, esta barrera invisible. Debimos haber tomado otro camino. Ahora esta barrera invisible nos tiene atrapados sin poder movernos.

Se sentaron en el suelo.

—Tengo sed —dijo, Abdul.

—Ahí hay agua en esa poza.

Abdul se encaminó a la poza sin ninguna dificultad.

—¡Pude caminar!

—¿Cómo le hiciste?

—No sé. Solamente lo hice y ya. A ver, vengan.

—Sí se puede. ¡Qué raro!

—¿Qué pasa? ¿Por qué no vienen? —se oyó la voz de Pedro desde unos arbustos lejanos.

—Vamos con Pedro —dijo Sergey.

Se echaron a correr hacia donde los esperaba Pedro, pero al llegar al límite de la arboleda, la fuerza invisible los detuvo abruptamente.

—¿Qué pasa? ¿Por qué se detuvieron? —preguntó, Pedro.

—No podemos movernos —respondió, Sergey. — Parece como si hubiera una barrera invisible que nos detiene. Está aquí mismo. No nos permite ira más allá de este punto.

—¿Están bromeando? ¿Cómo que no pueden seguir?

—Es verdad. Hay una fuerza invisible aquí que nos detiene.

—¿Cómo le hiciste tú para ir más allá? —preguntó, Abdul.

—Nada especial. Sólo venía corriendo y nada me detuvo. Dejen de jugar y vámonos al campamento. —Dijo, Pedro.

Trataron de caminar, pero la barrera invisible no les permitió dar un paso más.

—¡Maldición! ¿Cuál es el maldito problema? —dijo, Roberto irritadamente.

—¿Es hoy día de los inocentes? ¿Qué broma están tratando de hacerme? —Preguntó, Pedro.

—Ven aquí para que veas que tú tampoco vas a poder seguir —dijo, Abdul.

—¡No! Quédate en ese lado —ordenó, Sergey. — Si pasas a este lado, puedes quedar atrapado como nosotros.

—No creo nada de lo que están diciendo —Pedro se dirigió hacia sus amigos. —¿ven? No hay nada aquí. Detengan su juego y vámonos.

Pedro dio la media vuelta y se encaminó al campamento.

—¡Síganme!

Al voltear la vista vio que sus compañeros permanecían estáticos en el mismo lugar.

—¿Qué pasa? ¿Por qué no me siguen?

—No podemos.

—¿Por qué tú sí puedes caminar más allá? —preguntó, Abdul.

—¿Es en serio que no pueden caminar?

—Es en serio. No estamos bromeando.

—Ven, Abdul. Sígueme —lo tomó de la mano, pero un par de pasos adelante ya no lo pudo jalar más.

—¿Por qué te detienes? ¡Sígueme!

—¡No puedo! ¡En serio! No estoy bromeando. No puedo avanzar más. Mis piernas no responden.

—¿Cómo es que tú sí puedes seguir, Pedro?

—No sé. Mis piernas son igual que las de…

Pedro observó las piernas de sus compañeros y vio que todos ellos tenían una serpiente enredada.

—¡Las serpientes! —gritó. —Ellas son las que no los dejan moverse.

—Yo no tengo ninguna. ¡Miren! Por eso yo puedo caminar sin problemas. Creo que ellas son las que controlan sus movimientos. ¡Quítenselas!

Intentaron con ansias despojarse de ellas.

—No puedo —dijo, François, haciendo un enorme esfuerzo.

—Comprendo ahora porque los humanoides dijeron que éramos sus esclavos —se lamentó, Sergey.

Como Pedro no estaba controlado por serpientes se convirtió en el encargado de traer alimentos desde el campamento.

Los siguientes días, por distintos métodos, intentaron deshacerse de las serpientes, pero nada surtió efecto. Las culebras eran anillos de acero atadas a sus piernas. Lo único que no consideraron fue usar la pistola láser por temor a causarse heridas graves.

—Hay que intentar escapar por otra ruta —sugirió, Pedro.

Probaron diversos puntos, pero no podían cruzar más allá de cierto radio con respecto al lugar donde se encontraba la nave antes de partir.

Al siguiente día los rayos ardientes del sol cayeron con intensidad. Debido al calor agobiante se echaron a descansar bajo la protección del frondoso ramaje de la arboleda. La densa hierba les sirvió de colchón para tomar una siesta vespertina. Abdul, que era el más inquieto, se acercó a la poza para calmar su sed. La temperatura refrescante del agua lo invitó a darse un chapuzón. Se zambulló un buen rato para librarse del bochornoso calor. Después de un revitalizante nado, regresó con sus compañeros.

—Voy por comida —dijo, Pedro y partió rumbo al campamento. Se alejó por el camino habitual y desapareció entre la maleza. Después de haberlo perdido de vista, Abdul quiso pedirle un paño para secarse el cuerpo. Se levantó y corrió tras él, pidiéndole a gritos una toalla. Pedro ya iba demasiado lejos para escucharlo. Aunque Abdul corrió a gran velocidad, no alcanzó a Pedro hasta cerca del campamento.

—¿Qué pasa, Abdul?

—Necesito un paño para secarme.

—Hay unos en ese cuarto. Lleva varios para todos.

Pedro entró en la cocina y le pidió a Abdul que le ayudara a llevar los víveres.

No fue hasta ese momento que se dio cuenta que Abdul había salido de la zona de prisión.

—¿Cómo pudiste llegar hasta aquí, Abdul?

—¿Qué?

—Pudiste salir de la zona de prisión.

—¡Es verdad! ¡Tienes razón! —se sorprendió, Abdul y se miró la pierna. La serpiente había desaparecido.

—¿Qué pasó? ¿Cómo te deshiciste de ella?

—No lo sé. Yo no hice nada. Se fue sola.

Tomaron los víveres y se apresuraron a regresar a la poza.

—¡Me he liberado de la serpiente! —gritó, Abdul.

Todos voltearon a verle la pierna y después se miraron las suyas. Con un gesto de decepción vieron que sus serpientes seguían enrolladas en sus piernas.

—¿Cómo te la quitaste, Abdul?

—No lo sé. De un momento a otro ya no la tenía. No sé ni cómo, ni cuándo, ni dónde sucedió.

—¿Qué has hecho diferente a nosotros?

—Algo has de haber hecho que hizo que la serpiente se fuera.

—Trata de hacer memoria. ¿Cuándo te diste cuenta de que ya no la tenías?

—Al llegar al campamento. Tal vez el correr detrás de Pedro hizo que se desprendiera de mi pierna.

Todos se levantaron como bólidos y se abalanzaron en dirección al campamento, pero, en el sitio de siempre, fueron detenidos bruscamente por la barrera invisible.

Frustrados gritaban por la desesperación de no poder pasar más allá de ese punto.

Regresaron cabizbajos a la sombra de la arboleda. El calor seguía tan intenso como antes. François se acercó al estanque para calmar su sed y darse un chapuzón. Después de beber, se sumergió y estuvo nadando un rato.

Al regresar con los otros. Se sentó al lado de Roberto que trataba de quitarse la serpiente de su pierna. François pensó hacer lo mismo y al mirar su pierna, exclamó: "¡Mi serpiente se ha ido! ¡Soy libre!"

Sus compañeros lo voltearon a ver.

—¿Cómo hiciste para quitártela?

—Yo no hice nada. Hace un momento la tenía ahí. Estoy seguro de que la vi antes de ir a tomar agua.

—¡La poza! ¡Eso es! —gritó, Abdul, eufórico. —El secreto está en el agua de la poza. Yo también me sumergí en ella y después de eso la serpiente ya no estaba. ¡Vamos!

Sergey, Roberto y Mustafá se levantaron de un salto y corrieron a la poza. Se aventaron al agua y se sentaron en unas rocas manteniendo sus piernas sumergidas. El agua se enturbió por el alboroto de sus movimientos. Como les era imposible ver a través del lodoso líquido, sacaban las piernas a intervalos muy cortos para revisarlas.

—No se van. ¿Qué pasa? —preguntaban desesperados.

Cansados de levantar las piernas, salieron de la poza decepcionados con las culebras enredadas a ellos.

—No fue el agua lo que les ayudó a ustedes —dijo François.

—Hagan memoria. ¿Qué otra cosa hicieron?

—No sé —dijo, Abdul. —Yo, al salir del agua corrí detrás de Pedro, pero François sólo vino a sentarse aquí.

—Tal vez fue su mal olor el que asustó a las serpientes —dijo, Pedro con sarcasmo.

La risa les dio un descanso momentáneo del estrés.

—Quizás necesitan permanecer dentro del agua por más tiempo. Yo estuve ahí por más de veinte minutos —dijo, Abdul.

François dijo lo mismo.

Los tres prisioneros volvieron a zambullirse en la poza. Se sentaron sobre unas piedras cerca de la orilla con casi todo el cuerpo sumergido. Hicieron un gran esfuerzo para no sacar las piernas del agua.

Pasada más de media hora, Abdul les pidió revisar las piernas. Al sacarlas a la superficie, gritos de desesperación hicieron eco en la floresta que cubría el estanque.

Esa noche, todos pernoctaron en el área para hacerles compañía a los presos.

Capítulo XVII
¡Sorprendente!

Al día siguiente la nave regresó. François, Pedro y Abdul se treparon en un árbol escondiéndose entre su follaje para evitar ser vistos. Mustafá, Roberto y Sergey fueron atraídos hacia la nave. Al llegar frente a ella, una fuerza invisible los obligó a subir por una rampa. Al llegar a la puerta de entrada, ésta se abrió y después de un pasillo de no más de cinco metros llegaron a otra puerta. Al atravesarla, los tres hombres quedaron estupefactos por lo que se presentaba ante ellos. No podían creer lo que estaban presenciando.

—¿Qué es esto? ¡No puede ser posible! —dijo, Sergey, en total asombro. Los tres se tallaron los ojos para comprobar que no estaban viendo visiones. —¡No, no, no! ¿Cómo puede caber todo esto dentro de esta pequeña nave?

—¿Están viendo lo mismo que yo? —preguntó, Roberto.

—Si tú estás viendo una ciudad enorme y miles de naves volando por todos lados, entonces yo sí estoy viendo lo mismo que tú. ¿Qué es lo que tú ves, Mustafá?

—Lo mismo que ustedes. Carros voladores. Hombres-pájaro jalándolos. Árboles, gigantes con panales iluminados. ¿Qué más ven ustedes?

—Creí que sólo era una visión mía. ¿Están completamente seguros de que están viendo todo eso?

—No sé. Quizás estamos soñando. Esto no puede ser posible. Seguramente sí es un sueño. En cualquier momento vamos a despertar y regresar a la realidad.

—No. No es un sueño. Te estoy viendo a ti y a ti. Tóquenme. Pellízcame, Roberto. ¡Ay! No tan fuerte.

Ninguno de los tres podía comprender lo que estaba sucediendo en ese momento. No podían concebir la existencia de una ciudad de tamaño gigantesco dentro de una nave tan pequeña.

Después de un tiempo prolongado de asombro, se preguntaron.

—¿Para qué hemos sido traídos aquí? No hay nadie que nos diga qué hacer.

—Hay unas personas allá pero no parecen interesados en nosotros.

—Regresemos.

Dieron la media vuelta, pero la puerta por donde entraron había desaparecido.

En ese momento, un carruaje se acercó a la plataforma donde se encontraban. Una voz amable les pidió subir al vehículo. —¡Bienvenidos! Un amigo suyo los espera.

Buscaron a su alrededor a alguien a quien se dirigiera la voz. Ellos eran los únicos que se encontraban en ese lugar.

—Parece que nos está hablando a nosotros, ¿o no? —Sergey escudriñó una vez más el sitio.

El hombre pájaro que estaba al frente del carruaje volteaba a mirarlos constantemente esperando que hicieran lo que se les pedía.

—Subamos.

Con torpeza se introdujeron en el carro. Después de acomodarse en unos asientos duros, pero cómodos, el hombre-pájaro extendió sus potentes alas y jaló el carruaje hacia las alturas. Se abrió paso entre una multitud de vehículos que surcaban los aires hacia todos lados, pero con una perfección de movimientos de fantasía

Su vehículo subía, bajaba, cambiaba de dirección, en una armonía exquisita.

Después de la última curva, el carro se detuvo al lado de una plataforma que daba acceso a un panal de grandes dimensiones. La voz amable los invitó a salir del vehículo. Afuera, otra voz les pidió caminar por un pasillo ancho que, al final se bifurcaba hacia dos paneles. La voz les indicó seguir hacia la derecha. Aunque el pasillo no contaba con barandal y se encontraban a una altura que habría puesto en pánico a más de uno, ninguno de ellos sintió temor. El sitio emanaba confianza absoluta.

Caminaron a lo largo de la vereda admirando la magia de aquel fantástico lugar. Al llegar a la entrada una gran puerta se abrió automáticamente. Un pequeño pasillo los llevó a una sala grande. Al fondo, una silueta se vislumbraba frente a un gran ventanal.

—Acérquense —dijo la persona y volteó hacia ellos.

—¡Kevin! —exclamó, Roberto.

—¿Qué haces aquí?

—¿Estás vivo? Creímos que habías muerto.

—¿Que había muerto, yo? ¿Qué les hizo pensar eso?

—El tsunami. Pedro y Abdul nos lo contaron todo.

—¿Están vivos ellos? Pensé que habían muerto. Me alegro de que también se hayan salvado.

—¿Cómo te salvaste tú? y ¿Cómo llegaste hasta aquí?

Kevin narró su aventura:

—Después del tsunami, anduve buscándolos casi a ciegas. El lugar se encontraba completamente oscuro. Además de ser de noche, había una niebla demasiado densa que no dejaba ver casi nada. Anduve caminando sin rumbo fijo, atravesando charcos por aquí, charcos por allá. Aquello era un mundanal de agua. En plena oscuridad, el camino que llevaba empezó a subir y llegué a una parte seca. Fue un descanso y mi cuerpo se pudo recalentar. De no haber encontrado ese cerro, quizás habría muerto de una hipotermia pues andaba prácticamente desnudo.

Al ganar altura la niebla se disipó. Luego encontré una cueva y ahí me acurruqué para darme calor. Al día siguiente los rayos del sol me ayudaron a recuperar más calor y fuerzas, aunque llevaba ya casi dos días sin beber agua ni probar alimento.

No sé cómo le hice, pero ese día seguí mi camino hacia arriba en busca de agua. Mi boca y garganta eran un desierto, pero pude resistir. Ese día tampoco encontré nada.

Cuando empezaba a oscurecer llegué a una cueva que me sirvió de albergue. Era bueno tener un techo sobre la cabeza. También me ayudó a conservarme más caliente. Si no hubiera encontrado esa cueva, no les estaría contando esto.

Pero, en esa cueva, algo extraño sucedió a eso de la medianoche, un vocerío me despertó. Un grupo de seres extraños apareció en el fondo de la cueva. No sé de donde salieron pues la cueva no era profunda y no estaban ahí cuando yo entré. Eran amarillos y azules. Todos estaban cubiertos de pelo de la cintura hacia abajo.

Al principio no me vieron. Traté de no moverme. Me quedé quieto acostado junto a la pared. Los veía de reojo. Tenía miedo de que detectaran mi presencia. No sabía cómo escapar de ahí. Me sentí perdido, pues yo estaba en desventaja. Era uno contra todos ellos. Para mi mala fortuna, una piedra se desprendió de la pared y me golpeó el tobillo. No pude evitar dar un suspiro de dolor. El ruido atrajo la atención de uno de esos seres que volteó hacia mí. Al verme, les avisó a sus compañeros su descubrimiento. Me llené de pánico cuando todos ellos se acercaron a mí. Era un grupo de siete u ocho individuos. Todos llevaban piedras en las manos. Pensé que iba a ser lapidado ahí mismo. Levantaron las piedras en posición de ataque, pero uno de ellos dijo algo que no comprendí. Hablaban un lenguaje de sonidos muy raros.

Por un momento, parecieron discutir sobre mí. Levanté las manos en señal de sumisión. Uno de ellos observó con curiosidad mi anillo de matrimonio. Acercó su mano a la mía y lo empezó a palpar. Lo estudió con curiosidad, moviendo su cabeza de un lado a otro.

Haciendo movimientos muy suaves, me saqué el anillo del dedo y lo puse en el suyo. Al parecer, nunca había visto nada igual ya que lo celebró con una enorme sonrisa. Se lo mostró a sus compañeros. Todos lo admiraron y parecían felicitarlo. Traté de explicarles que el anillo era una señal de amor entre dos personas, pero, al parecer, nadie me comprendió. Parecían sólo estar interesados en la brillantez del metal dorado. El humanoide que llevaba el anillo se lo quitó y se lo entregó a otro de sus compañeros. Había una gran algarabía alrededor de ese pequeño objeto de metal. Fue pasando de uno a otro como si fuera un gran trofeo. Todos lo querían tocar y ponerlo en su dedo.

Cuando la situación se encontraba más relajada y yo ya había sido aceptado por el grupo, alcancé a oír el murmullo de una corriente de agua que venía del interior de la cueva. Se me hizo raro, pues no había escuchado ese sonido antes. Me levanté y caminé siguiendo la dirección del sonido. Dos de ellos me siguieron en mi trayecto. Mis ojos brillaron al ver agua corriendo por un canal, me pareció un oasis. Desesperado corrí hacia él y estiré las manos para sacar agua y beberla, pero, en ese preciso momento uno de mis acompañantes me dio un fuerte manotazo empujando mis brazos hacia afuera del agua. Al principio, no comprendí su tosca actitud, pero, pronto descubrí la razón por la que lo hizo. Un pez, de los que ellos llaman 'navaja,' saltó del agua y le rebanó el brazo. Yo di un grito de terror. En un instante todos sus compañeros aparecieron creando un escándalo aturdidor. Daban gritos incomprensibles y señalaban el brazo que se alejaba llevado por la corriente. Tiempo después me di cuenta de que junto con aquel brazo se alejaba también mi anillo de matrimonio.

En ese momento, para mí, lo más importante era atender al herido, aunque no sabía qué hacer para ayudarlo. La escena de la parte mutilada desangrando casi me hizo desfallecer. Por fortuna, sus compañeros acudieron al rescate rápidamente y comenzaron a lamerle la herida. Al principio me dio repugnancia, sin embargo, la hemorragia se detuvo casi al instante.

Pero eso no fue todo. Lo más sorprendente fue que en poco tiempo, un brazo nuevo le empezó a crecer en el mismo sitio. Mis ojos no daban crédito a la maravilla que estaba presenciando. Bastaron unos minutos para que el nuevo brazo ocupara el lugar del mutilado.

—¡Increíble! —exclamaron sus compañeros.

—Hasta estos días, todavía me es difícil pensar que un milagro así haya sucedido frente a mis ojos. A pesar de que perdí mi anillo, me dio mucho gusto que ese humanoide hubiera recuperado su brazo.

—Te tengo una buena noticia, Kevin. Tu anillo también está a salvo. Pedro y Abdul lo rescataron. Lo tenemos guardado en el campamento.

—¿En verdad? ¿Dónde lo encontraron?

—Cuando venían en camino, vieron el brazo flotando en un arrollo. Te dieron por muerto creyendo que era tu brazo. Pensaron que el resto de tu cuerpo había sido devorado por alguna bestia salvaje. Sé que les va a dar mucha alegría el saber que estás vivo.

—A mí también me da alegría saber que ellos están vivos. ¿Qué piensa Sara de todo eso?

—Siento darte esta noticia, pero, desgraciadamente, ella y la mitad de nuestra tripulación están desaparecidos. Partieron en la nave "Dos" hacia el oeste para iniciar la instalación del campamento tres y no han regresado. Perdimos comunicación con ellos casi desde que partieron. No sabemos nada sobre su paradero.

Kevin agachó la cabeza en señal de dolo.

—¿Cómo llegaste tú hasta aquí, Kevin? —preguntó Roberto después de unos minutos de silencio.

—Hace varias semanas, fui atrapado por unos hombres que vuelan y ellos me trajeron aquí. Al parecer hicieron un trueque con los habitantes de este lugar y me cambiaron por varios de los suyos.

—Son los hombres-pájaro. Sabemos de ellos.

—¿Te tienen preso aquí?

—No lo sé. No lo creo. Me tratan bien. Me tienen en este lugar que es bastante amplio y cómodo. En realidad, no sé si estoy preso o no. No me lo han informado. Por momentos me gustaría salir y explorar esta ciudad, aunque desde aquí tengo una vista espectacular.

—La vista es increíble y además este apartamento parece un buen sitio —dijo, Sergey, después de darle un vistazo al recinto.

—Es un buen sitio. No me puedo quejar. Tiene muchas comodidades, pero me siento sólo y abandonado, aunque ahora que están ustedes aquí, todo va a cambiar. Qué bueno que vinieron. Pensé que nunca volvería a ver a nadie.

—¿Vives solo aquí?

—Sí, pero varias veces al día, unos individuos, de esos que parecen simios, me traen comida y agua. Y también soy interrogado sobre la ubicación del agua de la vida.

—¿El agua de la vida?

—No sé a qué se refieren con eso del agua de la vida.

—A nosotros también nos han hecho la misma pregunta varias veces.

—El único que ha estado en contacto con el agua de la vida es Pedro, pero él no está aquí. Además de que él es el único del grupo que no ha sido esclavizado.

—Entonces ¿A ustedes los trajeron aquí esclavizados?

—Sí. Por culpa de estas malditas culebras. —Le mostró su pierna.

—Yo también tuve enredada una serpiente así antes de venir aquí.

—¿qué pasó? ¿Cómo te deshiciste de ella?

—Desde que llegué aquí desapareció.

—¿Cómo?

—Un poco después de que los hombres-pájaro me dejaron aquí, noté que la culebra ya no estaba.

—Parece que alguien viene hacia acá —interrumpió Roberto.

Tres humanoides aparecieron por el pasillo.

—¿Dónde están los demás? —demandó uno de ellos.

—¿Cuáles demás? —preguntó, Kevin.

—Había más esclavos.

—Sólo somos nosotros —se apresuró Roberto a contestar.

El que parecía ser el jefe le dio una orden con las manos a uno de sus acompañantes. Éste se acercó a Sergey le arrancó la serpiente de la pierna. Luego se la puso en la cabeza aumentando el grosor de su melena. Los otros acompañantes hicieron lo mismo con las culebras de Roberto y Mustafá.

—¿Saben dónde encontrar el agua de vida? —preguntó el jefe.

Sergey estaba a punto de revelar su secreto, pero fue interrumpido estrepitosamente por Roberto.

—¿Qué es el agua de la vida? —preguntó disimuladamente.

—Los humanoides discutieron entre sí en su lenguaje.

Enseguida los tres dieron la media vuelta y se alejaron por el pasillo sin hacer más preguntas.

Al llegar a la plataforma, un carro volador se acercó a recogerlos.

—Nos han liberado de las serpientes, pero ahora estamos presos en este lugar —dijo, Sergey.

—Yo llevo varias semanas aquí, o meses tal vez, no sé. En todo este tiempo no he podido encontrar la forma de escapar.

—Veo que hay muchos transportes volando por todos lados —dijo, Roberto mientras observaba hacia el exterior a través del ventanal.

—Sí, pero, aunque viniera un transporte por mí, no sé adónde ir. Este lugar es demasiado grande y es imposible saber cuál de todas esas puertas es la salida de la nave.

—Sé que llegamos de aquel rumbo —señaló Roberto.

—Yo también recuerdo haber venido de allá.

Roberto se acercó más al ventanal para tener una mejor visión.

—¡Cuidado, Roberto! No pases a la zona amarilla. Esa zona es peligrosa y podrías caer al vacío.

Roberto se detuvo de golpe y dio un par de pasos hacia atrás agradeciéndole a Kevin la advertencia. Desde ahí observó el ajetreo de vehículos voladores. Cientos de carruajes jalados por hombres-pájaro iban y venían en todas direcciones.

—Veo que las naves se detienen en las plataformas para recoger y dejar pasajeros. Ahí en frente se detuvo una y está recogiendo a esa pareja.

—Sí, ya lo he notado —dijo, Kevin.

Roberto siguió observando con curiosidad los movimientos de la gente y los vehículos. De reojo notó que del panal vecino salió un humanoide y se dirigió a la plataforma. Unos segundos después de haber puesto pie en la tarima, un carruaje llegó para recogerlo.

—¿Cómo pide la gente que vengan a recogerla?

—No tengo la menor idea.

Los siguientes días, Roberto continuó observando la vida exterior. Notó que cada vez que alguien se acercaba a una plataforma, un carruaje llegaba a recogerlo casi al instante.

—¿Has intentado ir a esa plataforma para ver qué pasa? —preguntó Roberto.

—No. Me han comunicado que nadie va a venir por mí.

—¿Quién te dijo eso?

—Las personas que vienen todos los días.

—¿No te aburres de estar aquí sin hacer nada? —preguntó, Sergey.

—Este lugar es muy amplio y tiene muchas amenidades. Vengan, vamos a visitarlo.

Kevin les dio un recorrido por las habitaciones. Al regresar a la cámara principal un ser esperaba de pie frente a la entrada.

—Hola, Gubidan. Estos son mis amigos de la Tierra. Gubidan es la vecina que vive en el apartamento de al lado. Me hace compañía de vez en cuando. Es muy simpática. Me ha platicado muchas cosas de la ciudad.

—¿Sabe ella cómo salir de aquí? —preguntó, Roberto.

—No. Ya le hice esa pregunta antes. Ella no tiene conocimiento de nada de lo que existe fuera de esta ciudad. Esto es todo lo que ella conoce. Éste es su único mundo.

Gubidan dirigió unas palabras a los terrícolas, pero nadie pareció comprender.

Kevin, al ver las caras de incomprensión de sus amigos ayudó con la traducción.

—Se quiere disculpar de que no podrá acompañarnos esta tarde y que está encantada de conocerlos.

Gubidan les dijo adiós con la mano y se alejó por el pasillo.

—Aquí parece ser la misma hora del día siempre —dijo Sergey.

—Yo diría, la misma hora de la noche. Desde que me trajeron aquí no he visto el sol para nada.

Roberto se acercó a la puerta para observar el exterior. Vio a Gubidan caminando hacia la plataforma de embarque. Tan pronto como llegó, un vehículo se acercó para recogerla. Sin comunicárselo a Kevin, caminó lentamente hacía la plataforma, también. Al final del pasillo había una pequeña separación entre el pasillo y la plataforma. Esperó un par de minutos sin atravesar la abertura. Nada ocurrió en ese tiempo. Decidió, finalmente dar un paso más allá de la ranura. Tan pronto como su cuerpo completo se encontraba dentro de la plataforma, un vehículo vacío llegó y se estacionó frente a él. El hombre-pájaro que jalaba la nave volteaba a ver a Roberto esperando que se subiera al vehículo. Roberto pareció comprender. Le hizo una señal de esperar y corrió en busca de sus compañeros.

—¡Vamos! Una nave nos está esperando en la plataforma. Sergey se asomó por el ventanal: "¿En cuál plataforma?"

—En ésta de aquí.

—No hay nada.

—¿Cómo? Acabo de verla hace un momento —y asomándose por el ventanal comprobó que la nave había desaparecido. —No importa, síganme. Estoy seguro de que volverá por nosotros.

Se encaminaron ansiosos a la plataforma.

Justo como Roberto lo había pronosticado, un carruaje se acercó de inmediato. El hombre-pájaro les volteó a ver en repetidas ocasiones.

—Subamos —ordenó, Sergey.

Se acomodaron en los asientos y esperaron a que el carruaje zarpara, sin embargo, éste no se movía. El hombre-pájaro volteaba continuamente a verlos. Los cuatro hombres se miraban entre sí sin saber qué hacer.

—Llévanos a la salida de la nave —ordenó, Kevin.

El hombre-pájaro desplegó las alas e inició su viaje. El carruaje voló diestramente metiéndose dinámicamente entre cientos de carruajes que se movían en todas direcciones. Los cuatro miraban admirados aquella perfección de movimiento que les hacía recordar los juegos mecánicos de los parques de diversiones de su planeta natal.

Después de un paseo tumultuoso, la nave se detuvo en una plataforma pequeña. El hombre pájaro volteó a ver a los pasajeros sin externar palabra alguna.

—Creo que hemos llegado —dijo, Kevin.

Al descender de la nave, el hombre-pájaro señaló una puerta que se encontraba al final de un pasillo. Agradecieron el servicio con una señal de mano y se dirigieron hacia la puerta.

Capítulo XVIII
Libertad pasajera

—¡Lo logramos! ¡Estamos libres!

Corrieron hacia el bosque sin voltear atrás. Su deseo era alejarse lo más pronto posible de la nave. Distanciados lo suficiente se detuvieron para constatar que nadie los seguía.

—Los hemos burlado. ¡Qué fácil fue salir de ahí! —dijo Kevin.

Ya sin la ansiedad inicial, caminaron tranquilos hacia el campamento. Al pasar por la poza, se remojaron la cara y el pecho para refrescarse.

Tomaron un pequeño descanso para recuperar energía.

—No me entra en la cabeza cómo es que dentro de esa pequeña nave existe esa ciudad majestuosa —comentó, Roberto.

—¿Estuvimos ahí o fue simplemente un sueño? —preguntó, Sergey.

—Es tan fantástico todo eso que, en realidad, sí parece un sueño. ¡Vámonos! Estoy ansioso de llegar al campamento.

Unos metros más allá de la poza la fuerza invisible los detuvo de golpe.

—¿Qué pasa? —preguntó, Roberto.

—Seguimos atrapados —se lamentó, Kevin.

—¡Esta maldita serpiente! —dijo, Sergey al verse la pierna.

Nadie supo cómo ni cuándo las culebras regresaron.

Llenos de desesperación, llamaron a gritos a sus compañeros.

Después de muchos intentos sin respuesta se resignaron a quedar atrapados y se echaron sobre la hierba a descansar.

A la media tarde, Pedro, Abdul y François llegaron para llenar las garrafas.

—¡Están de regreso!

—¡Kevin! Te creíamos muerto. ¿Qué pasó? ¿Cómo es que llegaste aquí?

—Con ellos.

—¡Tienes tu brazo! Entonces, ¿de quién era el brazo que encontramos en el camino?

Kevin les narró la historia del brazo y del anillo.

—...y así pasó todo. No perdí ninguna parte de mi cuerpo.

—¡Qué bueno que no te pasó nada!

—¡Qué bueno tenerte con nosotros nuevamente!

—No se queden ahí. Vamos al campamento —dijo, Abdul.

—No podemos. Seguimos esclavizados —dijo, Sergey, señalando sus piernas.

—Dame una poca de agua, Abdul, tengo sed —pidió, Roberto.

Abdul le acercó la garrafa. Al estar bebiendo, unas gotas cayeron sobre la serpiente que estaba enrollada en su pierna y, al contacto con el agua, se esfumó. Abdul observó el incidente y dio un grito de alegría.

—¡El agua deshizo la serpiente!

François roció con el agua de su garrafa las piernas de Sergey, Mustafá y Kevin, pero las serpientes no desaparecieron.

—¿Qué pasa? ¿Por qué no se van? —preguntó, Roberto.

Abdul se acercó con su garrafa y al mojar las culebras, éstas se desintegraron.

—¡Estamos libres! —Gritaron todos con algarabía. ¡Vámonos rápido de aquí! —salieron como estampida. Cruzaron la barrera invisible sin ser detenidos.

En el campamento celebraron su libertad y también relataron su experiencia en la enorme ciudad que se encontraba dentro de la nave. Sus compañeros escuchaban fascinados la descripción de tan mágico lugar.

—¿Quién se iba a imaginar que, en este planeta, supuestamente desierto, iban a existir civilizaciones maravillosas y mucho más adelantadas que la nuestra? ¿Cómo es posible que con toda la tecnología que se tiene en la Tierra, no se detectó nada de lo que aquí existe? —preguntó, Pedro.

Los siguientes días nadie regresó a la zona de la nave, y no fue necesario hacerlo ya que contaban con comida y agua suficientes. Sin embargo, el tiempo de bonanza no duraría para siempre.

Cuando las provisiones empezaron a escasear, se vieron en la necesidad de salir en busca de alimentos. En las cercanías sólo quedaban pequeños roedores casi sin carne.

Poco tiempo después, las frutas también empezaron a escasear.

Aunque la poza en el área prohibida estaba a corta distancia, preferían viajar a zonas lejanas para conseguir el preciado líquido y, de este modo evitar convertirse en prisioneros una vez más.

Un día, la corriente de agua del manantial donde se suplían agua, se secó. Ese hecho los preocupó puesto que la otra fuente de agua conocida era la poza dentro de la zona prohibida.

—No nos queda otra opción. Hay que arriesgarnos si no queremos morir de sed —dijo, Pedro.

—No ha llovido por mucho tiempo. La poza podría estar seca, también —dijo, Sergey.

—La única manera de comprobarlo es ir a ella.

Sin otra opción, se dirigieron a la zona prohibida.

Al llegar a la barrera invisible Sergey dijo,

—Esperen aquí. Yo iré solo por el agua. Quiero evitar una masacre grupal.

—No te arriesgues. ¿Qué tal si no hay agua?

—Pronto lo sabré.

Sergey tomó dos garrafas y atravesó el límite misterioso. Se observó las piernas y tras dar un suspiro de alivió se dirigió a la arboleda. Desde allá gritó,

—¡Está repleta de agua!

Regresó con las dos garrafas llenas hasta el tope.

—Dame otras dos garrafas, Abdul.

Kevin y Roberto lo acompañaron en el segundo viaje para ahorrar tiempo y llenar todas las garrafas de una sola vez.

Regresaban contentos con las garrafas repletas de agua cuando, al llegar al límite, la fuerza invisible los detuvo. Los tres descubrieron con horror que las serpientes habían regresado a sus piernas. Trataron de arrancárselas, pero nada pudieron hacer contra tales lazos de acero.

—¡El agua! —gritó, Abdul.

Rociaron agua sobre los animales, sin embargo, las tres serpientes siguieron aprisionándoles sus extremidades.

—¿Por qué no se van? —gritó, Roberto con frustración.

—No es agua de vida —dijo, Pedro. —Sólo el agua de vida puede destruirlas.

—Vayan al campamento por agua de vida —demandó, Sergey.

—Ya no tenemos. Se acabó hace unos días.

—¿Qué vamos a hacer ahora?

—Pedro, tú sabes donde encontrarla. Ve por más agua a la cueva. —Insistió, Roberto.

—Acompáñame, Abdul.

Pedro y Abdul partieron hacia la cueva llevando dos garrafas cada uno. Llegaron a la pared rocosa después del medio día. Se sentaron a esperar la llegada de los osos, pero no hubo indicio de ellos por el resto del día. La oscuridad llegó y se echaron a dormir a un lado de la roca.

Llegada la mañana los animales seguían ausentes. Después del mediodía la suerte siguió sin favorecerles.

Pedro le pidió a Abdul regresar con sus compañeros para ponerlos al tanto de la situación.

Capítulo XIX
Atrapado

Poco después de la partida de Abdul, un fuerte viento sopló en dirección de la cueva. Enseguida se oyeron pisadas de animales. Pedro corrió a la entrada y tomó posición. Al arribar el primer oso, las rocas se separaron y Pedro dio un salto para entrar antes de la llegada de los animales. Como de costumbre, se arrimó a la pared para evitar ser golpeado. Los osos corrieron túnel adentro a todo galope y, en poco tiempo, se perdieron de vista.

Al ajustar sus ojos a la penumbra, Pedro inició su caminata hacia el interior. No había avanzado una gran distancia cuando el túnel llegó a un punto final. Se extrañó.

—Creo que tomé la ruta equivocada.

Regresó por el mismo túnel buscando alguna desviación que lo llevara a la ciudad.

Llegó nuevamente al lugar de inicio.

Se lamentó pensando haber entrado en la cueva equivocada.

Se sentó en el suelo a descansar y esperar la apertura de la pared. Después de un rato se quedó profundamente dormido.

Una manada corriendo hacia adentro lo despertó . Al ver la pared abierta se levantó de un salto, pero lo tupido del grupo evitó que pudiera maniobrar y dirigirse hacia afuera. Cuando el último animal entró, la pared se cerró antes de que él pudiera llegar a ella.

Al verse atrapado corrió tras los animales. Sabía que ellos lo iban a guiar a su destino. Sin embargo, La velocidad de los osos era tal que le fue imposible emparejarlos.

A lo lejos vio que la pared del final del túnel se abrió al paso de los osos y se cerró después de atravesar el último animal.

Se lamentó no tener la velocidad de los cuadrúpedos.

Bastante frustrado y casi sin aliento llegó ante la pared ya solidificada. Había perdido la oportunidad de atravesar al otro lado, pero sabía que ésta se volvería a abrir a la llegada de los animales.

Esperó con la ilusión que un oso solitario llegara de repente. Sin embargo, las horas pasaron y nada se movió ni se escuchó.

El lúgubre aspecto de ese tenebroso lugar no le daba buenos augurios.

Pensó regresar a la entrada de la cueva, pero se enfrentaría al mismo problema. En aquel extremo también tendría que esperar la llegada de los animales.

La interminable espera empezaba a crear ideas en su mente.

—Tengo que ser fuerte —se decía para tranquilizarse.

Una idea le vino a la mente. Comenzó a hacer movimientos con las manos y a soplar como lo hacían los humanoides que atraían a los osos hacia la cueva.

No funcionó.

Empezó a saltar cayendo con fuerza sobre el suelo, tratando de imitar el correr de los animales.

Tampoco funcionó.

Se le vino a la mente la antigua leyenda árabe de Alí Babá y los cuarenta ladrones que su madre le leía en su infancia.

—"¡Ábrete sésamo!" —gritó con fuerza.

Y en es preciso momento se oyó un ruido de rocas.

—¡Funciona!

Sin embargo, la grieta no se abrió. Volvió a gritar las palabras mágicas.

El ruido de rocas se escuchó una vez más. Unas piedras pequeñas se desprendieron del techo de la cueva causando una falsa ilusión.

Otra estrategia más sin resultados.

—No estamos en la Tierra y la gente de este planeta dudo que conozca la historia de Alí Babá —pensó.

Volvió a abrir y cerrar las manos y a dar soplidos, pero la pared seguía sólida y sin movimiento.

Cansado se sentó en el suelo lamentándose de su mala fortuna.

Empezaba a caer en el sueño cuando un ruido de pisadas lo despertó. Se levantó como rayo. Su semblante retomó color y se preparó para saltar al otro lado. El sonido de las pisadas se hizo más fuerte. Alcanzó a ver, entre la penumbra, las siluetas de los osos viniendo hacia él. La pared se abrió y saltó al otro lado antes de la manada. Corrió a toda velocidad para aventajar a los animales que pronto lo alcanzaron y lo rebasaron. El esfuerzo no le alcanzó para continuar su carrera. El ritmo de los animales era tal que, en poco tiempo se perdieron de vista.

Desilusionado, desaceleró y siguió su camino a paso normal.

Después de más de una hora de caminar, se topó con otra pared. Desesperado la pateó y lloró su mala fortuna.

Se sentó en el suelo para recuperar fuerzas. "¿Cuánto tiempo hay que esperar ahora?" se preguntaba. Su ansiedad lo hacía moverse de un lado a otro e intentar cuanta ingenuidad se le venía a la mente. Se levantaba, daba saltos suaves, brincaba con violencia.

Cansado de tanto movimiento, y no ver ningún resultado positivo, se tiró al suelo otra vez. Sintió una leve vibración en su espalda. Levantó la cabeza esperando la apertura de la grieta, pero, resultó en otra falsa alarma.

Al estarse acostando un ruido sordo lo alarmó. A unos diez metros de distancia, una grieta se abrió, y un oso solitario salió. Como bólido se levanto y corrió desesperado hacia la abertura que, justo antes de su llegada, se cerró herméticamente. Una vez más, sin consuelo, se echó al suelo a llorar. Tanta emoción aunada a la falta de comida y bebida lo habían desgastado en demasía. Había perdido la esperanza de salir con vida de ese lugar. Sentía que la muerte rondaba el sitio.

El cansancio de tanto ajetreo lo hizo caer en un sueño profundo.

No llevaba mucho tiempo dormido cuando unas pisadas estrepitosas lo despertaron. Se incorporó de un salto. No tuvo que esperar mucho tiempo para que se formara una grieta en la roca. En ese momento un grupo de animales salió con tanta violencia que lo embistió aventándolo a unos metros de la entrada. Le costó unos instantes valiosos recuperarse y reincorporarse, pero con valor, se acercó nuevamente a la abertura y esperó en un extremo para evitar ser arrollado. El último animal que salió lo golpeó levemente y lo desbalanceó, sin embargo, la desesperación de cruzar al otro lado lo incitó a dar el último salto al momento en que la pared se cerraba. Se aventó con fuerza y, de un impulso, brincó al otro lado cayendo de estómago sobre el suelo arenoso. La grieta se cerró justo después de su caída. Dio un suspiro de satisfacción y permaneció acostado para recuperar fuerzas. Estaba feliz de haber logrado su objetivo. Desde ahí alcanzó a vislumbrar a corta distancia una entrada a la ciudad. Era una entrada diferente a la habitual. Se arrodilló para ponerse de pie. Pero al tratar de levantarse sintió un jalón en su pierna derecha. Al voltear la mirada se llenó de pavor. Su pie había quedado atrapado dentro de la roca sólida. Intentó jalarlo con fuerza, pero, estaba completamente incrustado dentro de la piedra. Soltó un grito hiriente al ver que le era imposible escapar. Hubiera preferido llevar una serpiente esclavizadora al horror de estar enterrado en vida. Regresó su mirada a la entrada de la cueva. Imploró ayuda con clemencia, pero nadie parecía escucharlo. Nadie dirigía su mirada hacia él. Todos caminaban de un lado hacia otro sin notar su presencia. Gritaba más fuerte para llamar la atención. Los humanoides seguían su deambular cotidiano sin escuchar su clamor.

Lloraba desesperado cuando al volver la vista hacia la entrada notó la presencia de Défane, quien se detuvo frente al hueco.

—Défane. ¡Ayúdame! ¡Estoy atrapado! —gritó con llanto en los ojos.

Défane pareció escucharlo. Se acercó a la entrada y señaló hacia Pedro. Otra persona se acercó a ella y los dos parecían conversar sobre Pedro.

—Por fin me oyeron —pensó recuperando el aliento.

Pedro esperó pacientemente, pero la pareja no hacía el intento de acercarse a ayudarlo.

—¿Qué pasa? ¿Por qué no entran? ¡Estoy aquí, atrapado! ¡Ayúdenme! —gritaba con llanto infantil.

Un humanoide más se unió a la pareja. Los tres parecían discutir sobre Pedro.

En poco tiempo se les unieron más individuos que señalaban hacia Pedro.

—¡Me han visto! —gritó llenó de emoción.

—¿Por qué no vienen por mí? ¡Ayúdenme! —gritó una vez más, pero nadie parecía escucharlo.

De pronto, la abertura empezó a cerrase. Pedro vio con terror la perdida gradual de tamaño del hueco. Gritaba con tal desesperación que su clamor hacía retumbar la cueva.

—¡Auxilio! No quiero quedarme enterrado aquí. —gritaba horrorizado tratando de sacudirse de la horrorosa roca. —¡Ayúdenme! ¡No me dejen aquí solo!

Sentía asfixiarse. La abertura se hacía cada vez más pequeña. Su temperatura corporal aumentaba velozmente y mares de sudor escurrían por todo su cuerpo. El agujero continuó reduciéndose hasta alcanzar un punto ínfimo que desapareció en un instante.

Con los ojos apretados Pedro daba quejidos desgarradores.

—¡Ayúdenme!

—¡No me dejen aquí!

—¡Ayúdenme!

—¡Ayúdenme!

—¡Ayúdenme!

Abrió los ojos. Se miró la pierna y descubrió que un puñado de tierra que se había desprendido de la pared le aprisionaba el tobillo.

—Gracias al cielo que fue sólo un sueño —suspiró.

Se levantó para mantenerse despierto y no caer en otra pesadilla infernal.

El tiempo transcurría lentamente y todo permanecía en una calma aterradora.

—¿Hasta cuándo van a llegar esos malditos osos?

La falta de alimento y líquidos creaban visiones en su mente. Las rocas salientes de las paredes se convirtieron en exquisitos manjares.

De una charola repleta de variadas carnes tomó una suculenta y jugosa pierna de pollo. Se la llevó a la boca y dio un escupitajo de repugnancia. La deliciosa vianda se había convertido en un trozo de piedra terrosa y seca.

Los exquisitos y variados aromas lo invitaban a degustar cientos de manjares selectos que al ponerlos en su boca eran repelidos dejando su paladar convertido en un desierto.

Trató de hacer caso omiso a las delicias que lo circundaban.

Cuando estaba a punto de perder el juicio, el trote estruendoso de una manada lo sacó de su locura culinaria.

Corrió al lugar de entrada y tomó posición. Las pisadas se escucharon con fuerza y un boquete se empezó a abrir en la roca. Como siempre, para evitar ser arrollado, dio un salto pegándose a la pared. El grupo de animales era tan tupido que, a pesar de arrimarse al muro, recibió algunos impactos que lo desbalanceó.

Tuvo cuidado de que sus piernas no quedaran atoradas en la pared. No deseaba que su sueño se convirtiera en una realidad demoniaca.

Al verse libre, siguió su camino por la nueva sección del túnel.

Era un tramo sinuoso que después de varias curvas llegó a un lugar conocido.

—¡La entrada!

Aunque no se trataba de la entrada a la ciudad, la luz del ventanal le indicaba que se encontraba cerca de su destino. Apretó el paso y, en poco tiempo, llegó a la entrada de arco. Ahora sólo le faltaba atravesar el último obstáculo, la gran muralla.

Dio fuertes gritos pidiendo que alguien se apiadara de él.

Su llamado se perdió en la inmensidad de la gruta.

Después de infinidad de vanos esfuerzos, se resignó a esperar la llegada de los animales. Se acomodó en la laja de la entrada y se recostó para descansar del arduo trayecto.

Un agradable eco lejano llegó a sus oídos.

—¡Agua! —gritó emocionado.

Se levantó de golpe tratando de adivinar la procedencia del sonido. La resonancia que se formaba en el recinto no le permitía seguir el rastro correctamente. El sonido parecía provenir de todas partes. Caminó lentamente al lado de la muralla.

Después de unos pasos el sonido disminuyó de intensidad.

Dio la media vuelta y caminó en sentido contrario. Fue entonces que el sonido empezó a aumentar de volumen. Su cara se iluminó con una enorme sonrisa.

Al llegar al final del muro, encontró un agujero que nunca había notado antes. El sonido venía de ahí. Al asomarse pudo ver una corriente de agua del lado contrario.

Metió la mano para sentir el líquido. Extrajo lo que pudo en su cuenco y lo bebió. El sorbo fue un alimento divino.

—¿Será agua de vida? —se preguntó.

Sintió un renacer cuando el líquido recorrió su garganta. Extrajo varios puñados más.

No pasó mucho tiempo para saber que se trataba del agua de vida. Su hambre y su sed desaparecieron en un par de minutos. Su cuerpo se había recargado de energía.

No iba a ser necesario entrar en la ciudad. Tenía el agua a la mano. Trató de meter una garrafa por el agujero, pero el tamaño era superior al del agujero. No tuvo otra opción que llenar sus cantimploras con la mano. La tarea fue lenta. De cada cuenco que sacaba, más de la mitad del agua se perdía en el trayecto.

Después de una tarea agotadora, terminó de llenar las vasijas y regresó al túnel.

El peso de los contenedores llenos hizo más lento su paso. Sin embargo, al llegar al final del primer tramo, la pared se abrió como por obra de magia. Se hizo a un lado para evitar el golpe de los animales, sin embargo, ningún hizo acto de presencia. Al estar del otro lado, la pared se cerró.

De ese momento en adelante, las paredes se abrían a su paso, hecho que no le incomodó, ya que se ahorró una buena cantidad de horas de espera.

Sin dificultad llegó hasta la última pared que también se abrió al acercarse a ella.

Al salir de la cueva escondió un cántaro entre los matorrales para poder moverse con rapidez. A medio camino, encontró a Abdul.

—¿Qué pasó? ¿No pudiste entrar en la cueva? —preguntó, éste.

—Sí. Traigo esta garrafa llena y dejé otra allá atrás. ¿De dónde vienes tú?

—Voy a avisarles que no se abre la cueva. Es lo que me pediste que hiciera.

—Pero eso fue hace muchos días.

—Con lo que pasa en este planeta ya no sé en qué tiempo estoy viviendo. Ocurren las cosas más extrañas. Ya no sé si existo o soy sólo un espectro.

Al llegar con sus compañeros, una ligera rociada de agua bastó para deshacer las serpientes.

—¡Somos libres! —y salieron a toda prisa del área de prisión.

En el campamento tuvieron a bien guardar el agua de una de las garrafas sólo para casos de emergencia. Sabían que iba a ser necesario regresar a la zona de la poza para abastecerse de agua regular.

Capítulo XX
Fuego

Por esos días la temperatura comenzó a descender. Las noches se hicieron más largas y frescas. Las frutas de los árboles fueron desapareciendo. Los animales grandes se vieron disminuidos en número. Los osos ya no iban a la cueva.

La falta de comida los obligó a emigrar.

Partieron con rumbo sur, llevando consigo las pocas pertenencias con que contaban.

Después de varios días de camino, la temperatura se tornó más placentera. Las noches ya no eran tan frías como en el campamento. Los árboles y las plantas contaban con follaje. La suerte los acompañó. Encontraron frutos diversos. Aunque necesitaban la proteína animal, la fruta los ayudaba a sobrevivir.

Después de varias semanas de caminata, encontraron un paraje acogedor donde decidieron echar raíces. El clima era perfecto. En los pastizales cercanos se observaban pastando animales de tamaño decente. Un riachuelo de caudal moderado bordeaba la zona adentrándose después en un valle formado entre dos montañas. Los árboles frutales, aunque no abundaban, se encontraban esparcidos por el lugar. Junto a una pared rocosa, más allá del arroyo se formaba una cavidad que bien podría darles buena protección.

Abdul propuso usarla como albergue.

Nadie aceptó su propuesta. Había demasiado temor relacionado con cualquier tipo de cuevas. Se alejaron lo más posible de ella. El estar cerca de esos sitios les alteraba los nervios.

Ese día se dieron a la tarea de armar un techo de ramas para protegerse del sereno nocturno. No eran expertos en construcción, pero lograron formar una enramada que los protegió de la intemperie.

A la mañana siguiente salieron en busca de una buena caza. No les fue difícil encontrar un buen espécimen. Con la ayuda de la pistola láser lo acabaron de un solo disparo.

Llevaron la carne al cobertizo.

—Necesitamos una fogata.

La recolección de leña y pajas fue cosa de niños. Sin embargo, crear la chispa inicial se convirtió en un problema de dimensiones titánicas.

Abdul trajo un tronco grueso y un pedazo de liana.

—Esto nos va a ayudar. Van a ver que en poco tiempo ya tenemos fuego.

Empezó a frotar la liana contra el tronco. El roce entre los dos materiales era tan fuerte que la liana no resistió y se rompió después de unos minutos.

Trajeron más lianas y turnándose uno tras otro lograron aumentar el calor del tronco, pero la chispa no apareció.

Esa noche tuvieron que conformarse con carne cruda.

Al día siguiente continuaron en su intento por crear la chispa que iniciara el deseado fuego. Frotaban de una forma, frotaban de otra, pero el arduo trabajo los cansaba sin obtener el resultado anhelado.

Pasaron un par de días de fracaso en fracaso, hasta que, una tarde, después de muchos intentos fallidos, saltó la primera chispa y hubo presencia de humo. Arrimaron hojas y palos secos. Soplaron para avivar la flama. En poco tiempo vieron crecer la llamarada. Acercaron troncos más gruesos que comenzaron a arder. Fue una hazaña enorme que los hizo saltar y bailar de alegría. Contaban ahora con una fogata para asar sus carnes, para darles cobijo durante las frescas noches y para protegerlos de animales peligrosos.

Celebraron la creación del fuego como el evento más importante jamás logrado por humano alguno. Ahora su misión era cuidar de ese preciado tesoro y no permitir que se apagara. Día tras días recogían ramas y madera seca del bosque para mantenerlo con vida. Aunque ya tenían el fuego controlado, siguieron practicando la creación de la chispa inicial.

Una noche la temperatura bajó más de lo normal y Pedro al no poder soportar el frío de la intemperie, se llenó de valor y tuvo el coraje suficiente para pasar esa noche dentro de la cueva. Llevó consigo un madero ardiente y suficiente leña para mantenerlo encendido. El temor a las desapariciones lo agobió toda la noche que le fue imposible mantener un sueño constante. Aunque no durmió de forma continua, no sufrió la inclemencia de las bajas temperaturas del exterior. Como nada extraño sucedió esa noche, sintió confianza para pernoctar ahí la noche siguiente.

Nadie se atrevió a acompañarlo esa noche, tampoco.

Fue hasta unos días más tarde que, después de sufrir fríos invernales y ver que nada malo le sucedía a Pedro, todos decidieron hacerle compañía y resguardarse bajo la protección de la cueva.

La primera noche fue de descanso relajante para todos. Dentro de la concavidad no tuvieron que preocuparse más por fríos o lluvias. El calor de la fogata se conservaba dentro de la cueva y era muy bien aprovechado.

Pasaron varios días sin incidentes extraños. La confianza regresó a ellos y se sintieron relajados.

Por un par de semanas la fruta había sido su alimento principal. La carne había desaparecido de su dieta. Los grandes animales que abundaban cuando llegaron a la zona, habían emigrado.

Capítulo XXI
Ladrones

Una tarde, cuando recolectaban fruta, se toparon con un venado de buenas carnes. Sergey lo mató con un solo disparo. Entre todos lo arrastraron a la cueva. Ahí lo despedazaron y lo asaron. Se dieron un festín de medio animal. Las carnes sobrantes las colocaron en un rincón en el fondo de la cueva. Esa noche se fueron a dormir con los estómagos repletos.

A la mañana siguiente, cuando se disponían a comer el desayuno, Abdul gritó desde el fondo de la cueva,

—¿Quién se comió las sobras de anoche?

Es segundos todos sus compañeros veían con asombro la desaparición de más de medio venado.

Se miraron unos a otros esperando que alguien confesara su delito.

—Si nadie de nosotros se la comió, entonces algún animal entró y nos la robó.

—Eso no puede ser posible, Abdul. Cualquiera de nosotros lo habría notado —dijo, Pedro. —El animal nos tendría que haber pasado encima.

—Quizás entró por otro lado.

—No hay otro lado. Ésta es el único acceso.

—Pues quien nos la haya robado es bastante hábil para meterse hasta acá sin que nos hayamos dado cuenta.

Ese día un misterio más quedó sin resolver.

Decepcionados por la pérdida de su alimento, salieron en busca de otro animal.

La suerte los acompañó. Pasado el mediodía una pequeña manada de venados se les atravesó en el camino. Aunque habían confeccionado unas lanzas para practicar la cacería prehistórica, no quisieron arriesgarse a perder la comida del día y usando la pistola láser, Sergey, que ya era un experto en su uso, apuntó hacia el animal más grande y un solo disparo bastó para derribarlo. Ahí mismo lo descuartizaron y cada uno se echó un trozo pesado a sus espaldas.

Regresaron a la cueva al atardecer. Después de un buen banquete, colocaron la carne sobrante en el mismo lugar de la noche anterior, pero, esta vez, acordaron turnarse como veladores para cuidar las sobras. Pedro fue elegido por azar para iniciar la vigilancia.

Arrastró una piedra para sentarse. La puso al lado de la comida. Se mantuvo erguido para no caer víctima del sueño. Entrada la noche, Comenzó un concierto de ronquidos que le ayudaron a mantenerse despierto por un rato. Después de un tiempo, la serenata lo empezó a acurrucar. Sus ojos se cerraban ocasionalmente. El acogedor calor del fuego aunado al cansancio de la caminata de ese día lo hicieron dormitar. Un par de veces estuvo a punto de caer de su asiento. Los desplomes lo ayudaron a mantenerse despierto.

Para evitar caer víctima del sueño se puso de pie. Intentó caminar para ejercitar sus músculos y controlar el cansancio. Aunque el espacio era reducido, los cuatro pasos que alcanzaba a dar de un lado al otro le ayudaron a mantenerse despierto. A eso de la media noche, cuando ya estaba a punto de pasarle su relevo a Abdul, escuchó un ruido extraño dentro de la pared. Una grieta se empezó a formar. Al abrirse completamente vio adentro una cueva enorme con un túnel que se perdía en el fondo. A contraluz pudo distinguir unas siluetas. Parecían los humanoides de la cueva de Défane. Pedro sintió miedo y se pegó a la pared para evitar ser visto. Uno de los seres caminó hacia la carne que yacía en el suelo.

—¡Défane! — Pedro reconoció su rostro.

Défane dijo algo en sonidos irreconocibles.

Después lo tomó de la mano. Lo llevó al otro lado de la cueva. Con más luz, no le quedó duda de era Défane, pero, por alguna razón, le era imposible comunicarse con ella.

Otros dos seres que acompañaban a Défane salieron del túnel y recogieron la carne y las frutas. Con las manos llenas de comida, regresaron al túnel. La pared se cerró quedando Pedro atrapado del otro lado.

—¿Por qué se llevan nuestra comida? —preguntó.

Los dos humanoides amarillos, sin responder, caminaron por el túnel a paso rápido hasta perderse de vista. Défane tomó la mano de Pedro y lo llevó caminando por el conducto subterráneo. Se toparon con varias paredes que se abrían a su paso. Antes de llegar al final de cada sección, Défane juntaba las manos y las separaba y, al instante, la pared se abría. A Pedro no le extrañó ese acto. Lo vio con naturalidad pues ya estaba acostumbrado al gran poder que tenían los seres de ese planeta sobre la roca.

Al entrar en la ciudad. Pedro notó que no era la misma en la que había estado antes. Défane lo llevó por un camino angosto hasta llegar a una cavidad enorme junto a una pared vertical. Entraron por un pasillo semioscuro. Al llegar al otro extremo, Pedro supo que se encontraban dentro de la cueva de la galaxia. Tenía fe en que pronto podría comunicarse con su amiga azul. Caminaron por veredas y puentes hasta alcanzar el sitio preciso. Pedro reconoció el lugar. Ahí estaba la nebulosa del sistema solar y las estrellas vecinas. Se hincaron y sumergieron las manos dentro del material viscoso.

—Me alegra mucho verte otra vez, Défane.

—Yo estoy muy contenta de que estés conmigo, también. Te he extrañado todo este tiempo.

Ella acercó su cara a él y le dio un beso en los labios.

Pedro quedó sorprendido. No sabía si eso significaba una declaración amorosa o era una costumbre de saludo entre ellos. Défane se quedó mirándolo como esperando una respuesta. Lo único que se le ocurrió a Pedro fue responderle con otro beso. Ella le sonrió y lo abrazó. Lo tomó de la mano y salieron de la cueva. Tomaron el siguiente acceso que los condujo al bosque interior.

—Este lugar me parece conocido —dijo, Pedro. —Hemos estado aquí antes ¿verdad?

Capítulo XXII
Dimensiones

—Es verdad y no es verdad. Has estado aquí, pero no has estado aquí —dijo, ella.

—Me estás confundiendo ¿Qué quieres decir con eso de que he estado aquí y que no he estado aquí?

—Es el mismo bosque, pero ahora lo estamos viendo en otra dimensión.

—¿Otra dimensión?

—Sí. Estamos en la dimensión inmediata superior.

—No comprendo.

—Verás. Antes estábamos en la dimensión de abajo. Ahora estamos en la dimensión de arriba. ¿Comprendes?

—Ni una palabra.

—Es muy fácil. Sólo piensa en las dimensiones y lo comprenderás.

—No puedo, Défane. Yo vengo de un mundo donde no existen las dimensiones de las que tú hablas. Todos vivimos en la misma dimensión.

—Ven aquí. Mira a esa persona que está ahí. La puedes ver bien, ¿verdad?

—Sí. Sí la puedo ver.

En ese momento, la persona volteó la cara y Pedro pareció reconocerlo.

—Él es el que me ayudó a encontrarte la vez pasada.

—Sí. Háblale y dile algo.

—Hola. ¿Me recuerdas?

La persona no pareció escucharlo.

—No me responde.

—Tócale el hombro.

Pedro se acercó al hombre. Al tratar de tocarle el hombro, su mano le atravesó el cuerpo.

—¿Qué pasó? —dio un grito de terror.

—No te asustes. Él está en otra dimensión. No te puede ver ni te puede oír. A mí tampoco me puede ver.

—Pero ¿por qué nosotros sí lo podemos ver a él?

—Porque él está en la dimensión inmediata inferior.

—Y ¿eso qué significa?

—Qué los que están en una dimensión superior pueden ver a los que están en la dimensión inmediata inferior, pero eso no sucede al revés. Aquí mismo, tal vez hay alguien en la dimensión inmediata superior a la nuestra que nos está viendo, pero nosotros no lo podemos ver.

—Estás hablando en un idioma desconocido para mí. No me entra en la mente esto de las dimensiones.

—No es nada complicado. Son simplemente cosas naturales.

—Si quiero hablar con esa persona ¿Hay alguna forma de hacerlo?

—Sí. Cambiando de dimensión.

—Y ¿cómo se hace eso?

—Observando un punto en esa dimensión y yendo a él. Sólo basta con pensar que quieres ir esa dimensión y vas.

—Aunque lo piense con todas mis fuerzas, yo no creo poder hacerlo. ¿Hay alguna forma más fácil de llegar a su dimensión?

—Hay otra forma, pero no es más fácil. Es, en realidad, muy difícil

—¿Más difícil que observar un punto y teletransportarte? Lo dudo. ¿Cuál es la otra forma?

—Necesitas salir de esta cueva y encontrar la cueva precisa que te lleve a la dimensión donde está él.

—¿Dónde está la cueva de su dimensión?

—No lo sé. Hay que entrar en todas las cuevas hasta encontrar la correcta. Por eso es mejor observar un punto y cambiarte de dimensión.

—¿Cuántas cuevas hay?

—Muchas.

—Llévame a todas. Quiero viajar por otras dimensiones. Este planeta me parece maravilloso. Nunca me imaginé encontrar cosas tan extrañas y, a la vez, tan fascinantes.

—Yo no le veo nada extraño. Yo diría que es algo completamente normal.

—¡Vamos! Llévame a las otras cuevas. Quiero aprender más sobre las diferentes dimensiones.

—Lo siento, pero yo no puedo pasar por la salida donde están tus amigos porque uno de ellos es muy raro.

—Yo creo que todos mis amigos son iguales a mí.

—No. Uno de ellos es muy caliente y brilla como el sol. Es muy diferente. Yo lo vi cuando salí a recoger la carne.

—¿Un amigo que brilla como el sol y es muy caliente?

—Sí. Tiene los pies de madera y no puedo comprender sus palabras.

—No hay nadie que tenga los pies de madera. Todos son como yo.

—El que yo digo es diferente. Como brilla mucho no le puedo distinguir la cara.

—Quizás te estás confundiendo porque no hay nadie que brille y que tenga pies de mader... ¡Espera! ...Creo que sé de lo que hablas. Ése que tú dices no es un ser humano. Es una fogata.

—¿Una qué?

—Una fogata.

—¿Qué es una fogata?

—Es lumbre que creamos nosotros para calentarnos. No hay peligro. Únicamente hay que caminar alrededor de ella y no te hará ningún daño.

—Pero la persona que yo digo sí es un ser vivo porque se mueve y emite voces extrañas.

—Así es el fuego. El viento lo mueve y hace sonidos porque está quemando la madera, pero no es un ser vivo. El fuego puede ser peligroso, pero es controlable. Nos ayuda a darnos calor en los días fríos. No hay por qué temerle. Yo te voy a proteger de él.

—¿En verdad tú me vas a proteger de él?

—Por supuesto.

—Entonces, ¿Estás dispuesto a protegerme siempre?

—Indudablemente. Vamos con mis amigos.

—Ahora no puedo. Allá afuera es de día y ninguno de nosotros puede exponerse a la luz del sol. Los rayos solares son mortales para nosotros. Hay que esperar al anochecer. Ven, vamos a caminar por el bosque.

Défane lo tomó de la mano y juntos pasearon por las veredas del sitio. Al llegar a la orilla de una pequeña poza de aguas cristalinas, se sentaron sobre unas piedras. Al lado había un arbusto con frutos rojos, muy apetitosos a la vista.

Défane arrancó uno y se lo ofreció a Pedro. —Toma. Pruébalo. Es delicioso.

Pedro le dio una mordida.

—En verdad es exquisito.

—Quiero agradecerles a ti y a tus amigos por las frutas y la carne que nos dejaron en la entrada de la cueva. Son ustedes muy amables en hacernos esos regalos.

Pedro titubeó un poco, pero prefirió no herir sensibilidades y respondió con una sonrisa fingida:

—Sí, la pusimos ahí para ustedes.... ¿Les gustó la carne?

—Nosotros no comemos carne de animales con cuernos.

—¿Qué hicieron con ella, entonces?

—La llevamos a la cueva de la galaxia. Ven. Vamos para que veas dónde está.

Lo jaló de la mano y entraron en la cueva.

—Mira. Ahí está. Al ponerla en ese lugar se alcanzan más conocimientos. El conocimiento acumulado en cualquier parte del cuerpo del animal nos da información de dónde viven y qué actividades hacen.

—Es increíble todo lo que pueden aprender de un pedazo de cuerpo muerto.

—¿Cómo obtienen el conocimiento en tu planeta?

—El conocimiento lo obtenemos al observar directamente el comportamiento de los animales. En mi planeta hay gente que estudia los animales siguiéndolos en su hábitat natural y observando todo lo que hacen y comen. Después, lo que investigaron lo ponen en libros para que todo el mundo aprenda.

—¿Cómo pueden observar lo que hacen si en la noche todo está oscuro?

—No los seguimos sólo en la noche. También lo hacemos durante el día, que es cuando podemos ver mejor.

—¿Cómo se protegen ustedes de los rayos solares?

—Los rayos solares no son dañinos para nuestros cuerpos. Al contrario, nosotros necesitamos de la luz del sol para obtener energía.

—¡Qué raro!

—Otra cosa, nosotros podemos comer prácticamente cualquier animal sobre la faz de la Tierra. Claro está que tenemos nuestras preferencias. Los animales terrestres que más comemos son las vacas, los puercos y las gallinas. También comemos animales que viven en el agua como peces, camarones, y muchos otros.

—¿Se comen ustedes también a otras personas?

—¡No! Ningún humano se come a otro humano.

—¡Qué alivio!

—¿Creías que nos comemos los unos a los otros?

—El conocimiento que obtuve en la cueva de la galaxia es que hay canibalismo en tu planeta.

—Hubo canibalismo en el pasado, pero hace tiempo que se acabó esa práctica. Ahora ya no hay caníbales. Nadie se come a nadie. Está prohibido por ley.

—Me da mucha alegría oír eso. Temía que algún día quisieras comerme.

—Yo nunca cometería un acto de canibalismo, ni con los humanos de la Tierra, ni con ustedes, ni con nadie. ¿Cómo podría yo hacerle daño a quien ha sido mi salvadora en este planeta? No puedo imaginarlo. Gracias por toda tu ayuda. No sé que habría hecho sin ti. Tú eres la persona en quien más confianza tengo en este planeta. No nos temas ni a mis compañeros ni a mí. Ninguno de nosotros te hará ningún daño. Ten por seguro que no le haremos daño a ninguna persona de tu pueblo, tampoco.

Défane se acercó y le dio otro beso. Después le tomó la mano y lo condujo al jardín nuevamente. Bordeando un riachuelo, llegaron a la orilla de otra poza de aguas claras. Unos niños brincoteaban con risas alegres dentro del estanque. Al ver a la pareja acercarse, detuvieron su juego y los miraron fijamente con cierto recelo.

—Sigan jugando, Chicos.

—¿Van a entrar ustedes en el agua?

—No sé —contestó Défane y dirigiéndose a Pedro le preguntó: —¿Quieres que entremos?

Pedro tentó el agua con la mano para sentir la temperatura —Claro, ¿por qué no?

Se puso de pie y se quitó la camisa. Los niños, asustados, dieron un grito de terror y corrieron despavoridos a esconderse detrás de unos arbustos del lado opuesto de la poza. A Défane también le dio pavor lo que Pedro acababa de hacer.

—¿Cómo hiciste eso?

—¿Qué es lo que hice?

—¿Cómo pudiste quitarte la piel?

—¿La piel?

Défane señaló la camisa.

—No. Esto no es mi piel. Es una camisa.

—¿Una qué?

—Una camisa. Mírala. Es una prenda de vestir para protegerme del frío y del sol. Todos los humanos usamos camisas. Tócala. Es de algodón.

Défane acercó los dedos con desconfianza. La palpó y, con repugnancia, separó la mano inmediatamente.

—¿Qué es "algodón?"

—Es esta tela. Se hace de una planta con flores blancas. De ellas sacamos las fibras y hacemos hilos. Entretejemos los hilos para formar esta tela. Nuestros cuerpos no están hechos para soportar el frío o el calor intenso. La ropa nos sirve para protegernos del clima. No tenemos pelo en el cuerpo como ustedes. Nuestro único pelo nos crece en la cabeza y en la cara. Mis pantalones, aunque ya están demasiado rotos, también son de tela. Míralos. No son parte de mí.

—¿Por qué el color de tu piel es diferente al nuestro? ¿Cómo puedes saber si eres hombre o mujer?

—Los hombres y las mujeres tenemos partes sexuales diferentes. El sonido de nuestras voces también distingue a un hombre de una mujer. Las mujeres tienen pechos protuberantes. Mira. Mis pechos son planos. Las mujeres terrícolas no tienen los pechos como yo. Ellas los tienen grandes, como así —hizo un ademán con sus manos.

—¿Por qué tienen los pechos grandes?

—Las mujeres necesitan guardar leche en sus pechos para alimentar a los bebés recién nacidos.

—¿Qué?

—Dentro de sus pechos hay leche para que sus bebés se alimenten de ella. La leche de las mamás es como el agua de la vida para los bebés. Los hace fuertes y robustos. Todos los mamíferos alimentan a sus bebés con leche materna.

—¿Mamíferos? ¿Qué es eso?

—Mamíferos son los animales que, al nacer, beben la leche de sus madres. Creo que los vedores hacen lo mismo y la leche que ellos dan es como la leche de las mujeres humanas. ¿Comprendes?

—¡Qué raro! Entonces, ¿ustedes hacen el agua de la vida de la leche de las mujeres?

—No. La leche de las mujeres es solamente para los bebés y es el mejor alimento para ellos.

—Es muy interesante todo lo que dices.

—Creo que el agua de la vida hace que ustedes no tengan pechos grandes, ¿verdad?

—Es verdad. No necesitamos tener los pechos grandes para alimentar a los bebés. El agua de la vida les proporciona todo lo que necesitan. El agua de la vida es el alimento principal para todos nosotros desde el momento en que nacemos hasta que morimos.

—¿Comen algo más aparte del agua de vida?

—Sí. Comemos frutas, hierbas, peces e insectos y algunos animales grandes sin cuernos.

En ese momento los niños regresaron a la poza y se acercaron nuevamente a la pareja.

—¿Van a entrar en el agua? —preguntó el de mayor tamaño.

—¿Quieres entrar en el agua conmigo? —preguntó, Défane.

—Sí, espera —y se quitó los pantalones.

Con un poco de sorpresa, Défane observó la presencia de pocos vellos en sus piernas. Los niños, una vez más, escaparon dando gritos de terror. —¡Se arrancó la piel! ¡Es un monstruo!

—No les hagas caso —dijo, Défane. —Nunca habían visto nada así. ¡Tus piernas son diferentes! ¡Tienen muy poco pelo! ¿Por qué?

—Así son las piernas de todos los terrícolas. Mis piernas tienen pocos vellos como todas las personas de mi planeta. Hay personas que tienen más vellos que yo, pero nadie tiene tantos vellos como tú.

—¡Qué raro te ves!

—Sé que me veo raro en este planeta, pero en la Tierra, esto es lo más normal.

—No me importa que te veas raro. Eres muy agradable, ¿sabes? Me gusta estar contigo. Y a ti, ¿te gusta estar conmigo?

—Por supuesto. Me encanta estar contigo. Cuando estoy contigo me siento como en familia.

—Ven, vamos al agua, entonces.

Atravesaron las aguas someras hasta llegar a una parte más profunda. Se sentaron sobre unas piedras quedando sus cuerpos sumergidos de medio pecho hacia abajo. Ella le tomó la mano y le sonrió. Él le respondió con otra sonrisa. En pocos segundos la orilla de la poza se empezó a llenar de humanoides. Pedro, sorprendido, vio que a todo su alrededor aparecían cada vez más de ellos. En poco tiempo la poza se encontraba rodeada de una multitud de seres que los miraban fijamente. Pedro se sentía intimidando por todas las miradas dirigidas hacia él.

—¿Vinieron a ver mi cuerpo extraño y sin pelos en las piernas?

Défane sumergió su cara en el agua por unos segundos. Al sacarla le pidió a él que hiciera lo mismo.

Pedro volvió a preguntar, —¿para qué han venido todos ellos aquí?

Ella le indicó que guardara silencio y le pidió una vez más que sumergiera la cara en el agua. Él lo hizo y al sacarla, la multitud empezó a entonar cantos melodiosos. Sus voces se entremezclaban y creaban sonidos celestiales. Défane cerró los ojos y parecía disfrutar de aquel coro de tonadas suaves. Pedro cerró los ojos y disfrutó del concierto celestial, también.

Al terminar la melodía, las personas aventaron polvo de estrellas que al contacto con el agua formó un arcoíris que se elevó sobre la pareja. Pedro observaba maravillado aquel extraordinario evento.

—¿Qué pasa aquí? ¿A qué se debe todo esto? —preguntó.

—Todos están aquí reunidos para celebrar nuestra unión como pareja.

—¿Nuestra qué?

—Nuestra unión como pareja. Nuestra boda. Ahora tú y yo somos una pareja para siempre. Es fantástico, ¿verdad?

—Pero...

—No digas más. Ven, salgamos del agua. Debemos estar con ellos ahora que estamos casados.

—¿Casados tú y yo?

—¡Sí! Es increíble, ¿verdad? Sígueme. Todos quieren felicitarnos.

Al caminar entre la multitud, todos les aventaban polvo de estrellas al mismo tiempo que seguían entonando los cantos celestiales. Pedro disimuló su desconcierto, mostrándole una sonrisa fingida a la concurrencia. La pareja se abrió paso entre el gentío. Avanzaron lentamente hasta llegar a unas plantas de enormes hojas donde ambos se sentaron. Los cantos aumentaron de volumen. Las hojas se inclinaron lentamente hasta alcanzar una posición horizontal. Todas las miradas se centraban en la pareja recostada cómodamente sobre aquel lecho vegetal. Los observadores levantaban las manos en señal de alegría y los cantos seguían con más ímpetu. Dos enormes hojas cayeron como sábanas sobre la pareja y la cubrieron, quedando completamente ocultos de las miradas de la multitud. La gente, alegremente, cantaba y bailaba alrededor del lecho nupcial. Los cantos aumentaron el ritmo y continuaron escuchándose con más ahínco.

Al elevarse las hojas que los cubrían y poner a los recién casados al descubierto, una ovación monumental estalló. Las camas de hoja se levantaron poniendo de pie a la pareja.

La multitud les abrió camino. La pareja se dirigió a una mesa de piedra repleta de viandas exquisitas. En ese momento Pedro y Défane dieron inicio al banquete. Después de haberse servido, Défane hizo una indicación con la mano y todos los invitados se acercaron ordenadamente a compartir aquel exquisito manjar. A pesar de haber tantos comensales, la cantidad de comida parecía nunca disminuir.

La tertulia prosiguió por varias horas. Todo el mundo comía, cantaba y bailaba en honor de los desposados. Los niños corrían de un lado a otro y muchos de ellos se acercaban a la pareja. Parecían tener interés en tocar las piernas lampiñas de Pedro. Nunca habían visto nada igual. También les atraía su cabeza y su barba llenas de pelo. Pedro se había convertido en la atracción principal de los pequeños. A pesar de temer su rareza, no cesaban de acercarse a él para provocarlo. A Pedro no le molestaba el ser el centro de atención de los jóvenes. Ya se había acostumbrado a su comportamiento.

Después de largas horas de festejo, los adultos empezaron a desvanecerse. Poco a poco el jardín se fue quedando vacío. Sólo los niños permanecieron ahí, y cuando la totalidad de los adultos había desparecido, los pequeños se alejaron corriendo hacia el interior de la cueva.

—Estoy tan emocionada de que tú y yo ahora somos una pareja y que pronto vamos a ser padres.

—¡Qué!

—Gracias por pedirme que me casara contigo.

—¿Yo te pedí que te casaras conmigo?

—Sí. Muchas gracias. ¡Me siento tan feliz!

—No recuerdo haberte pedido eso.

—Claro que sí. Tú lo hiciste.

—En serio, no lo recuerdo. Creo que estoy perdiendo la memoria.

—¿Recuerdas que me invitaste a sentarme en la poza?

—Eso sí lo recuerdo, pero no recuerdo haberte propuesto matrimonio.

—¿Acaso no sabes que la petición de matrimonio es invitando a tu pareja a sentarse contigo en esas piedras?

—¿Esa es la forma de pedirle matrimonio a alguien?

—¡Claro! ¿No lo hacen así en tu planeta?

—No. Allá lo hacemos de otra forma, y no es tan rápido. La pareja se conoce por mucho tiempo y después, los dos hacen planes y, finalmente, se casan.

—Qué raro. ¿Por qué tienen que esperar mucho tiempo para casarse?

—Pues, así se hacen las cosas en la Tierra.

—¡Qué extraños son los seres de tu planeta!

—Sí. Somos muy extraños.

—¿Cómo son las pozas nupciales allá? ¿Son como ésta?

—Nosotros no tenemos pozas nupciales. Nosotros usamos lugares diferentes según la religión de cada pareja. Yo me casé en una iglesia católica porque mis padres me criaron en esa religión.

—¿Te casaste allá en la Tierra? Entonces ¿tú tienes otra esposa?

—Sí, … bueno, no… En realidad, no sé. Ella viajó conmigo a este planeta, pero ahora está desaparecida. Tiene mucho tiempo que no la veo. No sé si sigue con vida.

—¿Por qué me pediste que me casara contigo si tienes otra esposa?

—Yo no te lo pedí.

—Me dijiste que te sentías en familia a mi lado y después me invitaste a entrar en el agua.

—Yo no sabía que estaba pidiéndote matrimonio. ¿Qué podemos hacer?

—Nada. Ya estoy embarazada de un bebé tuyo. ¿Tienes un hijo con tu otra esposa?

—No. Nunca tuvimos bebés.

—Entonces no están casados completamente.

—¿Por qué dices que no estamos casados completamente?

—Porque no tienes un bebé.

—¿Es necesario tener bebés para estar casados?

—¿Acaso no lo sabes? Todo mundo sabe eso. Tus preguntas son muy raras.

—Es que…en mi planeta es muy diferente.

Pedro mantuvo su mirada perdida por unos segundos y al regresar a la realidad dijo con una sonrisa limpia:

—¿Vas a tener un bebé mío?

—Sí. ¿Qué te parece? ¿Estás contento?

—Por supuesto que lo estoy. Éste va a ser mi primer bebé. ¿Cuánto tiempo hay que esperar para que nazca?

—Lo necesario.

—¿Cuánto es eso? ¿Nueve meses? En la Tierra ese es el tiempo que hay que esperar.

—No comprendo lo que estás diciendo. ¿Qué significa "meses?"

—Un mes es un lapso de treinta días.

—Tú dices cosas muy extrañas. Yo no sé que quieres decir con nueve, meses, días, treinta. ¿A qué te refieres con eso?

—Olvídalo. Son cosas de mi planeta.

Ahora que estamos casados, ¿dónde vamos a vivir?

Défane lo miró con desconcierto.

—No comprendo tu pregunta.

—¿Cuál es la casa donde vamos a vivir tú y yo?

—¿Qué quiere decir 'casa'?"

—Es un lugar para vivir. ¿Dónde vamos a vivir?

—Aquí.

—Sí, pero ¿en qué lugar exactamente?

—En esta cueva.

—Ya sé que, en esta cueva, pero ¿dónde vamos a dormir?

—En las hojas que estén disponibles.

—¿No tienen ustedes casas individuales?

—No. ¿Para qué? Tú haces preguntas muy ilógicas. Seguramente estás bromeando, ¿verdad?

—En nuestro planeta cada familia vive separada de los demás. Cada uno tiene su propia casa.

—¡Viven separados!

—¿Acaso no lo hacen así, ustedes?

—Nunca había oído algo tan absurdo. Vivir separados de los demás es de lo más irracional que he escuchado en mi vida. No sé cómo pueden sobrevivir siendo tan extraños.

—Por lo que puedo ver, ésta es una comunidad donde todos comparten todo, ¿no es así?

—Sí. ¿Qué hay de raro en eso? Es lo más natural. Ven, vamos a caminar por aquí para que conozcas todo el bosque.

—¡Qué bonito! ¿todo esto lo comparten entre todos?

—Aquí todos compartimos todo. ¿No lo hacen así en su planeta?

—Los terrícolas somos, diría yo, egoístas. Nos gusta tener cosas de nuestra propiedad y no compartirlas.

—Mira esas camas de ahí. Hay que guardar silencio porque hay personas durmiendo ahora.

Dando pasos suaves, Défane llevó a Pedro por una vereda hacia la derecha. —Sígueme. Allá hay unas camas vacías. Escoge la que quieras.

—Ésa que está ahí me gusta.

—Acuéstate en ella para que descanses.

—No tengo sueño ahora. Me siento con mucha energía. Hay que seguir caminando para conocer más de este maravilloso jardín. Quiero disfrutarlo a tu lado.

Siguieron por una vereda angosta entre pinos altos. Apenas habían dado unos pasos cuando algo llamó la atención de Défane. Volteó hacia la entrada de la cueva y jaló a Pedro de la mano. —Ya vienen los osos. Debemos regresar para recibirlos.

Capítulo XXIV
Indicaciones

Todo mundo se movilizaba para recibir a los osos. Tres hombres maniobraban dirigiendo la manada que ya se encontraba en las inmediaciones de la cueva. Pedro los miraba fascinado, aunque ya había presenciado ese acto más de una decena de veces. Le era incomprensible entender cómo con soplidos y simples movimientos de manos esos hombres podían controlar la naturaleza. Se mantuvo embobado en sus movimientos hasta que se escuchó el tropel de los osos entrando en la zona de la ordeña. Cuando los tres humanoides terminaron su labor, Pedro les aplaudió. Los hombres voltearon a verlo con desatino, dieron un paso y se desintegraron.

—Necesito subir a la ordeña —dijo, Défane.

—Te veo allá en unos minutos.

Défane dio un paso y se desintegró, apareciendo instantáneamente en el segundo nivel, desde donde le hizo una señal.

Pedro subió tomó la ruta de los escalones de piedra. Entró en el recinto y se sentó en una piedra a observar a los ordeñadores.

Al finalizar la ordeña, los osos regresaron al túnel de salida. Los hombres que ejecutaban la entrada y salida de las paredes dirigieron los animales hacia la salida.

Cuando detuvieron las maniobras, Pedro supo que los animales habían llegado al exterior y fue entonces que recordó a sus compañeros que lo esperaban afuera de la cueva.

—Necesito salir con mis amigos. Necesitan agua de vida para resistir el hambre y la intemperie. Allá afuera casi no hay nada con qué alimentarse.

—Toma agua del canal.

Pedro hizo un gesto de disgusto al recordar que no tenía los recipientes.

—Necesito salir por las cantimploras. Están en la cueva.

—Yo no puedo acercarme a la salida. Es peligroso para el bebé que llevo dentro.

Al oír esas palabras, se acercó tiernamente a ella y le acarició el vientre. Défane emitió un sonido agudo y, en ese momento, un ser amarillo apareció.

—Él te acompañará. Te esperará en la entrada mientras tú recoges lo que necesitas. Él no puede salir tampoco porque es de día afuera. Vas a regresar, ¿verdad? Tu hijo y yo te necesitamos.

—Claro que regresaré.

—Asegúrate de que nadie más entre en la cueva contigo. Tus compañeros están contaminados por las serpientes.

—Ya no las tienen. Se esfumaron después de rociarlas con el agua de vida.

—Las serpientes desaparecieron, pero dejaron huevecillos minúsculos en el interior de sus piernas. Si entran en la cueva los huevos se desarrollarán alimentándose del cuerpo de tus compañeros. Después nos atacarán a nosotros y acabarán con nuestro pueblo. Tus compañeros están a salvo ahora. Afuera de la cueva no corren ningún peligro. Adviérteles que no intenten entrar en ninguna cueva hasta que se hayan descontaminado. Si entran en cualquier cueva morirán de una forma lenta y tormentosa.

Pedro le agradeció la advertencia y siguió al hombrecillo amarillo.

—Vas a regresar, ¿verdad?

—Claro que voy a regresar. Te lo juro.

—¿Te lo juro? ¿Qué es eso?

—Que sí voy a regresar. No te preocupes

Pedro y el ser amarillo trotaron por el túnel. Al llegar al final, se abrió una grieta que daba a un bosque en la oscuridad.

—Llegamos. —dijo su guía.

—Éste no es el sitio por donde entramos.

—Usamos una salida alterna para evitar el encuentro con tu amigo ardiente.

—Pero los recipientes están en la otra salida. Llévame allá. Yo no sé como ir a la cueva de mis amigos desde aquí. Para evitar que tengas contacto con el fuego, tú me esperas dentro del túnel mientras yo salgo por los recipientes.

El ser amarillo hizo caso omiso a Pedro y dijo.

—Detrás de esos árboles está la cueva que buscas. Ahí están tus amigos — señaló el humanoide.—Yo no puedo acompañarte. Recoge los recipientes y te espero en la entrada de allá. Recuerda, nadie puede entrar contigo.

Al entrar en la cueva sus compañeros dormían al calor de la fogata. Sergey era el único despierto. Se encontraba en el fondo montando guardia.

—¡Pedro! —Todos despertaron al grito de Sergey.

—Creímos que estabas muerto.

Brevemente, Pedro les narró su aventura, recogió los recipientes y regresó al interior de la cueva.

—Regresaré pronto con el agua de vida.

Pedro entró por la grieta.

Cinco segundos después de errarse, la grieta se volvió a abrir.

—¿Qué pasó? —preguntó, Sergey.

—Aquí está el agua. Perdón por la tardanza, pero el canal está muy lejos. Además, unos niños me entretuvieron como siempre. Les gusta jugar conmigo. Soy un bicho raro para ellos.

—¿Todo eso hiciste en menos de cinco segundo? —preguntó Abdul.

—¿Dónde están tus amigos? —preguntó, Roberto. —¿Por qué no han venido contigo? Queremos conocerlos.

—Imposible que salgan ahora. Tienen sus razones para no hacerlo. Primero, le tienen miedo a esa fogata. La consideran un ser vivo peligroso.

—Diles que podemos apagarla para que se sientan seguros.

—No, Abdul. Hay otra razón más importante. Todos ustedes han sido contaminados por las serpientes y eso sería mortal tanto para ellos como para ustedes. Las serpientes han depositado huevos minúsculos dentro de sus piernas. Los huevos son inofensivos mientras ustedes permanezcan afuera de la cueva. Si entran, los huevos se alimentarán de sus cuerpos dándoles una muerte lenta y aterradora.

—¿Eso quiere decir que me van a comer por dentro? —preguntó, Abdul, con voz trémula.

—Así es. Por eso deben evitar entrar en cualquier cueva. Aquí afuera no corren ningún peligro.

—¿Significa eso que nunca vamos a poder conocer la cueva de tus amigos?

—Sí van a poder entrar, Sergey, pero deben descontaminarse primero.

—¿Qué hay que hacer para descontaminarnos?

—Hay que encontrar a los hombres pájaro. Ellos son los únicos que pueden descontaminarlos.

—¡Vamos a buscarlos! No quiero morir carcomido por estos bichos —dijo, Abdul.

—¿Dónde se encuentran los hombres-pájaro?

—No sé la respuesta ahora. Debo regresar al interior. Me han pedido no alejarme por mucho tiempo. Necesito retornar ahora pronto para evitar la muerte de un bebé.

Todos miraron fijamente a Pedro esperando más información.

—Voy a ser padre —Pedro les narró brevemente su aventura con Défane y la forma como fue desposado.

—…y así fue como sucedió todo. Ahora debo regresar con mi nueva esposa.

Entró en la cueva con la promesa de que regresaría con información sobre la ubicación exacta de los hombres pájaro.

Cuatro días más tarde y casi al borde de la desesperación, por fin, vieron abrirse las paredes de la cueva.

—Estoy de regreso. Tuve suerte de que me dieron la información rápidamente.

—¿Cuatro días te parece rápido?

—No exageres, Abdul.

—Olvida lo del tiempo. Dinos dónde podemos encontrar a los hombres-pájaro —interrumpió, Kevin.

—En estos días se encuentran más allá de la poza verde. ¿Sabe alguien cómo llegar a esa poza?

Todos se miraron entre sí, pero nadie dio una respuesta positiva.

—No se preocupen. Lo que necesitan hacer es seguir a los osos cuando salgan de la cueva y al llegar a los tres árboles secos, necesitan doblar a la derecha y caminar en línea recta hasta encontrar la poza. Estando ahí, deben esperar al atardecer y seguir la dirección de la puesta del sol hasta el árbol grueso. Los hombres-pájaro anidan en él. Cuando se hayan acercado lo suficiente a ese árbol, ellos sentirán la presencia de los huevecillos y bajarán en su búsqueda. Se les enrollarán en las piernas y les lamerán las áreas afectadas. Sus lenguas son muy poderosas y pueden extraer hasta el más minúsculo huevo de serpiente del interior de su cuerpo. Cuando hayan succionado todos los huevecillos, volarán de regreso a sus nidos. En ese momento ustedes deben alejarse lo más pronto posible del área pues los hombres-pájaro son peligrosos y los podrían matar con sus aletazos. Al llegar a la poza verde, deberán sumergirse completamente para eliminar cualquier posible residuo en la piel. Regresen de día al campamento. Es peligroso viajar de noche en esa zona. Para que la descontaminación sea completa, hay que esperar varios días aquí afuera después de regresar. Los hombres de la cueva me avisarán cuando ya estén totalmente descontaminados. En ese momento yo saldré a buscarlos y todos podrán entrar conmigo.

—¿Por qué tú sí puedes entrar en la cueva ahora? Tú también estuviste con nosotros.

—Yo nunca fui atrapado por ninguna serpiente.

—Pero has estado con nosotros. ¿No hay riesgo de algún contagio?

—No lo sé. Quizás no. De otra manera no me habrían permitido entrar en la cueva.

—Pedro es como Jesucristo: Está libre de pecados, aunque ande rodeado de pecadores —dijo Sergey.

—Haciendo memoria, quizás sí me tuvieron en una especie de cuarentena la primera vez que entré. Recuerdo haber estado encerrado en una celda por, no sé cuánto tiempo. Quizás un día, quizás diez, quizás cuarenta. El tiempo ahí adentro transcurre de forma muy diferente a como estamos acostumbrados.

La pared se abrió.

Es hora de regresar.

—¿Cómo te avisamos cuando ya estemos descontaminados?

—No es necesario que me avisen. Los habitantes de la cueva me informarán cuando sea tiempo de salir por ustedes. Por ahora debo regresar. No me permiten permanecer mucho tiempo cerca de ustedes. Quizás para evitar contagios. Descansen bien el resto de la noche para mañana, muy temprano, ir en busca de los hombres pájaro. ¡Buena suerte!

Capítulo XXV
La búsqueda

Con la primera luz del alba, todos se encontraban listos para ir en busca de los hombres-pájaro. Al salir de la cueva su emoción se desvaneció por completo.

—¿Dónde están los osos que hay que seguir? De aquí no ha salido ninguno en más de cuarenta días.

—El último oso que vimos fue cerca del campamento, como a seis o siete días de camino.

—Eso es demasiado lejos.

—¿Qué hacemos ahora? Sin los osos no podremos encontrar a los hombres-pájaro

Se lamentaron.

—Necesitamos la ayuda de Pedro.

Regresaron a la cueva y, a gritos, llamaron a su compañero. Esperaban que la pared se abriera y Pedro saliera enseguida, pero, nada sucedió.

Se sentaron cabizbajos a esperar.

De pronto, un sonido de piedras los trajo nuevamente a la vida. Sus caras se iluminaron.

—Falsa alarma —dijo, Abdul.

Un roedor atravesó por una cornisa de la cueva y derribó unas piedras que ocasionaron el sonido.

Volvieron a llamar a Pedro a gritos.

Nada se movía. Sus gritos parecían no tener eco.

Insistieron su llamado hasta el cansancio.

Pasaron esa noche llenos de angustia.

Un poco antes del amanecer, Sergey recordó que la noche que Pedro regresó a la cueva, lo vio venir del bosque.

—Vino de allá —dijo. —Debe haber otra salida por ese lugar y, seguramente, ese es el lugar que usan los osos. ¡Vamos! ¡Hay que encontrarla!

La pared rocosa formaba una alta barranca que se extendía por cientos de metros.

—Busquen bien. La cueva debe estar en esa pared.

Recorrieron todo lo largo de la enorme roca, pero su ansia los hizo omitir la entrada más de un par de veces. Habían borrado de la memoria que las cuevas se encontraban ocultas detrás de arboledas frondosas y solamente se abrían para dar paso a los animales.

Al atardecer François alcanzó a ver, a lo lejos, un oso saliendo del bosque y dirigiéndose hacia unos matorrales junto a la pared rocosa.

—¡Un oso! —gritó.

Todos se paralizaron volteando su mirada al sitio señalado por François.

—¡Pasó por allá!

Se abalanzaron como saetas. Se abrieron paso entre la maleza. Llegaron a un recinto rodeado por una arboleda, pero no encontraron la ansiada cueva.

—Éste no es el lugar. Busquemos más adelante.

—¡Esperen! ¡Éste es el lugar! —gritó, Roberto con júbilo.

—Aquí no hay ninguna cueva.

—¿Has olvidado que las cuevas se abren sólo para los osos? Este sitio es casi idéntico a los recintos de las otras cuevas.

Al igual que en las cuevas que conocían, solamente había un ingreso al recinto. Salieron de la arboleda y esperaron en las inmediaciones. Desde ahí podían visualizar tanto la pared como el bosque, aunque su mirada se concentraba más en la roca.

—¿Qué vamos a hacer si no salen por aquí?

—Van a salir. No hay que desesperar — Roberto intentó animarlos.

La tarde transcurrió más lentamente de lo normal.

A la puesta del sol, desanimados regresaron a su cueva para pernoctar.

El dormir bajo un techo y cobijados por el calor de la fogata los confortó para comenzar el día siguiente, desde muy temprano y recargados de energía.

Desde antes de la salida del sol, ya esperaban los osos al lado de la arboleda.

Esa mañana fue lenta, aburrida sin movimiento alguno. Pero, a eso de la media tarde se oyó un ruido de pisadas. Todos clavaron la mirada en la pared.

Pronto su ilusión se esfumó. El ruido lo ocasionó una manada de ciervos que llegó de un costado de la pared con rumbo norte.

En otras circunstancias, una manada así les habría dado comida para un par de semanas, pero, esta vez nadie se interesó en ella.

Cuando el sol estaba cerca de alcanzar la línea del horizonte, una grieta se formó en la pared.

—¡Prepárense!

Un oso solitario llegó del bosque y, por suerte, no golpeó a nadie, pues todos estaban distraídos esperando la salida y no la entrada del animal.

—Falsa alarma otra vez —se quejó, Abdul.

—No se desanimen.

Sabían que, en ocasiones, la pared se abría casi inmediatamente después para dejar salir a ale'n animal.

Esta vez, no se cumplió su vaticinio. El sol se ocultó y la oscuridad se adueñó de la zona. Cabizbajos, emprendieron su regreso a la cueva. En el camino un oso solitario casi los embiste, pero alcanzaron a saltar hacia los costados evitando el contacto. Llegaron a la cueva agitados por el susto.

Regresaron a la arboleda con los primeros rayos solares. Caminaban tranquilos cuando, a la distancia, vieron una manada abundante saliendo a todo galope hacia el bosque. Como flechas, se abalanzaron tras ella. La velocidad de los animales sobrepasaba por mucho la de los humanos. En poco tiempo los perdieron de vista. El sprint inicial acabó con el aliento de todos. La carrera fue en vano. Sin embargo, no se dieron por vencidos y siguieron las huellas de los animales.

—¡Allá están los árboles! —gritó, Sergey.

—Pero ahí hay más de diez —dijo, François.

—¿Qué hacemos ahora? —preguntó, Abdul.

—Pienso que ese grupo de árboles es la señal —dijo, Sergey. —Los números en este planeta son diferentes a los nuestros. Quizás este grupo de árboles significa "tres" para ellos.

—Entonces hay que seguir hacia allá —señaló, Roberto.

—Tú guíanos —le ordenó Sergey.

Siguieron su camino hacia la derecha como se les había indicado. La ruta se encontraba llena de maleza y el transitarla era dificultoso. Fue necesario sortear gran cantidad de arbustos espinosos que hacían difícil el acceso. El avance fue lento y agotador. Estaban a punto de desistir cuando Abdul, que había trepado a un árbol, gritó,

—¡Allá hay una poza con agua verdosa!

—¡Hemos encontrado la poza verde! —celebraron.

Abdul saltó del árbol y se adelantó como guía. Jubilosos todos siguieron a su compañero. Después de una multitud de tropiezos y arañazos entre tanta maraña, llegaron al estanque. No les quedó duda de que se trataba de la poza correcta debido al color verdoso de sus aguas.

—¿Cuál es el siguiente paso?

—Debemos seguir la dirección de la puesta del sol.

Para su mala fortuna, el cielo se encontraba completamente cubierto de nubes. No había un solo espacio abierto que les indicara la posición del astro rey.

Esperaron el desvanecimiento de las nubes, pero, para su mala fortuna, las nubes permanecieron en el cielo por el resto del día hasta el anochecer.

A la mañana siguiente la nubosidad seguía cubriéndolo todo.

A media mañana, una lluvia tupida comenzó a caer. Corrieron con suerte al encontrar refugio bajo las gruesas raíces de un árbol al otro lado de la poza. Se amontonaron bajo sus poderosos tubérculos para protegerse de la incesante llovizna que cayó hasta después del mediodía.

Después de la lluvia se entrevieron unos claros entre las nubes. Sus caras brillaron al volver a ver el sol después de varios días de ausencia. Su alegría duró poco, pues antes de la media tarde, el cielo se había vuelto a nublar por completo.

No fue sino hasta el tercer día que las nubes se disiparon y se alejaron dando paso a un cielo casi totalmente despejado. A media tarde, sólo había un par de ellas en la lejanía. Observando el movimiento del sol, casi podían adivinar el lugar en donde se pondría, pero, para no errar, esperaron hasta que el astro rey estuviera a punto de alcanzar la línea del horizonte. Fue entonces que salieron disparados en esa dirección. No habían avanzado mucho cuando se escuchó el aleteo de los hombres-pájaro planeando desde las copas de los árboles, cumpliéndose así lo que Pedro había pronosticado. Los seres alados se enredaron en sus piernas y con sus poderosas lenguas succionaron los huevos de las serpientes.

No pasó mucho tiempo para que el primer hombre pájaro se separara de Sergey y regresara a lo alto de su árbol. Casi al mismo tiempo, uno por uno, fueron regresando a sus nidos en lo alto de la floresta. Cuando el último se hubo retirado, los seis hombres corrieron de regreso a la poza y se zambulleron en ella como se les había indicado.

Como ya era de noche y siguiendo las indicaciones de no caminar durante las horas nocturnas, se acurrucaron bajo el árbol de las gruesas raíces.

Al día siguiente, se pusieron en marcha justo con la primera luz del alba. Aunque contentos de haber cumplido su cometido, su semblante se notaba muy debilitado. No habían ingerido alimento por tres días. El terreno era yermo. No había nada en el camino que calmara su apetito.

Antes de llegar a la cueva se desviaron hacia un soto donde encontraron una decena de frutos colgados de los árboles. Para su mala suerte sólo dos piezas estaban en buenas condiciones. Hubo que dividirlas en porciones pequeñas. El resto del día descansaron sus cuerpos debilitados.

A la mañana siguiente salieron de cacería. Sabían donde encontrar osos, y aunque sacrificar uno de ellos iba en contra de sus convicciones, no tuvieron otro remedio que hacerlo para evitar morir de inanición. Un oso menos no afectaría el nivel de agua en la cueva, pero sí ayudaría a salvar varias vidas.

Con más voluntad que fuerza física salieron rumbo a la pared rocosa. Sergey llevaba la pistola láser lista para ser disparada. Al llegar al recinto se ocultaron entre los arbustos. Llenos de esperanza vigilaban la salida de los animales.

Pasaron las horas y no hubo movimiento. La desesperación empezó a apoderarse de ellos.

—¿A qué hora van a salir esos malditos animales?

—No desesperen. Ya saldrán —trató de calmar los ánimos, Sergey. —Para no aburrirnos, vayan a buscar fruta por esa cañada. Debe haber algo por ahí. Yo me quedo aquí con Sergey a esperar los osos.

En ese momento una parvada de pájaros coloridos voló sobre ellos. Sergey disparó el arma y dos aves cayeron al instante. Pedro y Abdul se apresuraron a recogerlas. Tenían un plumaje abundante, pero poca carne. No lo suficiente para alimentarlos a todos.

Siguieron esperando los osos.

Por horas sólo se escuchaba el zumbido de los insectos. El aburrimiento los desesperaba y en ocasiones reñían por pequeñeces.

Pasada la media tarde, un ruido de pisadas proveniente del bosque les devolvió la esperanza. De golpe se levantaron y treparon a unos árboles para divisar mejor la zona. Una manada de osos apareció entre la maraña.

La cacería fue cosa de niños. Un simple disparo bastó para derribar un animal que, por su tamaño, bien los alimentaría por más de dos semanas. La bestia quedó inmóvil en medio del pastizal. El resto de los animales continuó su estampida en dirección de la cueva. Después de asegurarse que el oso estaba completamente muerto y no había peligro en los alrededores, se dieron a la tarea de descuartizarlo.

Cuando regresaron los buscadores de fruta, el animal ya había sido descuartizado y se encontraba listo para ser transportado.

Cada uno se echó al hombro un trozo de buen tamaño y regresaron a la cueva con una sonrisa dibujada de oreja a oreja. El oso sacrificado era tan grande que no pudieron transportarlo todo. Los carroñeros disfrutaron del obsequio.

En la cueva se dieron a la labor de encender nuevamente la fogata que ya llevaba días apagada. Después de muchos intentos fallidos y sin lograr obtener nada. François cortó con un cuchillo oxidado un pedazo de carne ensangrentada y así se llevó a la boca. Como el hambre oprimía, sus compañeros siguieron el mismo ejemplo. La abstinencia de comer carne por más de un mes ameritaba el ingerirla en estado natural.

En poco tiempo todos masticaban con gusto aquel sangriento manjar. Se olvidaron por completo de encender la fogata y siguieron degustando de las sanguinarias viandas. Aquella escena parecía salida de un cuadro cavernícola. Sus caras se encontraban embadurnadas del líquido escarlata y de entre los labios escurrían hilos carmesíes mientras masticaban la suculenta delicadeza. A pesar de la escena grotesca, nadie se inmutaba de lo que en otrora habría sido un suceso repugnante. Esa noche se fueron a la cama con el estómago lleno y la cara teñida de grana.

La carne del animal los mantuvo alimentados por dos semanas. Para esos días empezaron a regresar a la zona algunos animales que, por varias semanas, habían estado ausentes. Su retorno fue recibido con beneplácito, pues sentían una gran culpabilidad al robarles osos a los habitantes de las cavernas.

Capítulo XXVI
Cárcel

Varias semanas transcurrieron sin tener noticias de Pedro. Como los animales de caza eran pequeños, precisaban de matar uno cada dos o tres días. El uso constante de la pistola láser empezó a debilitar su potencia. Su tiempo de vida útil estaba llegando a su fin. Guardaban como tesoro una última pistola aún sin usar. La tenían reservada para casos extremos.

Para pasar los ratos de ocio, que eran la mayor parte del tiempo, intentaron confeccionar lanzas y flechas que sustituyeran el uso de la pistola láser. Sabían que algún día no muy lejano las dos pistolas llegarían a su fin y tendrían que cazar como lo hacían los humanos de la prehistoria.

Recolectaron varas largas y lisas a las cuales les afilaron la punta con sus cuchillos ya casi sin filo.

Aunque maltrechas, sus flechas eran el mayor logro de tecnología desde su llegada a ese planeta.

Una tarde, después de casi seis semanas de espera, se presentó Pedro con unas garrafas llenas de agua.

—Aquí hay agua de vida para que se bañen antes de entrar. Mójense todo el cuerpo. No dejen un solo espacio sin cubrir. Deben purificarse completamente.

Así lo hicieron. Unos a otros se ayudaron para lavarse las partes más lejanas de la espalda.

Cuando Pedro comprobó que ya todos estaban preparados los invitó a entrar.

—Síganme.

El túnel semioscuro les pareció lúgubre al principio, pero, en poco tiempo, sus ojos se acostumbraron a la penumbra. Era cosa de admiración la apertura y el cierre de las paredes al acercarse a ellas. Había murmullos de sorpresa cada vez que topaban un obstáculo.

En el último trecho pasaron a un costado de los grandes ventanales desde donde pudieron observar la maravillosa ciudad que yacía a sus pies.

Continuaron túnel adentro hasta alcanzar la entrada de arco, donde los esperaba Défane.

—Por fin llegamos.

—Yo no veo nada aquí aparte de esa pared —dijo, François, quien nunca había entrado en la cueva.

—Hemos llegado a la ciudad.

—¿Cuál ciudad? Aquí no hay nada.

—Está detrás de la pared. Síganme.

Pedro y Défane caminaron directos a la pared. Unos pasos antes de llegar a ella, se abrió una entrada. Hubo un rumor general de admiración. Aquel complejo de nichos y caminos pedregosos se mostraba impresionante.

Los primeros minutos fueron de total asombro. Todos contemplaban absortos ese lugar de fantasía. Ninguno de ellos podía esconder su embeleso. Défane se despidió para ir a la zona de la ordeña. Dio un paso y se desvaneció.

—¡Qué pasó! ¿Adónde se fue? —preguntaron.

En ese momento dos seres amarillos aparecieron de la nada.

—¡Síganos! — dijeron.

Condujeron a los terrícolas por un camino sinuoso al lado de una pared rocosa. Se introdujeron por una grieta pequeña y entraron en un recinto semioscuro.

Cuando se encontraban todos adentro, uno de los humanoides les dio instrucciones en un lenguaje indescifrable.

—Nos piden que esperemos aquí un momento. —Pedro tradujo.

Los seres salieron del recinto y la grieta de entrada se cerró.

—¿Qué es este lugar? —preguntó, Sergey.

—No lo sé.

—No me gusta. Se ve muy lúgubre.

—Me parece familiar. Presiento que ya he estado aquí antes. —dijo, Pedro. — Si no me equivoco, el agua que corre por ese canal es agua de vida. Pueden beber toda la que quieran. Eso les va a ayudar a sentirse bien.

Abdul se acostó sobre unas piedras planas en el centro del recinto.

—¿Es ésta una sala de recepción? —preguntó.

—No lo creo. Se ve más bien como una cárcel. —dijo, Sergey. — Tengo la sensación de que nos han hecho sus prisioneros.

—Creo que tienes razón, Sergey. A mí también me da la impresión de ser un calabozo —reafirmó, François.

—No es eso. Van a regresar pronto. Ya lo verán —dijo Pedro tratando de animarlos.

Unos minutos más tarde la puerta se abrió. Un hombre entró con frutas y las depositó en el suelo y, sin decir una sola palabra, se retiró.

Abdul y Roberto trataron de alcanzar la entrada antes del cierre, pero la pared se selló antes de su llegada.

Sin nada más qué hacer tomaron varias piezas de fruta y esparcidos se sentaron a comer alrededor del recinto.

—¿Por qué nos encerraron? —se preguntaban.

—A mí me sucedió lo mismo la primera vez que entré en la ciudad. Quizá nos han puesto en una cuarentena.

—¿De cuánto tiempo es la cuarentena? —preguntó, Abdul un tanto turbado.

—No lo sé. Recuerda que el tiempo aquí adentro transcurre diferente de como estamos acostumbrados.

—¿Por qué tú también estás aquí con nosotros, Pedro? —preguntó, Roberto.

—Es verdad. Tú nunca has sido contaminado —añadió, Abdul.

—No lo sé —contestó, Pedro.

—Me temo que esos seres peludos nos han tendido una trampa.

—Si no mal recuerdo por aquí hay un túnel que conduce al jardín exterior —dijo, Pedro y se acercó a la pared buscando la grieta de salida. —Una de éstas lleva a un jardín muy bonito por allá.

—Yo no veo nada —dijo, Abdul.

Después de una búsqueda que no dio frutos, se echaron a dormir en el suelo.

Los seres traían fruta periódicamente y la depositaban cerca de la entrada.

En una ocasión, después de haber tomado unas piezas, Abdul se sentó en su lugar habitual para descansar la espalda. Al echarse hacia atrás nada lo detuvo y cayó al suelo dando un grito de dolor.

—¿Qué pasa, Abdul? —preguntó, Roberto.

—¡La gruta! —gritó, Pedro, con júbilo. —¡Ahí está la salida! ¡Puedo ver una luz allá, al fondo! ¡Vamos!

En fila india, recorrieron el estrecho pasadizo.

—¿Qué es esto? —se maravillaron todos al llegar afuera.

—Nunca pensé que iba a volver a ver la luz del día —dijo, Sergey.

—Si esto es la cárcel, téngame prisionero aquí para siempre —dijo, Abdul, con una gran sonrisa. —¿Es éste el Paraíso terrenal del que tanto se habla allá en la Tierra?

—¿Estamos libres ya o esto es parte del encierro? —preguntó, François.

—¡Estamos libres, François! ¡Estamos libres! —dijo, Pedro.

—Fue una larga espera en la celda, pero bien valió el aburrimiento para compensarnos con esto —dijo, Sergey.

—¿Por qué tuvimos que esperar afuera de la cueva más de seis semanas si nos iban a encerrar otra vez ahí?

—¿Cuánto tiempo dices que esperaron? —preguntó, Pedro.

—Más de seis semanas.

Sus compañeros asintieron con la cabeza.

—¿En serio? Esto es increíble. Aquí adentro no pasaron más de dos días. Hasta pensé que era muy poco tiempo de descontaminación.

—Pues los dos días de aquí fueron más de seis semanas allá afuera y con muchos sufrimientos, poca agua, poca comida y, a veces, sin un techo bajo el cual resguardarnos.

—No comprendo cómo funciona esto del tiempo, porque estando aquí siento que el tiempo transcurre normal —comentó, Abdul.

—Es verdad, Abdul. Si uno está adentro o afuera el tiempo se siente normal —dijo, Pedro. —Sólo detectamos la diferencia cuando salimos o entramos en la cueva.

—¿A qué velocidad real está transcurriendo el tiempo aquí adentro ahora mismo? —preguntó, Abdul.

—No hay que preocuparnos por eso, Abdul. Simplemente disfruta cada segundo que pasa. Síganme. Vamos a recorrer el jardín. Vale la pena conocerlo.

Anduvieron por las veredas que los llevaron por arboledas , praderas, jardines de flores y lagos.

—Esa es la poza matrimonial. Ahí es donde contraje matrimonio con Défane.

Unos niños chapoteaban en la orilla, pero parecieron no notar la presencia humana.

—¿Nos podemos meter en el agua? —preguntó, Abdul.—No para casarnos, claro.

Todos rieron a su comentario.

—Mejor métanse en ésta que está acá, pero manténganse aquí en la orilla. No vayan hacia allá. Hay peces espada. Son peligrosos y les pueden mutilar alguna parte del cuerpo.

—A mí casi me cortaron el brazo —dijo, Kevin.

—¿Entonces tú ya estuviste aquí? —preguntó, Abdul.

—No. Eso sucedió en otro lugar.

—Métanse al agua conmigo. —Invitó, Abdul.

Se quitaron los hilachos que llevaban por pantalones quedando en paños menores y uno a uno se fueron zambullendo en la poza.

—Es el agua más deliciosa que he sentido jamás —dijo, Abdul.

—Es agua pura. Puedes beberla. —indicó, Pedro.

Observando a los niños, Abdul vio que detuvieron sus juegos y se encaminaron hacia él. Los niños parecían no notar su presencia. Abdul intentó hacerse a un lado para darles paso, pero unas rocas le impidieron realizar la maniobra. Los niños siguieron caminando sin titubear. Abdul estiró la mano para detenerlos. En ese momento exhaló un grito de terror cuando su mano atravesó el cuerpo de uno de los niños. Éste siguió caminando, traspasando el cuerpo de Abdul. El segundo niño también atravesó su cuerpo sin notar su presencia. Roberto, que se encontraba a un lado, también intentó detenerlos, pero sus manos atravesaron los cuerpos de aire de los niños.

—¿Qué pasa? ¡Son fantasmas!

Desde afuera todos miraban sorprendidos a los espectros saliendo del agua.

Los niños parecían no notar la presencia humana. Se quitaron el agua excedente con las manos y se alejaron hacia la cueva. Al llegar a la pared rocosa la atravesaron de una manera fantasmal.

—¿Qué pasó? ¿Son fantasmas? —preguntaban todos impresionados.

—No se asusten. Esos niños están en otra dimensión —dijo, Pedro.

Todos miraron a Pedro como si hubiera perdido sus facultades mentales.

—Ya sé lo que piensan, pero hay una explicación. Parece raro, pero así funcionan las cosas en este planeta. Hace tiempo yo tuve la misma experiencia. Por ahí vi a un humanoide y al quererlo tocar le atravesé el cuerpo con la mano. Me sorprendí de la misma manera que ustedes. Défane me explicó que aquel hombre estaba en otra dimensión y me habló de las diferentes dimensiones que existen. Todavía no puedo comprenderlo del todo, pero sé que existen. Para nosotros es muy difícil concebirlo porque esto no sucede en nuestro planeta.

—¿Dices que hay varias dimensiones? —preguntó, Sergey.

—Sí. Parece que hay un número infinito de ellas. Según tengo entendido, todas las dimensiones comparten este jardín. Esos niños que nos atravesaron viven en la dimensión inmediata inferior a la nuestra.

—¿Qué? ¿Dimensión inferior? ¿Qué es eso? —preguntó, Abdul.

—Esperemos a Défane. Ella les explicará mejor.

Pedro se acercó a una planta de hojas largas, pegó su espalda a ella y al momento, se inclinó hasta alcanzar su posición horizontal.

—¿Qué es eso? —preguntaron asombrados. Los que estaban en el agua salieron de un salto para observar la maravilla de las hojas-cama.

—Éstas son las camas de aquí. Hay muchas. Acércate a ésa, François.

—¿Yo?

—Sí, tú. Acércate sin miedo.

Temeroso hizo lo que Pedro le iba indicando.

—Ponte de espaldas y recárgate en ella. No tengas miedo. Acércate más… Más todavía. Tienes que tocar la hoja con tu espalda para que ella te sienta.

Con miedo a caer al vacío, arrimó la espalda hasta tocar la hoja. Esta se inclinó firme y suavemente.

—Déjate caer con ella. No te va a pasar nada.

La hoja bajó lentamente hasta alcanzar una posición horizontal.

—¡Increíble! —exclamó, François, dando un suspiro de alivio. —¡Esto sí es comodidad!

Los demás, al ver el entusiasmo de François, hicieron lo mismo. En segundos descubrieron la magia de las camas vegetales.

—¡Esto es vida! —dijo, Abdul. —Me siento como si estuviera flotando en las nubes.

Al poco rato los siete hombres dormían plácidamente entonando un coro de ronquidos que asustó a todos los bichos que deambulaban por ahí.

Capítulo XXVII
Fórmula

Más tarde, un vocerío de niños los despertó. Défane llegó acompañada de un grupo de pequeñines.

—BBliiiUUUUliZZZZzzzz —dijo.

—¿Quién es este ser? Me parece conocido.

—Ella es Défane. La que nos recibió al entrar en la cueva.

—Todos ellos son iguales para mí. Lo único que veo diferente es el color.

—Eso es lo que los diferencia. Los de color azul son mujeres y los amarillos son hombres.

—Hola, Défane —saludó, Abdul.

Défane no contestó.

—¿Por qué no responde?

—Défane. Abdul te hja saludado.

—Buizzzldssstggen —dijo, Défane volteando a verlo.

—¿Qué dijo?

—¿No comprendes?

—No. ¿Tú sí?

—Claramente. Dice que son todos bienvenidos.

—Yo solamente escuché ruidos incomprensibles.

—¡Qué raro que no la puedas comprender!

—Pues no hablamos su idioma —dijo Abdul.

Défane les dio una orden a los niños y estos salieron corriendo para zambullirse en la poza. Después se dirigió a Pedro y dijo,

—Blllzsdftrffffzzssdhhh.

—Défane quiere que la sigamos. Levántense.

Todos miraban admirados a Pedro. Lo consideraron un genio por hablar el idioma de ese planeta.

Las hojas pusieron a los hombres de pie a una orden de Défane.

Caminaron por un camino junto a la pared rocosa hasta una cavidad pequeña por donde se introdujeron a un túnel semioscuro. Al llegar a la cueva principal siguieron un camino sinuoso que terminó en la cueva de la galaxia. Al entrar en ella, se escucharon exclamaciones de sorpresa. Con excepción de Pedro, los humanos quedaron pasmados ante el espectáculo que se presentaba en ese lugar.

—¿Qué es esto? —preguntaron admirados.

—Ésta es la cueva de la galaxia de la que les he hablado antes.

—¡Esto es mucho más increíble de lo que imaginaba!

Con una señal, Défane les pidió seguirla.

Tanta admiración disminuyó el paso de los recién ingresados. Défane el embeleso humano y los dejó disfrutar del espectáculo.

Pedro hizo el papel de guía turístico, explicándoles todo cuanto sabía de la cueva.

Recorrieron diferentes senderos entre nebulosas y objetos cósmicos antes de llegar al sistema solar.

Défane se detuvo y se puso de rodillas. Les pidió a todos imitarla e introducir sus manos en la masa viscosa. Después se tocaron la frente, la boca y las orejas.

Como por obra de magia empezaron a hablar el mismo idioma.

—¡Inaudito!

—¡Maravilloso!

—¡Increíble!

Todos gritaban asombrados ante aquel asombroso prodigio.

—Ahora que me comprenden, les quiero dar la más cordial bienvenida a nuestro mundo, el mundo de los walosis.

Después de la bienvenida, Défane les relató la historia de la cueva de la galaxia. Tras cautivar a todos con tan sorprendente narración, los llevó a la zona de la ordeña, donde observaron el proceso de la obtención del agua de vida. En el camino tuvieron la oportunidad de admirar al grupo de walosis abriendo y cerrando cuevas con los movimientos de sus manos.

—...y con el soplido es como dirigen a la manada hacia la cueva —terminó su narración, Pedro.

La visita guiada a la cueva de la galaxia y a la ordeña les hizo olvidar todas las penurias que habían pasado en ese planeta.

—¿Cómo pueden tener todo esto sin la menor pieza de tecnología? —Preguntó admirado, Roberto.

—¿Qué es tecnología? —preguntó, Défane.

—No trates de explicar, Roberto —dijo, Pedro. —No te va a comprender. La palabra tecnología la inventamos los humanos. Ellos hacen todo de forma natural.

—Para ellos el abrir y cerrar puertas con el movimiento de las manos y soplidos es algo innato.

—¿No lo hacen así en su planeta? —preguntó, Défane al escuchar la explicación de Pedro.

—No —respondió, Abdul. —Nosotros no tenemos esos poderes sensoriales. Estoy impresionado de ver tanta maravilla: las dimensiones, las camas de hojas, La cueva de la Galaxia, la apertura y el cierre de las cuevas.

—Los walosis poseen también el alimento más poderoso del universo —dijo, Sergey.

—Y también tienen la biblioteca más extensa del cosmos —añadió, Pedro.

—¿Tienen una biblioteca? ¿Dónde? Llévanos.

—Ya estuvieron en ella.

—¿Cuándo? No la recuerdo.

—Es la cueva de la galaxia. Ella lo sabe todo y puedes obtener todo el conocimiento tan solo tocando las nebulosas que desees. No es necesario ni leer ni estudiar nada.

—Me hubiera gustado tener algo así de niño cuando los maestros me ponían a leer libros aburridísimos.

Défane se disculpó para regresar a la ordeña.

—¿Qué tipo de armamento usan? —preguntó, François.

—Piedras —contestó, Pedro.

—Y ¿qué más?

—Solamente piedras.

—¿Eso es todo?

—¿Con qué disparan las piedras?

—Con las manos.

—¿Con las manos solamente?

—Así es, pero, su mejor defensa es que pueden desintegrarse.

—Daría mi vida para poder desintegrarme y teletransportarme a otro lugar en un instante.

—Esta cueva también es una defensa para ellos. Es casi imposible entrar aquí. Hay laberintos de túneles donde te puedes perder fácilmente. También hay una multitud de paredes que necesitas abrir para llegar hasta aquí.

—Yo me volvería loco si tuviera que recorrer los túneles en la oscuridad.

—Es atemorizante, Abdul. Las veces que yo anduve solo por esos túneles, tuve la sensación de estar sepultado en vida. No sé cómo es que sigo vivo. Es un milagro.

—Me imagino que la diferencia del tiempo afuera y adentro también influye y puede confundir a los más osados.

—Por eso en este lugar se encuentran muy bien protegidos de cualquier amenaza del exterior.

—Nosotros somos los primeros extraños en pisar el interior de su cueva.

—¿No nos consideran peligrosos? —preguntó, Sergey. —Contamos con dos pistolas láser que, con facilidad, podríamos destruirlos a todos en cosa de instantes.

—Es verdad. Nuestras dos pistolas son muy poderosas, por eso hay que ser precavidos con ellas.

—¿Por qué no han desarrollado armas? Con el conocimiento que hay en la cueva de la galaxia, fácilmente podrían hacerlo.

—No son guerreros. Sus únicos enemigos podrían ser las personas de la ciudad que vuela y los hombres-pájaro, pero ellos viven afuera.

Tanto a los hombres pájaro como a los hombres de la ciudad que vuela les es imposible penetrar en la cueva.

Por lo que tengo entendido nadie los ha atacado nunca y, por eso, no requieren de ninguna arma para defenderse. Además, entre ellos parece haber mucha armonía. Son muy pacíficos.

Raramente salen de la cueva y solamente lo hacen durante la noche, cuando sus supuestos enemigos están durmiendo.

—¿Por qué querría alguien atacar a esta gente tan pacífica? —preguntó, Abdul.

—Por el agua de la vida. Esa agua es un gran tesoro que todos quisieran poseer. Es el equivalente al petróleo en nuestro planeta. Por eso unos países atacan a otros para apoderarse de él.

—Es verdad.

—Nosotros no sabíamos de la existencia del agua de la vida, pero, ahora que lo sabemos, podemos convertirnos en un grave peligro para ellos. En la Tierra hay mucha gente ambiciosa que estaría dispuesta a acabar con toda la población walosi sólo para apoderarse del agua de la vida.

—Hay que ser cautelosos y mantener en secreto todo esto.

—Pero si lo pensamos de manera positiva, sería bueno saber la composición química de esa agua. Podría ayudarnos a resolver el problema del hambre y la desnutrición —dijo, Roberto.

—¿Puedes conseguir la fórmula química del agua? Es todo lo que necesitamos —le preguntó, Sergey a Pedro.

—No lo sé.

En ese momento Défane se reintegró frente a ellos. Todos, con excepción de Pedro, quedaron pasmados al observar ese mágico acto.

—¡Apareció de la nada!

—¿Cómo lo hizo?

—No se asombren. Es algo que ellos hacen con naturalidad. Así como nosotros caminamos o hablamos —dijo, Pedro.

—¿Puedes ir a otro planeta desintegrándote? —preguntó, Abdul.

—Sí.

—¿Cuánto tiempo te lleva en llegar a otro planeta?

Défane lo miró con desatino.

—Ellos no cuentan el tiempo, Abdul —intervino, Pedro.—Pero les lleva sólo unos segundos.

—¡Unos segundos! ¿cómo es que pueden viajar a otros planetas tan rápido?

—Cambiando de dimensiones —respondió, Défane.

—Todavía no comprendo bien eso de las dimensiones —interrumpió, Pedro.—Sería maravilloso que nosotros pudiéramos cambiar de dimensiones. Así regresaríamos a la Tierra en un instante.

—Necesito regresar a la ordeña ahora mismo —dijo, Défane y se desintegró.

Todos quedaron asombrados por la proeza.

Vamos a la cueva de la Galaxia para investigar la fórmula del agua de vida. —Dijo, Pedro. —La galaxia lo sabe todo.

Tomaron el camino habitual que Pedro recordaba con certeza, aunque por la urgencia de llegar a la cueva, perdieron la entrada.

—No recuerdo haber caminado tanto para llegar a la cueva.

—Yo tampoco recuerdo haber caminado tanto —dijo, Roberto.

—Regresemos. La emoción de encontrar la cueva nos ha ofuscado el cerebro. —dijo, Pedro.

Dieron la media vuelta y volvieron por el mismo camino llegando hasta al punto de partida.

—La volvimos a perder. ¿Cómo es que nadie vio la entrada?

—Recuerdo que está por esa roca —señaló, Abdul.

—Vamos otra vez.

Al llegar a la roca se dispersaron para buscar la entrada.

—¿Dónde está esa maldita cueva?

Frustrados regresaron al punto de partida.

Défane se reintegró frente a ellos.

—Ha regresado nuestra salvación —dijo, Sergey.

—¿Nos puedes llevar a la cueva de la galaxia?

—Claro. Síganme.

Caminaron hasta la roca grande y tras una curva encontraron la entrada a la cueva.

—Hace unos minutos anduvimos por aquí, pero no vimos esta entrada —dijo, Pedro.

—Ningún forastero puede encontrar la cueva, a menos que vaya acompañado de un walosi.

—Eso lo explica todo.

—¿Qué necesitan de la cueva?

—Queremos saber cuál es la forma más rápida de regresar a la Tierra.

Défane los llevó a la nebulosa del Sistema Solar. Al llegar le pidió a Sergey arrodillarse y meter las manos en la sustancia blanca.

—Piensa en tu pregunta y la respuesta llegará a tu mente.

Sergey se hincó e introdujo la mano en la nebulosa. Al sacarlas volteó hacia sus compañeros y les informó con voz apagada,

—Dice que la nave en la que vinimos es la opción más rápida.

—Pero ¿por qué ellos pueden hacer el viaje en un segundo y nosotros lo tenemos que hacer en ocho años?

—No lo sé, Abdul. Pregúntale a la nebulosa.

Défane interrumpió.

—Los terrícolas tomaron un rumbo diferente al nuestro. Ustedes se ocuparon de crear máquinas olvidándose de controlar su cuerpo. Nosotros, en cambio, desarrollamos el control de nuestro cuerpo. El desarrollo del cuerpo y de la mente nos da la facilidad de transportarnos de forma rápida. La desventaja que tenemos es que no podemos exponernos a los rayos directos del sol. Esos rayos son mortales para nosotros.

—¿Conoces alguna forma más rápida para viajar a la Tierra? —preguntó, Roberto.

—Sólo teletransportándose.

—Pero eso no lo podemos hacer.

—Entonces necesitan regresar en la misma nave que vinieron.

—Crees que la Galaxia sepa otra solución?

—Podemos preguntarle.

—¿Te gustaría ir a la Tierra con nosotros? —le preguntó, Pedro a Défane.

—Yo no puedo hacerlo ahora y tú tampoco.

—¿Yo tampoco? ¿Por qué?

—Si tú te vas, nuestro hijo nunca nacerá.

—¿Por qué no?

—Cuando nosotros unimos nuestras vidas con otra persona, lo hacemos para siempre. Sólo la muerte nos puede separar de nuestra pareja.

—¿Qué relación hay entre la pareja y lo del bebé?

—Cada pareja puede tener sólo un hijo, pero el hijo nacerá sólo si los padres están vivos y unidos.

—Si no están unidos, ¿abortan al bebé? —preguntó, Sergey.

—¿Qué significa "abortan?"

—Que sacas al bebé de tu cuerpo para que muera.

—No. Eso no está permitido. Nadie mata a un bebé.

—¿Cuál es la razón para que el bebé no nazca, entonces?

—Es una decisión de la naturaleza. La naturaleza es sabia y sabe como mantener el equilibrio de la población.

—La naturaleza en la Tierra es muy diferente. Nosotros podemos tener todos los hijos que querramos.

—¿Es por eso que tienen problemas de sobrepoblación?

—Sí, me temo que esa es la razón. El control de la población es decisión de nosotros, los humanos. Hace mucho tiempo, la naturaleza se encargaba de controlar la población con enfermedades y con animales salvajes que nos comían. En general, teníamos vidas cortas. En aquel tiempo, era indispensable tener muchos hijos para preservar la especie, pues era difícil para un niño llegar a la edad adulta.

—Entonces la naturaleza sí controla la población.

—En el pasado sí lo hacía, pero ahora ya no. La situación ha cambiado mucho. Le hemos ganado la batalla a las enfermedades, a los animales salvajes, a las plagas y al tiempo. Ahora casi la totalidad de los niños que nacen llegan a la edad adulta. Nuestra esperanza de vida se alarga cada vez más. Al no perder población joven y vivir mucho tiempo creamos problemas graves. El número de habitantes ha crecido a una escala desproporcionada.

—Esa es la razón por la cual vinimos a explorar este planeta.

—¿Por qué luchan contra la naturaleza?

—Queremos tener vidas más largas y sin sufrimientos. Los humanos nos sentimos los seres superiores de la creación.

—No los comprendo.

—Hemos luchado contra la naturaleza y la hemos vencido. Por eso ahora estamos sufriendo tanto. También les hemos robado el espacio a las otras especies que cohabitan el planeta con nosotros. No sé qué va a suceder en el futuro.

—Extrañan mucho su planeta, ¿verdad?

—Yo sí quisiera regresar, pero, a la vez, hay algo que me ata a este lugar —dijo, Pedro y le acarició el vientre a Défane.—No quiero perder el hijo que está por nacer. No puedo esperar para estrecharlo entre mis brazos.

—Gracias por decir eso. Sería fatal si tú me abandonaras. Nuestro hijo se desintegraría.

—¿Qué pasa si uno de los padres muere antes del nacimiento del bebé? —preguntó, Sergey.

—El hijo no nace.

—¡Por qué!

—Así es la vida.

—¡Eso es una crueldad!

—Es algo natural.

—¿Qué pasa si el padre muere después del nacimiento?

—Todos los miembros de la comunidad hacen el papel de padres para el niño.

—No debes preocuparte por perder a tu hijo. Ni Pedro ni ninguno de nosotros va a regresar a la tierra por ahora. No hay forma de hacerlo. Tu hijo va a nacer y nosotros vamos a estar aquí para conocerlo —Dijo, Sergey.

—¡Vamos a conocer al primer terrícola extraterrestre! —dijo, Abdul, con alegría.

—¿Cuánto tiempo falta para que nazca?

—Cuando esté listo.

—¿Cuándo es eso?

—No lo sé. Nosotros no contamos el tiempo como ustedes. No nos sirve para nada contar el tiempo.

—¿Conoces tú la fórmula química del agua de la vida? —interrumpió, Sergey.

—¿La qué?

—La composición química del agua de la vida.

—¿qué es eso?

—¿Qué hay en el agua de la vida que la hace tan poderosa?

Défane lo observó con ojos de desconcierto y respondió, —Agua de vida.

—Pero ¿cómo se hace?

—Con la leche de los vedores.

—¿Sabes tú qué elementos hay en esa leche?

—Leche.

Frustrado, Sergey se dirigió a sus compañeros.

—No vamos a lograr nada así.

—Mira, Défane. Nosotros los terrícolas estudiamos los elementos que forman todas las cosas que nos rodean —explicó, Roberto.

—¿Entonces ustedes saben de qué está hecha la leche?

—No. No lo sabemos.

—Entonces, ¿para qué les sirve saber de qué está hecha?

—La fórmula nos sirve para muchas cosas. Una de ellas es para poder replicar la materia. En este caso sería el agua de vida.

En nuestro planeta hay mucha gente, especialmente niños que sufren de hambre y desnutrición. Hemos visto que el agua de vida es una fuente de alimentación poderosa. Si pudiéramos llevar el agua de vida a la Tierra, eso resolvería nuestro problema del hambre y la desnutrición.

—¿Quieren robar el agua de vida?

—No queremos robar nada. Sólo queremos saber cómo está compuesta. Si supiéramos qué elementos la forman, podríamos crear la misma agua en nuestro planeta. No tenemos intenciones de llevarnos su agua. Es de ustedes y no se la vamos a robar.

Défane volteó a ver a Pedro.

—Es verdad, Défane. No queremos llevarnos el agua de vida. Sólo deseamos saber de qué elementos está hecha.

—Ya dije todo lo que sé, está hecha con la leche que cae en el suelo y sale en el canal como agua de vida.

—¿Cuál es la nebulosa donde se encuentra tu planeta? Quizás ahí podamos encontrar la respuesta.

Défane los miró con desconfianza.

—No temas, Défane. El agua de vida de esta cueva no corre ningún peligro. Tenme confianza —dijo, Pedro.

—No sé si debo hacerlo. No sé si debo tener confianza en ustedes.

Los volvió a mirar a todos con una mirada recelosa, dio un paso y se esfumó.

—¡Défane! ¡No te vayas! —gritó, Pedro, y dirigiéndose a sus compañeros añadió. —Voy a buscarla. Esperen aquí. No quiero perder la ubicación de la cueva.

Capítulo XXVIII
Karikari

Pedro salió del recinto con dirección a la ordeña llamando a gritos a Défane.

Al atravesar la zona de los nichos, una persona de edad avanzada se plantó frente a él:

—¿Qué pasa, joven? ¿A qué se debe tanta exaltación?

—Estoy buscando a Défane. ¿Sabe usted dónde la puedo encontrar?

—Sí, está en el jardín.

—¿Cómo puedo llegar al jardín desde aquí?

El hombre le tomó la mano y le pidió que lo siguiera. Dieron el primer paso y al poner el pie en el suelo, los dos se encontraban en el jardín. El cambio instantáneo de sitio desbalanceó a Pedro y cayó de rodillas. El hombre le ofreció la mano para ayudarlo a levantarse.

—¿Qué pasó? —exclamó, Pedro. —¿Dónde estamos? ¿Cómo llegamos aquí?

—Como todos lo hacemos, teletransportándonos.

—Pero… ¿cómo pude yo hacerlo?

—Yo te ayudé. Levántate.

Al levantarse Pedro notó que se encontraba completamente desnudo. Inmediatamente se cubrió las partes íntimas con las manos.

—¿Qué pasó con mi ropa? ¿Dónde está?

—Tu ropa está en la cueva.

—No recuerdo habérmela quitado.

—Solamente se puede teletransportar la persona misma. Todo lo que no sea parte de su cuerpo se queda en el sitio anterior. ¿Tienes frío?

—No.

—¿Por qué te cubres, entonces?

—Por pudor.

—¿Pudor? ¿Qué es eso?

—Siento pena de andar desnudo.

—¿Por qué tienes pena de andar desnudo?

—No estoy acostumbrado a mostrar mis partes íntimas. Es algo así como un tabú que tenemos los habitantes de La Tierra. Nos avergonzamos de mostrar nuestro cuerpo desnudo en público.

—¡Qué raro! Nadie debe avergonzarse de su cuerpo. El cuerpo es hermoso y es lo único que realmente nos pertenece durante toda la vida.

—Lo sé, pero en mi planeta se nos ha inculcado esa estúpida idea de que ciertas partes del cuerpo son prohibidas y no se deben mostrar en público. Ésa es una de las varias razones por las que usamos ropa.

Défane alcanzó a escuchar la conversación y preguntó —¿Ustedes nacen con ropa?

—No. Nacemos desnudos.

—Quítate las manos de las partes que quieres esconder —pidió, Défane.

—Pero...

—Hazlo. Quítate las manos de ahí.

Pedro accedió a la petición de Défane con recato.

—No veo ningún problema. Eres completamente normal.

—Lo sé, pero, desde niños nos inculcan esa idea de que ciertas partes del cuerpo son prohibidas.

—Qué extraños son ustedes.

—Défane, tú me dijiste que nadie podía teletransportar a otra persona, pero él me teletransportó aquí.

—Yo soy el único walosi que puede hacerlo.

—Entonces usted podría teletransportar a todos mis amigos a la Tierra.

—No. Solamente puedo hacerlo en este lugar.

—¿Me puede regresar a la cueva? Necesito mi ropa.

—No necesitas tu ropa —dijo, Défane.—En este planeta nadie lleva ropa.

—Si, muchacho. Nadie va a decirte nada por andar así —añadió el hombre.

Aunque con recato, Pedro intentó comportarse de forma natural.

—¿Conoce usted el planeta Tierra?

—He viajado a ese planeta un par de veces y he aprendido un poco sobre ustedes.

—¿A qué países ha ido?

—No comprendo tu pregunta. ¿Qué quieres decir con "países?"

—La Tierra está dividida en lo que llamamos países. Hemos fraccionado el planeta en secciones diferentes donde se hablan idiomas distintos y hay diferencias culturales.

—No tenía conocimiento de eso. Cuando yo los visito veo todo igual.

—¿Ha tenido usted problemas cuando visita la Tierra? Sus cuerpos son de un color distinto al nuestro y sus piernas son muy velludas.

—Cuando vamos a tu planeta, disimulamos ser personas de allá, nos vestimos con ropa como la de ustedes y nos ponemos color en la cara y en las manos. Nadie se da cuenta que somos seres de otro planeta. Nuestras caras son similares a las de los terrícolas.

—¿Qué tanto sabe de la tierra?

—No mucho. Los terrícolas son muy difíciles de entender. No son como nosotros. Son egoístas y ambiciosos. Les importan las cosas sin valor. Yo me pregunto por qué no se ayudan los unos a los otros para vivir mejor. No hay igualdad entre todos los seres humanos. Aquí, en nuestro mundo nosotros compartimos todo, especialmente el agua de la vida, que es nuestro alimento principal y está al alcance de todos. ¿Para que me sirve a mí tener toda el agua si solamente necesito una poca para vivir?

—Usted tiene toda la razón. Hay personas en la Tierra que son en extremo egoístas y sólo piensan en sí mismos. Quieren acumular tantas riquezas como...

—¿Qué quiere decir "riquezas?" —interrumpió Défane.

—Pues... —Pedro titubeó un poco.—riquezas son las cosas a las que se les da un valor mayor.

—Es como nuestros vedores, Défane —respondió el hombre.—Los vedores son nuestra riqueza porque los usamos para obtener leche.

—La diferencia es que aquí la riqueza la comparten entre todos los walosis. En nuestro planeta no es así. Hay unas personas que acumulan mucha riqueza y no la comparten.

—¿Para qué quieren tener la riqueza?

—Para tener más poder y sentirse más protegidos.

—Protegidos ¿de qué?

—De todo. Hay gente que no tiene seguridad por su carácter y necesita de cosas materiales para ganar valor.

—¿Por qué no viven como nosotros?

—Somos diferentes. La naturaleza nos moldeó de una forma distinta. Este planeta es un ejemplo a seguir. Cuando regresemos a la Tierra vamos a hablar de todas maravillas de él y de su gente... A propósito, ¿cómo se llama este planeta?

—Karikari.

—Karikari. ¿Qué significa eso?

—Lo mismo que "Tierra" para ustedes.

—Comprendo. Quiero informarles que Karikari queda descartado de la lista de posibles planetas para habitar por los terrícolas. No vamos a apoderarnos de un planeta que está habitado por gente buena y noble.

—¿Conoce usted algún planeta que reúna las condiciones para ser habitado por terrícolas?

—Hay muchos, pero los terrícolas no podrían llegar a ellos ni en mil generaciones. Sus medios de transporte son demasiado lentos. La única forma de viajar rápido sería dominando su cuerpo y teletransportarse como lo hacemos nosotros.

—¿Está usted seguro que no puede transportarnos a uno de esos planetas de los que habla?

—No. Sólo puedo transportar a otras personas en distancias cortas. Sería mortal para ustedes si los llevo más lejos. La única opción es desarrollar un sistema propio para teletransportarte.

—En la Tierra muchas personas lo han intentado, pero nadie ha logrado hacerlo. Algo debe haber en este planeta que les permite desintegrar su cuerpo y reintegrarlo en otro lugar. Tal vez el aire que respiran, la comida que comen, el agua que beben.

—Seguramente es el agua de la vida. El agua es un factor que nos da ese poder.

—¿Sabe usted la composición química del agua de la vida?

—No comprendo tu pregunta. ¿A qué te refieres con "la composición química?"

—¿Qué elementos hay en el agua que la hacen tan poderosa?

—Los elementos son la leche de los vedores y la arena. Al unirse se forma el agua de la vida.

—Pero ¿qué elementos químicos hay dentro de la arena?

—No comprendo tu pregunta.

—Sabe usted lo que es el oxígeno, el hidrógeno, el litio?

—No tengo idea de lo que estás diciendo.

—¿Podemos llevar agua de vida a nuestro planeta para que allá la estudien?

—¿Quieren robarnos el agua de la vida? —preguntó, Défane.—No permitas que se lleven nuestra agua, Soid.

—No, Défane. No queremos robar nada. Sólo deseamos saber la fórmula química para poder replicar el agua de la vida en la Tierra. Si llevamos una poca de agua, eso será suficiente.

—¿Cuánta agua necesitan? —preguntó, Soid.

—Muy poca. Lo que quepa en una garrafa.

—Podrían llevar esa cantidad sin ningún problema. Lo que me preocupa es que, si no encuentran la forma de replicarla, hay muchas mentes malévolas en tu planeta que querrían venir a robarnos el agua. Si ustedes son capaces de matarse a sí mismos para robar sus riquezas, mucho más fácil les será venir aquí, conquistar nuestro planeta y a nuestra gente para apoderarse de la cueva y del agua de la vida.

—Por lo que oigo —interrumpió Défane.—tú quieres regresar a tu planeta, ¿verdad?

—Por una parte, sí, pero por otra no. Extraño a mi familia, a mis amigos, la comida y muchas cosas que no existen aquí en…Karikari, pero no deseo perder al hijo que está por nacer. Sé que, si me alejo, no podrá nacer.

—Lo que estás diciendo me da mucha alegría. Qué bueno que no quieres abandonarme porque, además de perder el agua de vida, también temía perder a nuestro bebé.

—Eso nunca va a suceder. No te voy a abandonar. Nuestro bebé tiene que nacer.

—Su bebé será un ser extraordinario. Será un ser superior a cualquiera de nosotros, pues será mitad hombre del cielo y mitad walosi —dijo, Soid.

Défane abrazó a Pedro posando su mejilla sobre su pecho. Él la acurrucó entre sus brazos.

—No quiero perderte ni a ti ni a nuestro bebé.

—Tranquilízate. Siempre voy a estar a tu lado.

—Veo que extrañas mucho tu planeta, Pedro —dijo, Soid.—Aunque no puedo transportarte hasta allá, puedo mostrártelo ahora mismo. En unos segundos viajaré solo a la Tierra y le transmitiré a Défane todo lo que yo vea. Ella, a la vez, te transmitirá a ti todas mis vivencias.

—¿Es posible hacer eso? —Preguntó, Pedro con emoción.

—Sí y lo haremos ahora mismo. Tómense de las manos. Así las imágenes en la mente de Défane fluirán a la tuya. Deberán permanecer con los ojos cerrados durante todo el viaje. Siéntense cómodamente en el suelo. Usen esas piedras como respaldo. El viaje es de mucho movimiento y podrían caer si no están bien apoyados.

Capítulo XXIX
Viaje a la Tierra

Soid se acercó a Défane, le frotó la frente con las manos, tocó también la frente de Pedro y finalmente tocó las manos de ambos entrelazadas. Dio un paso hacia atrás y empezó su viaje. En instantes, atravesó las gruesas paredes pétreas de la cueva. Se elevó rápidamente hacia las cumbres de las montañas. Viajó más allá de las nubes. En segundos el planeta se redujo a una esfera de tamaño diminuto. Las estrellas cercanas se empequeñecieron, uniéndose en puntos minúsculos. La galaxia se redujo de una gran masa a una mancha insignificante. Los grupos de galaxias se unieron hasta convertirse en un pequeño grano de arena en medio de un vasto desierto en la siguiente dimensión. Défane y Pedro veían maravillados la dimensión inmediata superior. La permanencia ahí no duró mucho tiempo. Inmediatamente Soid inició el retorno a su grano de arena. En pocos segundos todo comenzó a aumentar de tamaño. Se internaron en el grano de arena del cual habían salido. Éste creció rápidamente hasta convertirse en una esfera negra llena de millones de puntos brillantes que pronto crecieron hasta transformarse en grandes galaxias, teniendo la Vía Láctea como meta. De ahí se dirigieron al sistema solar. Fueron directo hacia un puntito azul, que al aumentar de tamaño dio forma a los continentes, los cuales Pedro reconoció. Soid se internó en la parte oscura del planeta. Infinidad de luces brillantes delataban una multitud de ciudades iluminadas durante la noche. Se acercó a uno de esos puntos que creció hasta convertirse en una gran mancha urbana. Fue bajando rápidamente hasta aterrizar en el interior de una habitación semioscura.

—¿Es esa la cueva donde tú vives? —preguntó Défane.

—No. Esa casa es de otras personas. No sé en qué país se encuentra. Hay millones de casas como esa en todo el mundo. No pude identificar el lugar donde Soid aterrizó. Iba rápido y todo estaba oscuro.

—¿Ustedes llaman casas a las cuevas? Que nombre tan interesante. Las cuevas de la Tierra son muy pequeñas como tú me dijiste antes. ¡Qué raro!

—Sí. Nuestras cuevas son pequeñas. Cada familia tiene su propia casa. No hay casas o cuevas grandes como ésta.

—Eso es muy extraño. ¿Cada familia vive separada de los demás?

—Así es. Para nosotros es algo normal.

—¿Qué está haciendo Soid? ¿Qué es eso que tiene en sus manos?

—Es la ropa que va a usar.

Después de vestirse, Soid se dirigió a la puerta de salida de la casa y la abrió.

—Sus paredes se abren de forma diferente.

La puerta daba a una calle bastante transitada.

—¿Qué son esos seres con ojos brillantes?

—Son automóviles.

—¡Ayyy! ¡Mira! Ése de ahí se está comiendo a esas personas.

—No se las está comiendo. Esos son nuestros transportes. Las personas están metiéndose en ese autobús por su propia voluntad.

—Entonces, ¿ellos quieren que ese animal se los coma?

—No, Défane. Ése no es un animal. Es una máquina que nosotros creamos para ir más rápido de un lugar a otro. Esas personas que están entrando en el vehículo necesitan transportarse a otro lugar.

—¿Por qué no se teletransportan?

—Ningún terrícola puede teletransportarse, por eso necesitamos coches para ir un poco más rápido.

—¿Qué son todas esas estrellas que brillan por todos lados?

—Unas son luces para ver los caminos y otras son anuncios luminosos. Ése que está frente a Soid es el anuncio de una bebida, aquél es de una computadora, ése de ahí anuncia ropa. Los comerciantes los usan para anunciar sus productos para que la gente los compre.

—No comprendo nada de lo que estás diciendo.

—No importa. Son cosas de los terrícolas.

—¡Mira! Soid va a entrar en un autobús. ¿Ves?, adentro está lleno de personas. Ahora todos van rápido a otro lugar.

—¿Qué son todas esas montañas raras con puntos luminosos?

—Son edificios. Ahí hay oficinas y casas. Son como cuevas enormes donde trabaja y vive mucha gente.

—Entonces sí viven en cuevas como ésta.

—Sí y no. Esas cuevas grandes están divididas en muchas cuevas pequeñas individuales.

—No comprendo. Tú dices cosas muy extrañas.

—Voy a regresar a Karikari —dijo, Soid.

Se expandió siguiendo el mismo procedimiento del viaje de ida, hasta llegar al siguiente nivel y después regresó directamente a la cueva.

—¿Qué les pareció? —preguntó.

—La Tierra es un planeta muy raro.

—Es raro y es interesante. Hay muchas cosas que aprender en todos los planetas habitados de las galaxias.

En ese momento Pedro recordó que sus compañeros lo esperaban en el recinto de la Galaxia. Soid lo teletransportó allá. Défane también lo hizo.

—¡Qué! —gritaron todos sorprendidos al ver la integración de Pedro y Soid delante de ellos, aunque Pedro terminó en el suelo debido al descontrol pues no estaba acostumbrado a viajar así.

—¿Cómo lo hiciste, Pedro? ¿Cómo lograste teletransportarte? —Se maravillaron todos.

—Él lo hizo. Él me trajo aquí. Se llama Soid. Él es el único walosi que puede teletransportar a otras personas.

—¿Nos puede transportar a nosotros, también? —Suplicaron.

—¿Es posible hacerlo, Soid? —Preguntó, Pedro.

—Sí, pero sólo puedo transportar a una persona a la vez.

Uno a uno, experimentaron la sensación de desvanecerse y aparecer en otro lugar al instante.

—¡Increíble! ¡Maravilloso! —gritaron en júbilo después de regresar del viaje. Aunque sabían lo de la ropa, sentían pudor al reaparecer desnudos ante sus compañeros.

—Les advertí que la ropa no viaja con su cuerpo —dijo, Pedro.

—Usted que ha estado en nuestro planeta, ¿qué opina de él? —preguntó, Sergey.

—La Tierra es un planeta bonito e interesante, pero ustedes lo han contaminado y sobrepoblado tanto que se está convirtiendo en un planeta inhóspito. Ustedes creen que son los más poderosos porque pueden moldear los recursos naturales a su conveniencia, sin embargo, dependen de la Tierra para sobrevivir. Su planeta ha existido por mucho tiempo sin ustedes y va a seguir viviendo después de que los humanos desaparezcan de ella. Si quieren disfrutar más de sus bondades, deben cuidarla. Si la siguen destruyendo, se estarán destruyendo a ustedes mismos.

—Mucha gente intenta cuidarla, pero también hay otros que se esmeran en destruirla, simplemente para obtener beneficios individuales. ¿Qué nos sugiere usted hacer para cuidarla mejor? ¿Hay esperanza de recuperarla?

—La solución deben encontrarla ustedes mismos. Yo no puedo dar soluciones a seres que actúan de forma diferente a la nuestra. No sería una solución real. La pregunta es, ¿qué harían ustedes para ayudar a sobrevivir a su planeta?

—Es una pregunta difícil de responder. Necesitamos alimentar y dar comodidades a una enorme cantidad de seres humanos que, día con día, sigue creciendo en número. En un futuro no muy lejano vamos a ser tantas personas que no cabremos más en el planeta.

—¿Por qué no detienen el aumento de su población? —preguntó, Défane.

—No es fácil —señaló, Roberto. —Nuestra naturaleza no controla el número de nacimientos como sucede aquí. Nosotros podemos tener muchos hijos, tantos como querramos. También podemos darles una vida larga a todos.

—Es verdad — añadió, Abdul. —Cada día que pasa los humanos viven más y más tiempo.

—Sus vidas no son muy largas —dijo, Soid. —Viven muy poco tiempo en realidad.

—¿Más de cien años le parece poco tiempo?

—Sí. Nosotros vivimos mucho más que eso.

—Para nosotros, el vivir más de cien años es un logro enorme.

—La edad de vida que puso la naturaleza se debe respetar. Ustedes la han alterado y ahora tienen problemas de sobrepoblación. ¿Por qué no respetan los límites que les puso la naturaleza?

—Es un dilema que tenemos que resolver —dijo, Sergey. Meditó unos segundos y añadió. —Los humanos creemos que hemos dominado la naturaleza, pero, en realidad, la estamos destruyendo y, a la vez, estamos llevando a la población humana a su extinción. Sin un balance con la naturaleza no podremos existir por mucho tiempo más.

—Otros planetas en el cosmos han sufrido la desaparición de sus habitantes por las mismas razones. Hay varias soluciones para resolver el problema, pero ustedes deben escoger la que mejor se adapte a su forma de pensar y actuar. Deben darle la oportunidad al planeta de seguir respirando. Si la Tierra respira sanamente, los humanos seguirán viviendo por mucho tiempo más. Si la Tierra muere, ustedes morirán con ella pronto.

—Creo que el problema ya está fuera de control, por eso necesitamos encontrar otro mundo que sea habitable para los humanos.

—La solución no es encontrar otros mundos. Necesitan componer el suyo y cambiar su forma de pensar. ¿Qué pasaría si encuentran otro planeta? ¿Lo destruirían igual?

Capítulo XXX
Visible e invisible

—¿Hay alguna forma de regresar a la Tierra para nosotros? —preguntó, Sergey.

—Los hombres de la ciudad que vuela los pueden llevar de regreso. Ellos viajan a la Tierra a menudo.

—¿Quiénes son esos hombres?

—Ustedes los conocen. Fueron atrapados por sus serpientes. Dentro de su nave existe una enorme ciudad.

—Conocemos la ciudad, pero es muy peligroso acercarse a su nave.

—Si lo hacen en compañía de los hombres-pájaro, no hay peligro.

—Pero los hombres-pájaro también son peligrosos.

—Se vuelven dóciles con las piedras de cristal, pues son un alimento afrodisiaco para ellos.

—¿Las piedras de cristal?

—Si ustedes les llevan esas piedras, ellos los protegerán.

—¿Dónde están esas piedras?

—En la cueva de la cascada.

—¿Dónde es eso?

—Más allá de la barranca sin vista.

—¿Dónde está esa barranca?

—Por la salida de ese túnel hacia los bosque de la montaña.

—¿Qué tan lejos está eso?

—Tres o cuatro días de camino a la velocidad de ustedes.

—¿Nos puede usted teletransportar ahí?

—No. Yo solamente los puedo transportar en distancias muy cortas.

—Tres o cuatro días es mucho. ¿Puede usted traernos las piedras? —preguntó, Abdul.

—No. Las piedras deben ser recogidas personalmente por ustedes. Si yo las toco, pierden su poder.

—¿Alguien de aquí nos puede llevar a la cueva?

—No. Ningún walosi puede exponerse a los rayos solares.

—¡Vamos por esas piedras!

—Sólo dos de personas pueden ir.

—¿Sólo dos?

—Sí. Lleven sus armas terrícolas. Hay peligros en el camino. Hay seres mágicos que tratarán de confundirlos. Deben hacer caso omiso a todo lo que les ofrezcan. Tampoco se dejen llevar por lo que ven en el camino. Hay muchas trampas que los tentarán. Manténganse firmes pues podrían ser desviados de la ruta y perderse para siempre. Sigan mis indicaciones sin titubear. Pedro, tú eres el más indicado para hacer el recorrido. Tu cuerpo está mejor protegido que el de ellos. El agua de la vida te ha fortalecido y ha abierto tu mente de una manera distinta a los demás.

Soid miró detenidamente a cada uno y señalando a Kevin, dijo, —Tú acompañarás a Pedro en esta misión.

Kevin miró a todos sorprendido por haber sido elegido.

—Deben ponerse en marcha ahora mismo.

—Pero, no sabemos el camino.

—Sigan ese túnel. Cuando lleguen al final las paredes se abrirán y tendrán acceso al exterior. Allí hay un arroyo. Sigan el curso de sus aguas en dirección de las montañas. Después de un día de recorrido verán una luz azul que los guiará. Sigan esa luz sin distraerse. Habrá luces de otros colores, pero deben hacer caso omiso a ellas. Sólo sigan la luz azul. Necesitan partir en este momento. No hay tiempo que perder.

Llevando las pistolas láser los dos hombres se perdieron en las tinieblas del túnel.

Al salir de la cueva había una pequeña pradera rodeada por un bello bosque de altos y frondosos árboles. La luz del exterior contrastaba con la semi oscuridad de la cueva. Fue preciso adaptar sus ojos a la claridad del día.

Al estar habituados a la luz, recorrieron con la vista la pradera en busca del arroyo que Soid les había mencionado.

—Regresemos a la cueva para que Soid nos explique lo del arroyo.

Al dar la media vuelta se encontraron con roca sólida. Llamaron a gritos a sus compañeros, pero todo su esfuerzo fue en vano.

—¿Será ésta la primera trampa a la que hay que enfrentarnos?

—No me gusta nada esto.

Sin la opción de regresar se encaminaron hacia el centro de la explanada, esperando encontrar la corriente de agua más adelante.

A medio camino un sonido de agua los distrajo.

—¿Oyes eso?

—Suena como agua corriendo. ¿Será el arroyo?

—No lo sé, pero lo oigo como si estuviera aquí mismo.

—Tienes razón, pero no se ve nada.

—El sonido viene de esa zanja.

Kevin dio un salto a la zanja tratando de escuchar mejor. Al caer se oyó un chapuzón de agua.

—¡Aquí está el agua!

—Entonces es un río subterráneo.

—No. Hay agua aquí, pero es invisible. La puedo sentir en mis piernas.

Se agachó para tocarla con las manos.

—¡Sí es agua! Puedo sentirla en mis manos. Salta para que la sientas tú, también.

—¡Increíble! ¡Es agua invisible! —exclamó, Pedro. —Soid nunca mencionó que el agua del arroyo era invisible.

Los dos se mojaron la cara para refrescarse un poco.

—¿Cuál es el siguiente paso?

—Hay que seguir en dirección de las montañas.

—No veo ninguna montaña.

—Este viaje va a ser más difícil de lo que pensé.

—Vamos por ahí. Tal vez encontremos las montañas detrás de esa arboleda —dijo, Kevin.

Aunque no podían ver el agua, se guiaban por la sensación en sus piernas.

—Soid nos advirtió de las trampas, pero no creí que iban a empezar justo al salir de la cueva.

Después de atravesar la arboleda salieron a un llano grande. Desde ahí, con el rabillo del ojo, Pedro alcanzó a ver unas montañas, sin embargo, al voltear su mirada, las montañas desaparecían. Kevin tuvo la misma impresión. Sólo las podían observar de reojo.

Su instinto los hizo seguir las supuestas montañas.

Guiándose por el cauce del arroyo y la simple sensación del agua en sus piernas se dirigieron con rumbo norte. En varias ocasiones el arroyo serpenteaba formando meandros muy cerrados que, de haber tenido la visión de la corriente, les habría ahorrado cientos de metros de caminata y varias horas de tiempo.

Después de media tarde, una nube pequeña apareció en el cielo y cubrió por unos segundos la luz del sol. Como por obra de magia, el agua del arroyo se hizo visible.

Como la nube era pequeña, no cubrió la luz solar por mucho tiempo y, casi enseguida, el agua perdió nuevamente la visibilidad.

Más tarde llegaron nubes de mayor tamaño que cubrieron el sol por más tiempo. Con el agua visible, pudieron caminar por fuera del canal a mayor velocidad sin perder de vista la ruta.

Después de una de tantas arboledas que atravesaron, pudieron distinguir con claridad las montañas. Aunque se veían lejanas, el tenerlas a la vista les inyectó ánimos para seguir su diligencia. Las últimas horas de la tarde el cielo se mantuvo nublado y pudieron avanzar una mayor distancia en menos tiempo.

Un poco antes del anochecer llegaron a un islote que se encontraba en medio del arroyo. Decidieron pernoctar en él. El sitio no era muy grande, pero se encontraba rodeado de agua, lo cual les dio cierta sensación de seguridad, pues se encontraban fuera del alcance de algún depredador nocturno.

El hambre apretaba, pero no había árboles frutales a la vista. Esa noche se fueron a la cama sin nada que llevarse a la boca.

Kevin se despertó con la primera luz del alba y se dirigió hacia unos árboles del otro lado de la pradera. Con el hambre que llevaba a cuestas, todo le parecía comestible. Algo rojo colgado de unas ramas atrajo su atención. Se acercó para observar bien el bulto, pero, lo que había percibido como una fruta deliciosa se convirtió en un nido de pájaros abandonado. Sin nada comestible en esa zona, dio la media vuelta para regresar al islote.

A medio camino un aroma delicioso atrajo su atención. En un claro del bosque, del otro lado del arroyo, sobre unas estacas, colgaban unas charolas con frutas de colores brillantes y manjares de carnes suculentas. El aroma se hacía más intenso a medida que se acercaba a las viandas. La apetitosa escena convirtió en agua su boca. Recorría, con placer, la lengua entre los labios.

Miró alrededor, buscando al dueño de aquellos deliciosos manjares, pero nadie parecía reclamarlos. Las únicas dos personas en el bosque eran él y Pedro, que aún yacía dormido en medio del islote. Con cautela, se acercó a la comida. A cada paso que daba el aroma crecía y lo atraía con su poder seductor. Ríos salivosos brotaban de entre la abertura de sus labios. Su mirada se hallaba clavada en aquella atractiva exquisitez. Su mente se encontraba ofuscada por los manjares que se encontraba a punto de degustar. Se puso en cuclillas y estiró la mano para servirse del delicado manjar cuando una voz de mando lo detuvo.

—¡Alto! —gritó Pedro.—Aleja tus manos. Es una trampa.

Kevin volteó su mirada hacia Pedro y haciendo caso omiso de sus advertencias regresó la vista a la escena seductora. En ese momento los rayos solares se dejaron ver entre las copas de los árboles y, cuando estaba a punto de alcanzar las viandas, la luz solar las convirtió al instante en un nido de serpientes y animales ponzoñosos. Kevin reaccionó de inmediato y dio un salto hacia atrás, evitando la mordedura de una de las culebras que se había abalanzado sobre él.

—¡Vámonos de aquí! Te lo advertí. Sólo era una visión.

—No sé qué pasó.

—¡Vámonos!

La luz del sol evitó que la corriente de agua se hiciera visible. Tuvieron que caminar dentro del cauce, por lo que su andar se hizo lento. En ocasiones el cauce se volvía tan profundo que era necesario nadar. Seguir la ruta por dentro del agua multiplicó el tiempo de traslado.

Después del mediodía una nube grande cubrió el sol. Los dos hombres le agradecieron al cielo por el regalo. El agua visible les era más útil en su recorrido. Podían caminar a mayor velocidad y mantener sus cuerpos secos. En varias ocasiones tomaron atajos en meandros que formaba la corriente ahorrándose cientos de metros de caminata. Al atardecer, se toparon con un árbol del cual colgaban frutos pequeños pero ácidos. A pesar de su sabor acre, ese alimento les ayudó a calmar su apetito de casi dos días.

Al atardecer, la corriente del arroyo llegó al borde de una barranca profunda de dimensiones titánicas. Al ver aquella imponente escena, los dos hombres quedaron paralizados. Un precipicio de más de un kilómetro de profundidad yacía a sus pies. El abismo los separaba de la montaña de enfrente por no menos de cien metros. La única forma de llegar al otro lado era seguir la corriente que parecía fluir en el espacio sin nada que la detuviera por debajo. La escena era aterradora.

—Me temo que tomamos el camino equivocado —dijo, Kevin, con voz temblorosa.

—No, Kevin. Éste es el camino correcto. No nos hemos desviado de la corriente del arroyo.

—Pero, aquí se acaba el arroyo. ¿Dónde está la cueva. Aquí no hay ninguna cueva. No hay ninguna cascada, tampoco.

—Quizás ésa es la cascada, pero en forma horizontal.

—Estoy seguro que debemos seguir adelante. Hay que atravesar al otro lado.

—¿Cómo?

—Por ahí.

—¿Por dónde?

—Por esa corriente.

—¡Está loco! No podemos cruzar al otro lado por ahí. Debe haber otra forma.

—No hay nada. Ésa es la única forma de cruzar. De aquel lado está la luz azul. Mírala.

Kevin buscó a todo su alrededor tratando de encontrar alguna ruta alterna.

—Debe haber otro camino.

—No hay otro camino. Ésta es la única forma de llegar al otro lado.

—Pero, no podemos cruzar por ahí. Vamos a caer al precipicio. No puedo hacerlo. Se ve aterrador. Estoy seguro de que tomamos una ruta equivocada. Hay que regresar.

—Hemos seguido el arroyo como nos lo indicó Soid. Ésta debe ser "la barranca sin vista" que él mencionó.

—¿Cómo es que el agua sigue hasta el otro lado sin caerse?

—No lo sé.

Pedro aventó una piedra a la corriente para observar su comportamiento.

Para su sorpresa, la piedra se detuvo en lo que parecía un fondo invisible.

—La piedra no cayó al precipicio. ¡Mírala! Es un canal invisible. Voy a probar suerte. —Dijo, Pedro. Si caigo al vacío, regresa a la cueva.

Pedro apretó los ojos y dio el primer paso hacia el precipicio. Al sentir una base sólida dio el siguiente paso y se atrevió a abrir los ojos.

—¡Desde aquí se puede ver el fondo del arroyo! ¡Estando aquí no es invisible! Ven para que lo compruebes.

—No me atrevo. Ese puente me da pavor.

—Mírame. No me caigo y ya estoy a varios pasos de la orilla. Desde aquí no se ve el precipicio.

—No. No puedo. Me resisto a hacerlo.

—Hay que tener valor. Debes concentrar tu mirada solamente en el arroyo y evitar ver hacia los lados. Vamos. No hay tiempo que perder.

Pedro regresó para jalarlo de la mano.

—¡Espera! —Kevin respiró profundamente.—Necesito tomar valor.

—Si lo piensas más no lo vas a hacer.

Le tomó la mano y lo jaló.

Kevin dio un grito de terror, pero al mirare hacia abajo, pudo comprobar que el fondo del arroyo se veía sólido desde ahí. Sin embargo, el terror regresó a él al asomarse hacia los lados de la corriente.

—Agacha la cabeza. No veas el precipicio.

Aunque ambos trataban de concentrarse en el curso del agua, su mirada se desviaba esporádicamente hacia uno y otro lado del puente, lo cual les causaba un terror impresionante.

—No puedo seguir, Pedro. Hay que regresar.

—Yo no estoy en el paraíso. Sigue caminando. No podemos desistir.

—¿Ya casi llegamos?

—No. Falta más de la mitad. Sigue avanzando. No desvíes tu mirada hacia los lados. Solamente mira el fondo del canal.

En el cielo, la nube que cubría el sol se alejó y éste brilló a todo su esplendor. Justo en ese momento dos gritos desgarradores llenaron de ecos retumbantes las laderas de las montañas. La luz del sol ocasionó la desaparición del arroyo y del canal. El puente completo se había vuelto invisible. Los dos hombres quedaron aparentemente suspendidos en el aire en medio de aquella impresionante barranca. No había nada visible entre ellos y el fondo del abismo a cientos de metros de caída libre.

Se abrazaron tratando de darse valor.

—¿Qué-qué-qué ha-ha-cemos ahora? —tartamudeó, Kevin sin aliento.

—¡No te muevas! ¡Cierra los ojos! ¡No los abras para nada! ¡No me sueltes!

—¿Qué ves tú?

—Nada. Tengo los ojos cerrados.

—No puedo aguantar esto. ¡Vamos a morir de terror!

—¡Contrólate! No podemos hacer nada. El pánico no nos va a llevar a ningún lado. Mantén tus ojos cerrados todo el tiempo. Puedes sentir el agua y puedes sentir el fondo del canal ¿verdad?

—Sí.

—Eso significa que estamos seguros aquí adentro. No hay peligro. Hay que seguir avanzando.

—¿Hacia dónde?

—Hacia el frente.

—¿Dónde está el frente?

—En la dirección en que vamos. Toca las paredes del canal para guiarte.

Pedro volteó su cara hacia arriba y entreabrió los ojos. El cielo se mostraba completamente despejado. No había indicios de volverse a nublar pronto.

—¡Sigamos avanzando! ¡Ya casi llegamos! — Pedro trató de darle ánimos a su compañero aún sabiendo que la distancia a recorrer era larga.

—Vamos a caer al vacío —lloraba, Kevin.

—No pienses eso. No vamos a caer a ningún lado. Sigue caminando sin abrir los ojos.

—No me puedo mover.

—Sí puedes. ¡Vamos!

—No quiero morir aquí.

—Si no quieres morir aquí, debes seguir caminando. Agáchate hasta que el agua te llegue al cuello. Dentro del agua estamos protegidos.

—Tengo miedo, Pedro.

—Yo también tengo miedo, pero si nos quedamos aquí vamos a morir de un ataque de nervios. Agáchate y sigue caminando. Recuerda, no abras los ojos por ninguna razón. Pon tu mano sobre mi hombro. ¿Qué pasa? ¿Pon tu mano sobre mi hombro?

—Ni siquiera puedo mover mi mano —dijo, Kevin, llorando.

Pedro le tomó la mano y lo jaló.

—Mantén los ojos bien cerrados. Trata de gatear hacia el frente. Pon en tu mente que vamos caminando sobre tierra firme. Lo demás es un simple sueño.

Unos graznidos en el aire llamaron su atención.

—¿Qué es eso? —preguntó, Kevin.

—¡No te muevas! —Parece el sonido de los hombres-pájaro. Pueden ser peligrosos.

Como estatuas de marfil permanecieron abrazados hasta que los graznidos no se oyeron más.

—Se han ido —dijo, Pedro dando un suspiro de alivio.—Debemos apresurar el paso. Aquí estamos a disposición de cualquier ave de rapiña.

—¿Qué tan lejos estamos de la orilla?

—No sé. Espero que no muy lejos. Trata de caminar más rápidamente.

Kevin abrió los ojos para medir la distancia a la orilla, pero, por inercia, su vista se desvió hacia abajo, quedando paralizado de la impresión.

—No puedo seguir. Vete tú sin mí.

—¡Cállate y sigue caminando! Dame la mano. Hay que avanzar más rápido. Ya puedo ver la orilla desde aquí.

Aunque Pedro quería avanzar a mayor velocidad, la lentitud de Kevin se lo impedía. Su compañero se había convertido en una bola de plomo.

Los últimos metros de recorrido fueron eternos.

—¡Por fin llegamos! —suspiró, Pedro al alcanzar el lado opuesto.

Para no arriesgarse a caer al precipicio, se internaron varios metros tierra adentro.

Con el fondo del canal a la vista salieron del cauce y como bloques de hierro se desplomaron sobre la hierba. Sus cuerpos, debilitados por el intenso estrés, quedaron inmóviles en medio del matorral.

Después de un largo y merecido descanso y ya recobradas las fuerzas, siguieron su camino montaña adentro. Aunque el agua seguía siendo invisible, ya no existía el temor de caer al vacío.

Muy entrada la tarde, se empezaron a formar nubes en el cielo. Poco a poco crecieron de tamaño y cubrieron el sol. La última hora del día fue de fácil travesía al tener la corriente fluvial a la vista.

Antes del anochecer el arroyo llegó a su fin. El agua se internó por unas grietas imposibles de penetrar.

—¿Qué hacemos ahora? —preguntó, Kevin.

—No sé. No recuerdo que Soid nos hablara de esto.

Un brillo de reojo le llamó la atención.

—¡Las montañas! ¡Hacia allá es donde debemos ir! La luz azul que refleja la nieve de aquella montaña es la señal. ¡Vamos! Tengo el presentimiento de que ya estamos cerca —dijo, Pedro volteando a ver a Kevin.

—Kevin, ¿Dónde estás?

—No es hora de bromas, Kevin. No te escondas. Debemos seguir. ¡Mira! Allá está la cascada. Sal de donde te hayas escondido. Ya casi llegamos.

La alegría de haber descubierto su meta se desvaneció por la desaparición espontánea de su compañero.

—Quizás Kevin va en camino a la cascada. —Se dio ánimos para seguir adelante.

—Debo alcanzarlo. ¡Kevin! ¡Voy detrás de ti! —gritaba con la esperanza de ser escuchado.

Al acercarse a la caída de agua, una nube de rocío inundó el ambiente. A medida que se acercaba el ambiente se saturaba más de humedad. No tomó mucho tiempo para que su cuerpo se empapara completamente por el abundante rocío.

La caída de agua era de una belleza impresionante.

A pesar de no ser de un tamaño descomunal, el poder de sus chorros bien podría aplastar a quien se atreviera a caminar bajo ellos.

De diversos puntos se alcanzaba a ver la cueva que se escondía detrás de la cortina de agua.

Entrar en la cueva se presentaba como una misión casi imposible. El sitio se veía impenetrable.

Se dirigió al extremo opuesto para probar suerte. Sin embargo, para llegar a él, había que atravesar una corriente impetuosa.

La única posibilidad de atravesarla era retroceder más de un centenar de metros río abajo.

A la distancia se vislumbraban unas rocas grandes que formaban un puente natural que atravesaba la corriente. Sorteando maleza y troncos caídos llegó al puente de rocas. No le fue fácil treparlas, pero, después de una ardua tarea logró llegar al otro lado.

Tras sortear todo tipo de obstáculos en el terreno, alcanzó el extremo derecho de la catarata.

A primera vista, la cortina de agua era idéntica a la del lado opuesto. No había forma de penetrarla.

Desilusionado se sentó junto a la pared rocosa para descansar la espalda ya molida de tanto ajetreo.

Cerró los ojos un rato para aliviar su cansancio. Una bocanada de aire fresco lo despertó de un sueño repentino.

En ese momento alcanzó a ver que el viento movía los chorros de agua, abriendo un pasadizo momentáneo hacia el interior de la cueva.

De un salto se levantó y se abalanzó hacia la entrada antes de que las aguas regresaran a su cauce normal. La suerte lo acompañó y pudo escabullirse sin ser tocado por la cortina de hierro.

La luz natural proveniente del exterior iluminaba tenuemente las altas paredes rocosas de la cueva.

—¿Dónde estarán los cristales? —se preguntó.

Avanzó hacia el interior. A cada paso que daba, la luz natural perdía intensidad.

La cueva era más profunda de lo que intuyó al entrar.

A pesar de haber recorrido una buena distancia cueva adentro, las rocas de cristal no aparecían por ningún lado.

Siguió avanzando hasta donde la tenue luz del exterior se lo permitió.

La nula presencia de los cristales lo hicieron dudar de haber entrado en la cueva correcta.

Las paredes, el techo, el suelo, todo era roca sólida.

Una última esperanza lo animó a adentrarse unos pasos más, pero al voltear la mirada y darse cuenta de que la luz de la entrada era casi imperceptible, optó por dar la media vuelta y regresar a un lugar seguro antes de perderse en la oscuridad total de ese sitio.

No había dado cinco pasos cuando una voz lo detuvo

—¿Adónde vas?

Agua helada recorrió su cuerpo de arriba a abajo.

—Regresa —dijo la voz. —Vas por el camino correcto.

Hecho un manojo de nervios volteó la cabeza para averiguar quién lo llamaba.

—Soy Soid.

El espectro de Soid se encontraba iluminado por un halo incandescente en medio de la oscuridad total.

—¿Qué hace usted aquí, Soid? Casi me mata de un infarto. Dijo usted que no podía venir a este lugar.

—Dije que no podía transportarte a ti.

—Si puede venir aquí, ¿por qué no nos llevó usted las piedras a la cueva?

—No puedo transportar nada inanimado.

—Este lugar es espantoso.

—La vida nunca es fácil. Hay que enfrentar muchos retos para conseguir lo que uno quiere.

—He llegado hasta aquí, ¿Para qué? Para nada. No hay cristales en esta cueva. Lléveme, por favor, a la cueva de los cristales.

—Ésta es la cueva de los cristales.

—Pues no he visto ningún cristal.

—Entraste por el lugar equivocado. Las piedras de cristal están de este lado. Sígueme. Ten cuidado de no tocarme en ningún momento mientras estemos aquí adentro. Si lo haces quedaremos los dos atrapados en la oscuridad total. Yo podré regresar a mi cueva, pero tú quedarás sepultado para siempre.

—He perdido a Kevin. ¿Sabe donde está?

—Lo encontrarás al salir.

Un camino sinuoso entre estalagmitas y estalactitas los condujo a una cámara llena de luz que emanaba de millones de rocas cristalinas de deslumbrantes colores. Las rocas tapizaban las paredes y el techo del recinto.

—Acércate a esta pared y toma la mayor cantidad de cristales que puedas.

A Pedro le sorprendió la facilidad para arrancar los cristales del suelo. También quedó admirado al ver que cuando arrancaba una piedra, otra similar brotaba casi al instante en el mismo lugar. La recolección no le costó el menor esfuerzo, pero sus dos brazos no eran suficientes para transportar tanto cristal.

Cargando la mayor cantidad de cristales que podía llevar, escuchó las indicaciones de Soid para encontrar la salida. Una pequeña grieta lo llevó a un túnel corto y después de unos pasos llegó al exterior. Kevin esperaba sentado a un lado de la grieta.

—¡Kevin! Por fin te encuentro.

—¡Dónde estabas! ¿Por qué despareciste?

—Tú eres quien desapareció. Yo temí por tu vida. ¿Qué pasó? Te desvaneciste en un abrir y cerrar de ojos.

—No, tú fuiste tú el que se desvaneció.

—Estás equivocado. Yo nunca me desvanecí.

—No importa. Sabíamos que iban a suceder cosas extrañas. Hay que alejarnos de este lugar antes de que otra cosa rara suceda. Ayúdame con la mitad de estas piedras.

—¿Dónde las encontraste?

—Es esta cueva… Ya no está la entrada. ¿No me viste salir?

—No. Cuando te escuché hablar estabas aquí, a mi lado.

—Vámonos. No me gusta nada este lugar.

A paso rápido se alejaron tomando el mismo camino por donde habían llegado.

Al alcanzar una bifurcación de la vereda, Soid se hizo presente indicándoles que siguieran el camino de la derecha.

—¿Soid? ¿Qué haces aquí?

—Espera, Kevin. Ése no puede ser Soid. Él no puede exponerse a la luz del día. Ésa es una visión.

—¿Cuál camino seguimos, entonces?

Vámonos por ahí. Recuerdo haber visto esas rocas en camino hacia acá.

La imagen de Soid se hizo presente varias veces más intentando desviarlos de su curso.

Al llegar a la grieta donde terminaba el arroyo, el cielo se había nublado. La visibilidad del agua los ayudó a seguir su camino sin contratiempos.

El transporte de las piedras de cristal se hacía cada vez más difícil debido a los obstáculos que tenían que sortear. Más de una vez dejaron caer la carga provocando la quebradura de algunas piezas.

Antes de llegar al puente invisible, encontraron hojas resistentes y grandes con las cuales improvisaron alforjas que les sirvieron para transportar las piedras. Con unas lianas las ataron y se las echaron a la espalda dejándoles las manos libres. Eso les ayudó a moverse con más soltura dentro del arroyo, puesto que ahora iban a contracorriente.

Capítulo XXXI
¿Dónde estás?

Antes de llegar a la cañada, las nubes se habían alejado y el sol brillaba a todo su esplendor. Al llegar al desfiladero, el puente y el arroyo se encontraban en estado de invisibilidad. sólo se observaba la caída vertiginosa hacia un abismo espeluznante. Ninguno de los dos se atrevió a dar el primer paso hacia el precipicio. Aunque sabían que no corrían peligro dentro del canal, la escena era aterradora. Se sentaron a esperar la llegada de las nubes. El cielo no daba indicios de que alguna nube llegaría pronto. Hasta donde alcanzaban a ver, el color azul sólido predominaba en la esfera celeste.

Recostados sobre un colchón de zacate, el sueño los envolvió y en un rato sus ronquidos se mezclaban con el zumbido de los insectos y el trinar de los pájaros.

Dormían plácidamente cuando la voz de Défane los despertó.

—Vengan por aquí. Este camino los librará de ese puente espeluznante. ¡Síganme!

Kevin se puso de pie al instante.

—¡Sigamos a Défane, Pedro!

—¡Espera, Kevin! Esa mujer no puede ser Défane.

—¿Cómo que no puede ser? ¿No la estás viendo? y sabe un camino más fácil a la cueva. Vamos con ella. ¡Levántate! Prefiero cualquier camino a tener que cruzar ese puente del infierno.

—¡Entiende! Ella no es Défane. Es solamente una visión. Défane no puede exponerse a los rayos del sol. Es una trampa más. No te dejes impresionar.

Kevin volteó a ver el precipicio.

—Quizás no sea mala idea seguirla aunque sea una visión. No tenemos comida y no hay ninguna nube en el cielo. Mira. Nunca podremos cruzar ese maldito puente.

—Hay que tener paciencia y valor. Ya verás. Las nubes aparecerán en cualquier momento.

—¿Y si no aparecen?

—Tendremos que seguir nuestro camino.

—¿Cómo? Si no se ve nada ahí.

—Hay que cruzar el puente a ciegas.

—¡Estás loco!

—Si esa es la única opción, tendremos que atravesar el puente con los ojos cerrados.

—Pues yo prefiero seguir al espectro.

—¡Deja de decir tonterías! Vamos a atravesarlo en este momento.

—Ahora sí no me cabe duda de que estás loco.

De un salto Pedro se zambulló en el canal.

—Aunque no se ve, se siente la frescura del agua. Cierra los ojos y salta.

—No sé si pueda hacerlo.

—Métete sin miedo y cierra los ojos.

—No creo que pueda.

—Entonces, ayúdame a salir.

Al sentir la mano de Kevin, Pedro lo jaló y éste cayó en el canal causando un chapuzón.

—Cierra los ojos y camina hacia allá —lo empujó.

—Tu ve primero. Yo te sigo.

—Está bien —le apretó la mano con fuerza para evitar que regresara.

—¡Tengo miedo!

—Yo también tengo miedo, pero hay que salir de aquí y éste es el único camino. No abras los ojos para nada.

Pedro avanzó lentamente jalando a su compañero.

—¡Espera!

—¿Qué pasa?

—Los cristales. Los olvidamos en la orilla.

—¡No puede ser tan mala suerte! Hay que regresar, entonces. Yo te sigo.

—¿Por qué tiene que pasarnos todo esto?

De regreso en la montaña, Kevin se excusó para hacer sus necesidades. Se metió tras unos arbustos. Pedro aprovechó ese breve momento para relajar su cuerpo. Se recostó sobre la hierba y cerró los ojos cayendo instantáneamente en un sueño profundo.

El graznido de un hombre-pájaro volando en el cielo lo despertó.

—Kevin, ¿ya estás listo? —preguntó.

Después de unos minutos sin recibir respuesta, volvió a gritar. —¿Qué pasa, Kevin?

Se levantó y se acercó al arbusto.

—Kevin, ¿dónde estás? No te escondas. No es momento de bromas. Hay que seguir.

Un silencio aterrador se apoderó del sitio.

Se metió entre los arbustos buscando desesperadamente a su compañero que no respondía a su llamado.

—¿Se dejaría llevar por el espectro de Défane?

Miraba desesperadamente hacia todos lados.

—¿Qué voy a hacer ahora?

Un nerviosismo insano invadió su cuerpo.

—No me hagas esto, Kevin. ¿Dónde te escondiste?

La noche envolvió en tinieblas el lugar. Sonidos y sombras fantasmagóricas pululaban por doquier. La silueta de Kevin aparecía en cada arbusto, en cada matorral. Todos los sonidos nocturnos eran voces de su compañero.

El cansancio y el estrés lo salvaron de caer en la locura, envolviéndolo en un sueño profundo hasta el amanecer.

Al despertar, su compañero aún se encontraba ausente. Aunque no quería alejarse sin él, no tuvo otra opción que regresar a la cueva para pedir ayuda.

En el cielo las nubes no daban indicios de aparecer.

Después de llamar a gritos el nombre de Kevin una veintena de veces se puso en marcha. La vista del precipicio casi lo hizo desistir, sin embargo, con los ojos cerrados fuertemente y una enorme fuerza de voluntad emprendió su camino en medio de aquel camino invisible. El agua fue su única guía hasta alcanzar el extremo opuesto.

Al llegar a tierra firme, salió del arroyo para echarse sobre la hierba. Kevin hizo lo mismo en la orilla opuesta.

—¿Dónde estabas? —preguntaron los dos al unísón.

—¿Qué? —respondieron a coro.

—¿Dónde te metiste? Te estuve esperando toda la noche —dijo, Kevin.

—Tú eres quien desapareció. ¿Por qué no me avisaste que ibas a venir para acá. ¿Cuándo llegaste?

—Acabo de llegar.

—¿Cuánto tiempo es eso?

—Recién salí del arroyo.

—No mientas. Yo acabo de salir del agua y no te vi en el camino.

—Será porque venías con los ojos cerrados.

—Los abrí un par de veces para ver si me seguías, pero yo era el único que estaba en el puente.

—Yo también acabo de venir de allí y tampoco te vi.

—No sé si estoy viviendo una realidad o estoy soñando otra vez. Aunque ya debería estar acostumbrado a todas las cosas raras que ocurren en este planeta. Ni hablar. Sigamos. Nos esperan en la cueva con las piedras de cristal.

—¡Las piedras de cristal! ¿Dónde están? Creí que me las había echado a la espalda antes de meterme en el arroyo.

—Yo tampoco tengo las mías.

—¡Mira! Las puedo ver desde aquí.

—Hay que regresar por ellas —dijo, Pedro. —Yo voy. Espérame aquí.

Saltó al arroyo y se puso en marcha. Con más soltura atravesó el puente.

Al llegar al extremo opuesto trepó a la roca donde se encontraban las alforjas. Se las echó a la espalda y saltó al agua para regresar.

—¡Espérame! He decidido atravesar el puente contigo.

—¡Qué! Quedamos en que me ibas a esperar de aquel lado.

—¿De qué hablas?

—No importa. Está bien que hayas regresado, también. Así me puedes ayudar con los cristales.

—¿Regresé? ¿De dónde?

—De donde estábamos hace un momento.

—¡Dónde estábamos?

—Del otro lado del puente.

—Yo no he estado allá. Yo solamente fui al baño ahí atrás.

—Ayer yo te fui a buscar y no te encontré. Te estuve esperando todo el día...

—¿Ayer? ¿Estás delirando?

—No hay duda de que he estado viendo visiones otra vez. Ya te veo por todos lados. Podría asegurar que estabas del otro lado hace unos minutos. Hay que salir de aquí lo más pronto posible si no queremos que las visiones no hagan enloquecer. Salta al agua, agárrate de mi espalda y no me sueltes para nada. Espero que esta vez sí seas el Kevin real.

A medio puente una nube apareció y cubrió el sol. El riachuelo se hizo visible. Una alegre sonrisa iluminó sus rostros. Apretaron el paso para llegar al otro extremo antes de que la nube se alejara. Ya en tierra firme, con el cielo aun nublado, se movieron de prisa. La noche los sorprendió cerca de una pequeña cavidad natural al lado del camino. Como caía una lluvia tupida y bastante fría, no tuvieron más remedio que resguardarse dentro de ella. La lluvia no cesó y siguió hasta después de la medianoche. Para entonces dos hombres con ronquidos melodiosos descansaban después de varios días de arduo ajetreo.

Capítulo XXXII
Entre dimensiones

Era la primera vez que dormían bajo techo desde la salida de la cueva walosi. El cansancio y el estrés del viaje los envolvió en un sueño profundo hasta el amanecer. Al abrir los ojos, Pedro advirtió la ausencia de Kevin. Sólo vio su alforja y los cristales que llevaba adentro.

—¡Kevin! —lo llamó.

El lugar emanaba un silencio lúgubre.

Después de llamarlo una decena de veces, se llenó de ira y recorrió las cercanías sin dejar de gritar su nombre

—¡No puede ser posible! ¿Qué está pasando en este lugar del demonio? —profirió.

Desesperado, lloró su desconsuelo lanzando injurias a pecho abierto.

—¿Dónde estás, Kevin? Responde. ¡Maldito sea!

Con lágrimas en los ojos regresó a la cavidad para recoger su alforja. Vio con sorpresa que la alforja de Kevin había desaparecido.

—¿Por qué te fuiste sin mí? ¿Por qué me abandonaste?

Después de cavilar sobre el asunto, tomó la decisión de regresar a la cueva Walosi solo. Llevaba encendida la esperanza de encontrar a Kevin en el camino.

Siguiendo la dirección del arroyo, llegó a la cueva.

—¡Ábranme! Ya estoy aquí —gritó.

La roca permaneció sólida.

Con ira la pateó, causándose heridas en los pies. rAl llegar la noche se recostó a un lado de la entrada. La esperanza de ver la apertura de la pared durante las horas nocturnas aumentó. Sabía que la oscuridad les daba oportunidad a los walosis de salir de la cueva.

El cielo se llenó de infinidad de parpadeantes luceros infundiéndole un clima de tranquilidad. Era tanta la serenidad que el sueño empezó a dominarlo.

Dormía plácidamente cuando la voz de Kevin lo despertó. Abrió los ojos, pero en el lugar su compañero no se divisaba por ningún lugar.

—Seguramente fue un sueño —se dijo.

Cerró los ojos una vez más. Cuando empezaba a adormitar, varias voces lo despertaron.

Una vez más el sueño parecía jugar con sus ilusiones. El sitio seguía en soledad. Sin embargo, las voces seguían escuchándose. La noche era clara, con luna llena.

—¿Qué me está sucediendo? Oigo voces y no veo a nadie. Creo que estoy delirando.

Se levantó y caminó hacia donde provenía el murmullo. Las voces se escuchaban muy cerca de él. Parecían estar ahí, a unos pasos.

Podía reconocer sus voces. Eran Kevin, Abdul y Sergey.—¡Váyanse ya demonios del mal! Trataba de quitárselos de su mente con manotazos y gritos de injuria. Las voces no se iban. Seguían ahí con una charla incomprensible.

—¡Qué está pasando aquí!

Decía con desesperación.

—¡Aléjense fantasmas! ¡Déjenme en paz!

Movía los brazos tratando de ahuyentarlos cuando otra voz familiar llamó su atención.

—¡Défane! ¿Eres tú? ¿Dónde estás? Te oigo, pero no te veo. ¿Me puedes ver tú? ¡Ayúdame! Algo extraño me ha sucedido: oigo a todos, pero no puedo ver a nadie.

Un sollozo se escucho a unos pasos de distancia.

—No llores, Défane. Estoy aquí, cerca de ti.

Por un momento las voces se silenciaron.

—Creo que mi mente se ha trastornado.

Cerca del arroyo, la silueta de Défane llamó su atención. Su semblante cambió y corrió hacia ella con una locura innata. Tropezó un par de veces en su afán de alcanzarla.

Una terrible decepción se apoderó de él al advertir que la silueta era solamente un espejismo formado por un tronco seco con apariencia de mujer.

Como le era imposible entablar comunicación con los fantasmas, se sentó al pie del arroyo. Se recostó un rato y cerró los ojos para descansar. En poco tiempo sus resuellos interrumpieron la quietud de la noche.

Al despertar, la corriente de agua se había vuelto visible. Sin nada más qué hacer comenzó a aventar piedras al agua. Una de las piedras rebotó en la superficie y cayó del otro lado. Eso dirigió su mirada hacia la cueva donde volvió a percibir la silueta de su amada. Corrió hacia ella y al tratar de abrazarla, sus brazos le atravesaron el cuerpo. Fue en ese momento, que se dio cuenta de que se encontraba en una dimensión diferente. Se puso frente de ella y le dijo mil palabras. Défane se dio la media vuelta y se encaminó hacia la entrada de la cueva. Pedro corrió tras ella esperando cambiar de dimensión al entrar en la cueva. Sin embargo, antes de atravesar la entrada, se topó con una pared invisible que le obstruyó el paso. Desesperado empezó a lanzar injurias a los cuatro vientos. Sergey y Abdul se acercaron a Défane para consolarla. La llevaron al interior de la cueva y la entrada se selló. Pedro se dejó caer al suelo para llorar su miseria.

Su mente divagaba alrededor de todo lo que ese día le había ocurrido. Su misión había dado un giro de 180 grados. Ahora tenía que buscar una cueva que lo regresara a la dimensión de sus compañeros. Era cuestión de experimentar hasta encontrar el sitio correcto. Se alejó de la zona sin llevar un rumbo fijo. Iba en busca de paredes rocosas que escondieran cuevas en su interior.

Después de deambular por días, llegó a una zona de árboles gruesos y altos. Caminaba tranquilamente en medio de ellos cuando unos hombres-pájaro, planeando en círculos, empezaron a acosarlo. Miró a su alrededor en busca de un lugar para protegerse, pero nada le pareció idóneo. Los hombres alados seguían descendiendo peligrosamente. Pedro temía por su vida. Era más de una decena.

Viendo aterrorizado como aquellos pájaros lo acorralaban azarosamente, levantó los brazos para protegerse. Fue en ese momento que sintió la correa de la alforja donde llevaba las rocas de cristal. Haciendo un malabar, la desató de su espalda y, antes de que los hombres alados lo alcanzaran, sacó una piedra de la bolsa, y la usó como defensa. En ese mismo momento los hombres-pájaro detuvieron su ataque y su mirada se centró en la roca de brillantes colores. Pedro recordó que ése era un manjar exquisito para los hombres con alas.

—¿Quieren esto? —dijo, levantando en lo alto el cristal. —Si realmente quieren disfrutar de este exquisito manjar, llévenme a todas las entradas de cuevas que conozcan.

No había terminado de hablar cuando sorpresivamente todos volaron ipso facto a lo alto de los árboles.

—No se vayan. ¡Necesito su ayuda! —gritó.

En segundos, la nave de la ciudad que vuela atravesó los cielos.

Cuando ésta se había alejado, los hombres-pájaro regresaron a su víctima para continuar su acoso.

Pedro intentó hacer un trato con ellos.

—Llévenme hacia esa nave que pasó —y sustrajo dos cristales más de la alforja. Los hombres-pájaro se emocionaron sacando la lengua y babeando una secreción salivosa de aspecto desagradable.

Para que se alejaran de él, Pedro aventó un cristal lo más lejos que pudo. Los seres alados se abalanzaron sobre la piedra aleteando y dando graznidos en una lucha encarnizada. Cada cual reñía inhumanamente por apropiarse de aquel preciado trofeo. El más bravo y aguerrido tomó la piedra con el pico y en un instante lo engulló de un solo bocado.

—Aquí traigo muchos cristales como ése —dijo, Pedro, mostrándoles su bolsa. —Los repartiré entre todos ustedes si me llevan al lugar donde está la nave que acaba de pasar.

Los hombres-pájaro parecieron sostener una aguerrida discusión entre ellos.

Al final de la disputa, uno que parecía ser su líder, escogió a un grupo selecto de individuos.

Ya integrado el grupo, le hizo señas a Pedro para seguirlo.

A media tarde llegaron a un lugar que a Pedro le pareció familiar. Era la zona de prisión. El lugar de las serpientes opresoras.

Inmediatamente se miró las piernas y al no ver nada, dio un suspiro de alivió.

—¿Por qué me trajeron aquí? Este lugar es peligroso.

El líder del grupo, a señas, parecía explicar algo que Pedro fue incapaz de descifrar. Al atardecer los hombres alados volaron a las ramas bajas de los árboles y se sentaron sobre ellas.

—¿Qué hacen ahí? No me dejen sólo aquí. El suelo debe estar infectado de serpientes.

Ninguno de ellos hizo el menor caso a las palabras de Pedro. Sólo lo miraban fijamente a los ojos sin exhibir ninguna expresión en sus caras.

De pronto todos miraron hacia el cielo y empezó un graznido colectivo. Señalaban hacia arriba con algarabía.

Unos instantes después, la nave apareció entre las copas de los árboles y descendió lentamente hasta posarse en el claro habitual. Al abrirse la puerta, un humanoide de trenzas serpenteadas salió. Al notar la presencia de Pedro, tomó una de sus trenzas y la puso en el suelo. De un impulso, Pedro saltó a lo alto de un arbusto antes de que la serpiente llegara a su pierna. La culebra alcanzó la base del árbol y, contrario a lo que Pedro pensaba, ésta comenzó a trepar con gran agilidad.

Lleno de terror ascendió a las ramas superiores para alejarse de su perseguidora, pero las ramas altas eran delgadas y se quebraban pues no podían soportar su peso. La culebra siguió su escalada con pericia, llevando como objetivo enrollarse en una de sus piernas. Pedro se sentía acorralado y cuando la víbora estaba a punto de alcanzar su pierna, Pedro dio un salto al arbusto contiguo y de ahí bajó al suelo. La culebra hizo lo mismo y se desplomó del árbol. Con habilidad se deslizó ágilmente entre la maleza. Pedro saltó a otro árbol y la esquivó. Se apresuró a subir a las ramas superiores, pero, al llegar a medio árbol, vio con horror dos serpientes que se deslizaban hacia abajo en pos de él.

Ágilmente cambió de trayectoria, pero una cuarta serpiente le obstruyó el camino. Reviró hacia su derecha, donde una serpiente más lo acosaba. Se dio cuenta, con horror, que se encontraba completamente rodeado. No había ruta de escape. Con una lluvia de sudor en la frente buscó afanoso algún sitio desprovisto de reptiles.

Sin lugar hacia donde moverse, se resignó a ser atrapado por uno de ellos.

Cuando una de las serpientes se encontraba a punto de alcanzar su pierna, un hombre alado la atrapó de un picotazo y la engulló.

En seguida los picotazos de los otros hombres-pájaro entraron en acción. Comenzaron a darse un banquete con una gran cantidad de serpientes que se habían multiplicado en segundos.

Con los estómagos repletos, los hombres alados rodearon a Pedro y lo llevaron a salvo hasta la nave.

Varios humanoides salieron a recibirlos. Todos se quitaron trenzas de la cabeza y las pusieron en el suelo. Los hombres-pájaro aceptaron el obsequio con gusto y se dieron un festín.

En la entradaa de la nave realizaron el trueque.

Para poder comunicarse, los hombres de la nave sacaron las cajas metálicas traductoras.

Después de varias pruebas lograron entablar comunicación.

—¿Qué quieres? Aléjate de este lugar. No eres bienvenido.

—Necesito ayuda. He sido informado que sólo ustedes pueden brindármela.

—¿Qué tipo de ayuda necesitas?

—Estoy perdido en una dimensión diferente a la de mis amigos. Sé que ustedes me pueden regresar a la dimensión correcta. No tengo nada que ofrecerles aparte de estos cristales. —Abrió su alforja y se los mostró.

Uno de los humanoides se acercó y tomó una de las piedras. La analizó detenidamente. Llamó a dos de sus compañeros. Éstos observaron las rocas con detalle. Después de un minucioso estudio y una discusión entre ellos. Sus facciones dieron a entender que estaban satisfechos con la oferta.

—Ustedes —dirigiéndose al grupo de hombres-pájaro. —Pasen a la nave. Hoy sí hay trabajo.

—¡Un momento! —los detuvo, Pedro. —Aquí está su pago.

Les entregó la mitad de los cristales antes de entrar en la nave.

—Tú. —dijo uno de los humanoides dirigiéndose a Pedro. —¡Sígueme!

Pedro subió los escalones y entró en la nave. Después de atravesar el pasillo de entrada no pudo contener su asombro al ver la enorme ciudad que ahí dentro se encontraba. Había oído hablar de ella, pero no se imaginaba la extraordinaria realidad.

—¡Prodigioso! Lo veo y no lo creo.

—¿Qué es lo que te sorprende? —preguntó su guía.

—Todo esto es tan maravilloso, tan enorme. ¿Cómo logran tener tan gigantesca ciudad dentro de esta pequeña nave?

—Qué preguntas tan extrañas haces.

—¿Entramos acaso en una dimensión diferente?

—Tus preguntas son muy infantiles.

—En mi planeta esto no existe. No hay dimensiones diferentes. ¿Cómo logran cambiar de dimensión?

—De la misma forma que todos lo hacen.

—Pues, yo no sé como hacerlo.

—Estás bromeando, ¿verdad?

—Estoy hablando en serio. No sé como cambiar de dimensión —reafirmó, Pedro.

—Pero acabas de cambiar de dimensión. Allá afuera estabas en una dimensión y aquí adentro estás en otra.

—¿En serio? ¿Cambié de dimensión? ¿Cómo lo hice?

—Tus preguntas son ilógicas.

—No me haga caso. Estoy muy contento de haber entrado en esta dimensión. Esta ciudad es maravillosa. Nunca había visto nada igual.

Un carruaje jalado por un hombre pájaro se acercó a la plataforma donde esperaban.

—Buenos días, señor Meridón. ¿Adónde los llevo?

—Allá —señalando un panal en la parte alta de un árbol.

—¿Usted se llama Meridón?

—Sí. Ése es mi nombre, y tú, ¿cómo te llamas?

—Pedro. Me llamo Pedro. ¿Adónde vamos ahora?

—A ese lugar.

El carruaje voló en segundos hasta la plataforma del panal. Ahí se despidieron del conductor y se encaminaron por una vereda angosta hasta el edificio. Entraron en una sala grande con varias puertas alrededor.

—Para regresar a tu dimensión, debes entrar tú solo por esa puerta —señaló, Meridón.— Nadie puede entrar contigo.

Pedro lo volteó a ver con recelo y preguntó con voz temblorosa:

—¿Por esa puerta?

—Sí. Entra ahora.

Lentamente caminó hasta la entrada.

—¡Espera! No debes entrar hasta que yo me retire. Cuando regrese por ti, estarás en la dimensión deseada y podrás ver a tus amigos otra vez. Siéntate ahí mientras viene un palipe por mí.

—¿Qué es un Palipe?

—Sigues bromeando, ¿verdad?

Pedro fingió: "Sí. Es sólo una broma."

—Ya llegó mi palipe —se jaló una trenza

Pedro hizo una expresión de terror.

—No te preocupes. Es para el palipe. Es su pago por venir por mí. A ellos les encantan las serpientes. Son los únicos seres en todo el universo de quienes no podemos defendernos con estas culebras. Para ellos estos animalitos son un manjar muy apreciado.

—¿Por qué se las ponen en el pelo?

—¿Qué?

—¿Dónde consiguen las serpientes?

—Aquí— señalándose la cabellera.

—Sí, pero ¿cómo se las ponen ahí?

—Crecen en nuestra cabeza en forma de trenzas y al arrancarlas se convierten en serpientes.

—¡Increíble!

—¿Por qué te extraña algo tan natural?

—Es algo maravilloso. No lo puedo creer.

—Estas serpientes poseen una fuerza fenomenal, capaz de atrapar a cualquier ser de las galaxias por más poderoso que sea.

—Excepto a los palipes.

—Aprendiste rápido. Es verdad. Los palipes son los únicos seres capaces de engullir a las serpientes. Tú has corrido con suerte. No has sido atrapado por ninguna de ellas.

—Es verdad. Soy el único en mi grupo que se ha salvado de la opresión.

—Estuviste a punto de ser atrapado antes de entrar aquí, pero tus palipes te salvaron.

—¿Por qué no me han hecho su prisionero ahora que los palipes no me defienden?

—Apreciamos mucho las piedras de cristal que has traído. Debemos retribuirte por tu contribución. Es una buena cantidad de cristales. Son necesarias en la nave. ¿De qué parte del planeta vienes? No pareces un walosi.

—Yo no soy de este planeta. Yo vengo del planeta Tierra. Es un planeta que gira alrededor...

—Sí. Lo conozco —interrumpió, Meridón. —Entonces tú eres un puripake.

—¿Un puripake?

—Así llamamos a los habitantes de tu planeta, aunque tú no pareces uno de ellos. Ellos tienen su cuerpo cubierto de una piel extraña a la que llaman "ropa." ¿Sabes a qué me refiero?

—Sí. Sé lo que es la ropa. Yo ya llevo mucho tiempo aquí y estos pedazos de trapo son todo lo que me queda.

—Los puripakes también tienen armas peligrosas que pueden destruir mundos enteros.

—Veo que usted sabe muchas cosas de mi planeta.

—Sí. Lo conozco bastante bien. Viajamos allá a menudo. Hay plantas que necesitamos para impulsar nuestra nave. Esas plantas no las podemos encontrar en ningún otro planeta de la galaxia. Sólo crecen en tu planeta.

—Nunca he sabido nada de ustedes.

—Casi no tenemos relación con los puripakes. Las plantas que usamos se encuentran en zonas desérticas. Hay muy pocos puripakes en los lugares adonde vamos.

—¿Viajan a menudo a la Tierra?

—Sí.

—¿Cuándo es su próximo viaje?

—En poco tiempo. Muy pronto necesitaremos más provisiones.

—¿Podrían llevar a mis amigos a la Tierra?

—¿Hay más puripakes aquí?

—Sí, pero están allá afuera en una dimensión diferente.

—¿Cómo llegaron hasta este planeta?

—En una nave.

—¿Por qué no regresan en esa nave?

—La nave está perdida en algún lugar del cielo. No podemos llegar a ella. Perdimos las naves transportadoras

—¿Qué vinieron a hacer en este planeta?

—Estamos buscando un planeta sustentable para la vida humana.

—¿Cuántas puripakes vinieron?

—Eramos veinte, pero sólo quedamos 6.

Meridón meditó en silencio.

—Pueden viajar con nosotros. Pero hay un costo.

—¿Un costo? No tenemos dinero.

—¿No sé de qué hablas?

—¿Cuál es el costo, entonces?

—Las piedras de cristal y los palipes.

—¿Cuántos?

—Los necesarios. Debo partir. Ese palipe me ha estado esperando por mucho tiempo. En cuanto me veas subir al carruaje, entra en la habitación. Yo regresaré por ti en unos días.

—¿Unos días? —Meridón no respondió. Se alejó hacia la plataforma de embarque.

Pedro entró en la habitación. En el interior no había absolutamente nada. Las paredes, el techo y el suelo eran de un color claro monótono.

—Esto no me gusta nada. ¿Qué voy a hacer en este lugar por no sé cuantos días? No voy a poder aguantar esto.

Se dio la media vuelta para salir, pero la entrada había desaparecido. Una sensación de terror lo invadió. Buscó con la mirada otra ruta de escape cuando una mano en su hombro lo hizo estremecer.

—Estoy de regreso —se oyó la voz de Meridón.

—¡Gracias al cielo que es usted! ¡Qué bueno que regresó! No puedo quedarme aquí tanto tiempo.

—Perdón por el retraso, pero fue necesario extender tu estancia dos días más.

—¡Qué! ¿Necesito estar seis días encerrado aquí?

—Eres muy raro, muchacho. Ya has estado aquí seis días. No necesitas más tiempo.

—¿Estuve aquí seis días?

—Tu comportamiento es muy extraño. ¿Son todos los puripakes así?

—Me alegra que hayan pasado los seis días tan rápido —añadió con alegría.

El carruaje los recogió y los llevó a la salida de la nave.

—Regresa ahora con los tuyos. Consigan los cristales y vengan acompañados de palipes.

—¿Cuándo es el próximo viaje a la Tierra?

—En unos días.

—¿Cuántos días?

—No lo sé. Cuando llegue el tiempo. ¡Apresúrate!

—Por favor no partan sin nosotros.

—Trabajen rápido —Meridón dio la media vuelta y regreso a su nave.

—¿Cómo me voy a la cueva walosi? —se preguntó. Enseguida, un humanoide salió de la nave y con señas le pidió que lo siguiera.

Después de una larga caminata, él y su acompañante llegaron a la pared rocosa. El sol ya se había ocultado. Pedro le indicó a su guía que habían llegado al lugar correcto y lo invitó a conocer a sus compañeros. El humanoide hizo caso omiso y emprendió su camino de regreso. Sin voltear, levantó el brazo en señal de despedida y se perdió de vista entre la maleza.

Pedro se acercó a la entrada de la cueva, y se sentó a esperar. Como el cielo estaba nublado se podía observar el curso de agua del riachuelo que serpenteaba en medio de la pradera.

Las horas pasaron sin novedad. La impaciencia lo hizo caminar de un lado a otro para relajar sus nervios. Temía encontrarse aún en una dimensión diferente. Tuvo cuidado de mantenerse cerca de la entrada para no perder el momento de su apertura. Aunque el cansancio lo agobiaba, luchó para no caer víctima del sueño. Un instante de distracción sería suficiente para perder la oportunidad de entrar.

Pasada la media noche, la sed lo obligó a alejarse de la entrada. Se encaminó hacia el arroyo sin dejar de ver la entrada de la cueva. Al llegar al riachuelo, se puso de rodillas y sorbió unos tragos refrescantes de agua que hidrataron su garganta y lo volvieron a la vida. Al momento que se ponía de pie, un objeto brillante que se encontraba del otro lado del riachuelo atrajo su atención. Como esa sección del arroyo era angosta, un salto le bastó para alcanzar el lado opuesto. Un pequeño titubeo en la caída lo hizo perder de vista el objeto. Se incorporó y tras un pequeño matorral el objeto brillante apareció nuevamente. Se detuvo y lo miró fijamente. Temiendo que fuera algún animal peligroso, se aproximó con cautela. A medida que se acercaba, su corazón aumentaba el ritmo cardiaco. Recogió una vara torcida del suelo y la acercó al objeto. Un pequeño movimiento en las ramas lo hizo recular. Inesperadamente, se oyeron pisadas detrás del arbusto.

Entre las ramas se movía una especie de ratón nocturno. Dio un suspiro de alivio al verlo.

Vuelto a la tranquilidad fijó su mirada en la cosa brillante. Tomó valor y dando pasos cortos y pausados se acercó nuevamente. Volvió a usar la vara una, dos, tres veces más. Al no haber reacción de parte de loa cosa brillante, se aproximó más, dando por hecho que se trataba de un objeto inanimado. Se puso en cuclillas para observarlo de cerca. Pudo entonces detectar su forma. Era un pequeño frasco de vidrio con una tapadera hermética.

Ya sin miedo lo tomó en su mano y lo examinó mientras le decía:

—Me metiste un buen susto, frasquito. Creí que eras una alimaña ponzoñosa. Veo que sólo eres uno de los frascos que trajimos de la Tierra. No sé cómo llegaste hasta aquí. ¿Te arrastró el riachuelo desde el campamento? Has hecho una gran travesía para llegar aquí, pero ya no tienes ningún uso en este planeta. —lo aventó al arroyo.

Al escuchar el sonido del golpe con el agua reaccionó, se levanto de un salto y se aventó a la corriente para recuperar el objeto que apenas acababa de arrojar. El golpe de su cuerpo al entrar en el arroyo sacudió el agua formando millones de burbujas que le ofuscaron la visión. Trataba de encontrar el frasco desesperadamente agitando los brazos. Sin embargo, sus movimientos bruscos arremolinaban el agua y la volvían más turbia.

—¿Dónde te metiste, maldito frasco?

De pronto se dio cuenta de su error. Trató de tranquilizarse para dejar que el agua volviera a la calma y se asentara el lodo.

Salió a la orilla para evitar revolverla más. Esperó intranquilamente hasta que el barro se asentó en el fondo y las burbujas desaparecieron.

Con el agua clara pudo ver mejor el fondo del cauce.

Con movimientos pausados regresó al agua. Se movió en dirección de la corriente. Movía sus manos con suavidad esperando tocar el frasco. En ocasiones se formaban turbulencias naturales ocasionadas por las rocas depositadas en el fondo del canal. No eran de su agrado pues la búsqueda se tornaba difícil.

Tarde se dio cuenta de que el frasco les podía servir para transportar una muestra de agua de vida a la Tierra.

Desilusionado por no encontrar el valioso objeto salió del agua y cabizbajo caminó de regreso a la cueva. En el trayecto, la suerte cambió a su favor. Las nubes que cubrían la luna se empezaron a disipar y se abrió un claro entre ellas. La luz lunar hizo que el agua del arroyo se tornara invisible. Regresó de prisa al cauce. Al instante observó el frasco que brillaba a lo lejos. Sin quitarle la vista de encima, caminó por la orilla hasta llegar al sitio exacto. Con delicadeza se metió en el agua y suavemente acercó su mano al frasco hasta atraparlo. Un gran suspiro escapó de su pecho. Agradeció al cielo por su buena fortuna, pues unos segundos después las nubes regresaron haciendo visible el agua.

Con su trofeo en mano salió del riachuelo y regresó a la entrada de la cueva.

Unos pasos antes de llegar, se abrió una grieta. Corrió hacia ella esperando ver la salida de sus compañeros. La entrada permaneció abierta, pero nadie salió a su encuentro. En el interior sólo se veía una luz tenue.

Se pegó a la pared temiendo que los osos se abalanzaran sobre él. Sin embargo no había osos. No se oían pisadas. Parecía que la cueva se había abierto exclusivamente para él. Entró con rapidez.

La pared se cerró inmediatamente tras su entrada.

Se encaminó túnel adentro. Las paredes interiores se abrían a su paso. Cosa extraña pero que no le incomodó. Después de atravesar la entrada de arco, cruzó el vestíbulo y, a paso firme, se dirigió hacia la muralla que se abrió al acercarse.

Nadie lo esperaba detrás de la pared. El sitio se encontraba totalmente vacío. La otrora bulliciosa ciudad, se había convertido en un pueblo fantasma.

Se dirigió a la ordeña, el lugar de trabajo de todos. Estaba seguro de encontrar gente ahí.

Un miedo profundo lo envolvió al ver que la ordeña que siempre rebosaba de vida estaba convertido en un sitio fantasmal. No había ni personas ni animales.

Se acercó al mirador, desde donde podía verse toda la ciudad, que parecía desolada. No se percibía movimiento de nada. No había personas. No había osos. No había ruido.

—¡El jardín! Todos deben estar afuera. ¿Habrá una boda?

No encontró la grieta que conducía al jardín.

Cansado de la búsqueda, se sentó sobre una piedra a llorar su desdicha.

—No cabe duda de que sigo en una dimensión diferente.

El silencio escalofriante de la ciudad no le dejó dudas de que se encontraba en la dimensión inmediata inferior.

—¿Me estará viendo alguien ahora mismo? —movió los brazos para pedir ayuda.

Sin haber reposado lo suficiente, se dirigió nuevamente a la ordeña. A medio camino pasó cerca de la cueva de la Galaxia. Le extrañó que la entrada se encontraba abierta.

Un bullicio lejano llamó su atención.

Sin ninguna barrera que lo detuviera, penetró al interior. A lo lejos alcanzó a ver a sus compañeros. Les gritó aleteando los brazos.

—¡Pedro! —todos corrieron hacia él.

—¿Dónde has estado?

Défane se lanzó a sus brazos y lo llenó de besos.

—Creí que nunca volverías.

—¿Qué pasó? —preguntó Roberto. —¿Por qué no regresaste con Kevin?

Pedro les relató su aventura por las diferentes dimensiones y el encuentro con los hombres de la ciudad que vuela.

—Hay una oportunidad de regresar a la Tierra…

Nadie podía esconder su alegría al escuchar las revelaciones de Pedro.

—Yo no podré acompañarlos por razones obvias —Défane se acercó a él y lo abrazó con una sonrisa pura. Les ayudaré en la búsqueda de las piedras de cristal para pagar el viaje de regreso.

—¿Qué es eso que traes en la mano? —preguntó, Roberto.

—Es un frasco. Lo encontré en el arroyo.

—¡Por qué no encontraste la nave. Nos hubiera sido de más utilidad que un simple frasco.

—Estás equivocado, Abdul. Este frasco va a ser la salvación para los habitantes de nuestro planeta.

Todos voltearon a ver a Pedro.

—No me miren así. Aquí van a llevar el agua de vida a la Tierra.

—¡Es una idea magnífica, Pedro! —todos lo felicitaron.

—Vamos por los cristales.

Pedro les advirtió sobre los peligros y el puente invisible.

—Kevin ya nos puso al tanto de todo eso —dijo, Abdul. —Con tal de regresar a la Tierra, estoy dispuesto a enfrentarme a todos esos obstáculos.

—Sólo pueden ir dos personas —dijo, Pedro. —Irás tú, Kevin. Tú ya conoces el camino. Te acompañará François.

Kevin y François se pusieron en marcha. Llevaron alforjas y agua de vida para mantenerse bien alimentados durante el camino.

La travesía fue ardua aún con el agua de vida. La intermitente visibilidad del arroyo creo dificultades.

El paso del puente sin vista fue el mayor obstáculo. François estuvo a punto de desistir al ver la impotencia del lugar. La invisibilidad del arroyo imponía un terror tan inmenso que les fue casi imposible dar el primer paso.

Después de algunos días de cielos completamente despejados, aparecieron unas nubes que ayudaron a ver el puente y el canal. Fue entonces que se atrevieron a atravesarlo.

Encontrar la entrada de la cueva fue otro reto. Kevin conocía el sitio, pero la entrada no se avistaba por ningún lado. Pernoctaron al lado de la pared y con los primeros rayos de sol una grieta se hizo presente. Sin pensarlo dos veces se introdujeron en ella. Anduvieron perdidos por diferentes pasillos hasta encontrar la cámara de los cristales. Después de admirar la brillante y colorida cueva, se dieron a la tarea de recoger el mayor número de ellos.

Con las alforjas llenas regresaron a la salida. Se acomodaron las bolsas en la espalda y emprendieron el viaje de regreso. Antes del anochecer se encontraban de nuevo en la cueva walosi. Ahí fueron recibidos con algarabía. Pedro fingió alegría, sin embargo, en su interior llevaba una pena muy grande ya que él no regresaría a la Tierra.

Capítulo XXXIII
La partida y el nacimiento

Después de un merecido descanso para Kevin y François, prepararon la partida hacia la nave de la ciudad que vuela. El pueblo entero se reunió frente a la muralla para despedirlos. Con lágrimas en los ojos cruzaron la pared que se abrió a su paso. Recorrieron los túneles sin obstáculo alguno hasta alcanzar la salida al bosque. Pedro los acompañó como guía.

Un par de horas después, llegaron a los árboles de los hombres-pájaro. Pactaron un trato razonable para ambos.

Los hombres alados los guiaron hasta la zona de aterrizaje.

—¿Dónde está la nave? —preguntó, Roberto.

Los hombres-pájaro dieron graznidos haciendo movimientos extraños con las alas.

—No comprendo que tratan de decirnos.

—Espero que la nave no haya partido hacia la Tierra sin nosotros —dijo, Sergey.

Los hombres alados seguían haciendo señas, tratando de proporcionar un mensaje que no lograba ser descifrado.

La algarabía de los hombres-pájaro continuó hasta antes del anochecer. Después volaron a lo alto de los árboles para pernoctar.

Los humanos encontraron cobijo bajo unos arbustos.

Los días pasaron sin la aparición de la nave. El agua de vida comenzó a escasear. La ilusión de regresar a la Tierra comenzó a desvanecerse. Sin embargo, había una chispa de ilusión pues los hombres-pájaro seguían en el sitio.

Aunque la expectativa se mantenía viva, la falta de alimentos para suplir el agua de vida los empezó a debilitar. En las cercanías no se avistaban comestibles vegetales y nadie se atrevía a alejarse del sitio para no perder el encuentro con la nave cuando ésta regresara. Los hombres-pájaro bajaban de sus nidos una vez al día para recibir su pago.

Una noche, después de casi dos semanas de espera, acordaron emprender su retorno a la cueva walosi.

—Partiremos al romper el día —dijo, Sergey.

Con una mínima chispa de esperanza se echaron a dormir.

A eso de la media noche un viento fuerte y una luz brillante interrumpió la melodía nocturna de resuellos. Adormilados miraron en el cielo la luz que los deslumbró.

—¡La nave! —todos se levantaron de salto para festejar.

Lanzaron alabanzas al objeto volador que descendía suavemente desde las alturas.

La máquina voladora no tardó en posarse sobre el suelo.

Se acercaron a ella esperando con ansia la apertura de las puertas.

—¿Por qué no salen? —se preguntaban tras una angustiosa y larga espera.

Cuando el alba mostraba sus primeros destellos de luz, la compuerta se abrió. Meridón salió y los saludó. Allí mismo discutieron los pormenores del viaje. Antes de entrar en la nave entregaron los cristales y se despidieron de Pedro, a quien no sabían si alguna vez lo volverían a ver.

Al cerrarse las puertas, la nave se elevó y, ya en las alturas, en un instante dibujó una línea brillante que se perdió en el infinito. Con lágrimas en los ojos, Pedro quedó por un momento con su mirada absorta en algún lugar de la esfera celeste.

Una estela de lágrimas fue marcando su camino de regreso. Llevaba a cuestas la pena de haberse separado de sus compañeros de aventura con quienes había compartido más de una década.

Cabizbajo llegó la cueva después del anochecer. Una grieta se abrió al llegar.

En el interior notó una silueta conocida.

Era Défane. Llevaba un bulto en sus brazos.

—Ha nacido nuestro hijo. —dijo.

Los ojos de Pedro se iluminaron. Una enorme sonrisa se dibujó en su rostro. Corrió hacia su esposa, quien puso en sus brazos al recién nacido.

—Tómalo.

Pedro lo abrazó y lo estrechó contra su pecho.

—¡Es hermoso!

—Se llama Kariskov. Es el nombre que la Galaxia de la cueva ha escogido para él.

—¡Qué bonito nombre! ¿Qué significa?

—Kariskov quiere decir hijo del cielo y de la tierra.

Pedro olvidó el dolor sufrido por la perdida de sus compañeros. La nueva familia caminó hacia el interior de la cueva. La grieta se cerró.